FORMULE MORTELLE

CRIMES ET ENQUÊTES : THRILLERS JUDICIAIRES DE KATERINA CARTER

COLLEEN CROSS

Traduction par
MAÏLYS MARQUAY

SLICE THRILLERS

Formule Mortelle – Crimes et enquêtes : Thrillers judiciaires de Katerina Carter

eBook ISBN : 978-1-988272-36-8

Paperback : 978-1-988272-35-1

Publié par Slice Publishing

Inscrivez-vous à son bulletin d'information pour être immédiatement
informé de nouvelles parutions !

http://eepurl.com/c1hzCv

FORMULE MORTELLE

UN THRILLER JUDICIAIRE DE KATERINA CARTER

Formule mortelle : un thriller judiciaire avec Katerina Carter.

Parfois, il vaut mieux ne pas déterrer le passé…

Le voyage de l'enquêtrice des fraudes, Katerina Carter, sur une île isolée, va révéler la présence d'une mystérieuse secte des années 30, et des rumeurs de passages secrets et de coffre au trésor. Les secrets de l'Aquarian Foundation sont prisonniers des sables du temps, mais un sinistre secret se cache dans les profondeurs de l'océan.

Kat va découvrir une horrible vérité, que le tueur protégera à tout prix. Mais, révéler ce secret incitera le meurtrier à frapper de nouveau, et seule Kat pourra l'en empêcher. Si elle est chanceuse, elle s'en sortira vivante, mais sa chance a-t-elle déjà tournée ?

Un thriller psychologique et judiciaire captivant à lire la lumière allumée !

CHAPITRE 1

Frank s'assit dans la cabine et regarda le sillage tracé par le bateau. C'était une journée parfaite. Le soleil, le vent fort et l'absence de circulation sur l'eau rendaient la traversée du détroit de Géorgie, vers l'île de Vancouver, des plus agréables. Une journée parfaite pour un nouveau départ. Après des mois de préparation, la fin approchait.

Il jeta un coup d'œil vers Melinda qui bronzait sur le pont. Elle était allongée sur le ventre sur sa serviette de plage. Ses cuisses blanches et ridées contrastaient avec son dos brûlé par le soleil, qui se fondait presque avec son short rouge. Elle ne bougeait pas, elle était soit inconsciente, soit dans la lune ; il n'en était pas certain.

Elle était laide avec ou sans coups de soleil, mais cela n'importait guère maintenant. Elle s'était laissée aller après la naissance d'Emily, et avait même refusé de faire un régime et de l'exercice. Il n'arrivait plus à se souvenir de la dernière fois où il l'avait vue en short. Habituellement, elle portait des t-shirts larges, des survêtements et elle ne se maquillait pas, mais c'était franchement mieux. La femme qu'il avait épousée il y a sept ans était une fainéante sans aucun désir de lui plaire. C'en était trop !

Son égoïsme avait rendu la situation insupportable, elle l'avait poussé à agir. Dommage qu'ils en soient arrivés là, mais c'était sa faute à elle. Il avait tout prévu depuis des mois, il n'avait plus qu'à mettre son plan à exécution. La vie allait devenir belle. Il souriait en pensant à demain, les possibilités seraient alors infinies.

Étrangement, il aimait encore bien Melinda, mais comme femme elle avait beaucoup de défauts et il méritait mieux. Est-ce qu'il irait jusqu'au bout ? Bien sûr que oui. Sinon, il ne pourrait s'en prendre qu'à lui. Il n'allait pas continuer à jouer le jeu, il n'avait qu'à s'en tenir au plan.

Il n'y avait que les faibles qui étaient esclaves de leurs sentiments et cela l'amusait grandement. La plupart des gens laissaient leurs émotions diriger leurs pensées et leurs actions. Cela ne donnait jamais rien de bon et faisait d'eux des cibles faciles. Lui n'était pas prisonnier, il était le maître de sa raison et de son propre destin. Il savait toujours mieux que les autres comment et quand agir.

Il s'était presque résolu à vivre une vie minable, puis il avait eu une révélation. Il avait épousé l'autre Melinda, pas sa version mal fagotée. Un changement s'imposait, un changement définitif. Pas de divorce explosif ou de batailles pour la garde des enfants. Si seulement elle avait fait plus attention à lui, il n'aurait pas eu à faire cela. Dans quelques heures, elle ne sentirait plus rien.

Sur le site de rencontre, Melinda avait été son second choix. Ces derniers étaient limités, mais il n'y pouvait rien. Elle l'avait piégé et ils s'étaient mariés dans un moment de faiblesse alors qu'elle venait de lui annoncer qu'elle était enceinte. Un engagement coûteux auquel il pouvait maintenant mettre un terme impunément. Il allait pouvoir entamer une nouvelle vie et sauver son avenir. Tout ce qu'il avait à faire, c'était de s'en tenir au plan. Cette pensée lui redonnait des forces.

— Chéri ? Je ne pensais pas qu'il allait faire si chaud ici, j'ai soif !

Elle sourit et protégea ses yeux du soleil avec sa main. Il sourit aussi.

— Je vais te chercher à boire.

C'était l'occasion parfaite. Il ouvrit la glacière et prit la bouteille avec le mélange. Il en versa dans son verre et rajouta des glaçons. Sans goût et sans odeur, elle ne remarquerait rien. Il marcha lentement vers elle et tenta de calmer sa main tremblante. Il se baissa vers elle, lui fit un baiser sur la joue et posa le verre à côté d'elle.

— Merci chéri ! J'aimerais tant que tu aies les photos de la maison. Je n'en peux plus d'attendre !

— J'étais tellement concentré sur les négociations que j'ai oublié. Tu les verras bientôt, ne t'en fais pas.

Melinda n'était au courant que de ce qu'il voulait bien lui dire. C'est lui qui s'occupait des finances, et elle ne se doutait pas qu'il n'y avait ni maison ni nouveau travail. En réalité, ils étaient fauchés ! Il avait dilapidé tout l'héritage de Melinda, et n'avait en réalité aucun riche parent dans la finance.

Elle l'avait forcé à agir plus tôt en tombant de nouveau enceinte. Elle lui avait fait dans le dos, comme la première fois, cela l'avait rendu furieux ! Son insouciance l'avait obligé à prendre une décision quelques mois auparavant, ce qui voulait dire qu'il n'avait pas eu réellement le temps de tout planifier comme il fallait. Tant qu'il ne bâclait pas le travail, il pouvait toujours improviser. Le moment choisi n'était pas parfait, mais il fallait agir maintenant pour pouvoir commencer sa nouvelle vie au plus vite. Il sentit un frisson d'excitation le parcourir en pensant à sa liberté retrouvée.

Il avait tout prévu jusque dans les moindres détails. Même les planificateurs les plus méticuleux se sont fait prendre, mais il était plus intelligent que la plupart d'entre eux. Dans les émissions de crimes, les gens oublient toujours de minuscules détails, un bout de tissu, un poil d'animal ou un ami un peu trop fouineur. Il était plus intelligent qu'eux, il ne ferait pas d'erreurs. Il avait un avantage non négligeable sur les autres, Melinda n'avait ni frères ni sœurs et, ses parents étant morts dans un accident de voiture il y a cinq ans, elle n'avait aucune famille. Elle avait peu d'amis, et ils ne connaissaient personne dans leur immeuble.

Ses collègues ne se souvenaient déjà plus de sa femme. Il avait insisté pour qu'elle démissionne de son travail dans la vente, payé le SMIC, il y a des mois de cela. Personne ne lui téléphonait ni ne venait la voir. Melinda était une personne insignifiante dans un monde insignifiant. Ses rares amis et connaissances l'auraient vite oubliée après son tragique accident.

Mais cette fois, le mari allait aussi mourir ! Un mari mort était un mari insoupçonnable.

Il ouvrit sa boîte de pêche et vérifia son canot pneumatique et sa pompe pour la énième fois. Lumières ! Caméra ! Action ! Des mois de planification étaient récompensés par une journée de juillet sans un nuage en vue et une marée parfaite ; les conditions étaient idéales pour mettre son plan à exécution.

Son embarcation de quatre mètres était à peine en état de naviguer, mais c'était suffisant pour voguer sur une mer d'huile. Le détroit entre Vancouver et l'île de Vancouver était assez calme l'été, il ne devrait donc y avoir aucun problème. Il avait acheté son bateau il y a quelques mois et il était déçu de devoir y mettre le feu. Un faux pas et il se ferait prendre lui aussi. Mais, s'il s'en tenait au plan, il pourrait s'en acheter des dizaines d'autres bateaux.

Le détroit de Géorgie grouillait pendant l'été, une heure de pointe maritime permanente entre embarcations de loisir et ferries remplis de touristes et de locaux, faisant la navette entre l'île et le continent. Le vent était frais, mais agréable, il apportait de la fraîcheur sur la côte, qui était en proie à la chaleur depuis une semaine. Frank maintenait le cap vers le sud, assez éloigné des bateaux commerciaux afin de ne pas attirer l'attention. Ils étaient déjà à mi-chemin de leur destination, Victoria.

Ou, tout du moins, c'est ce qu'il lui avait dit. Il n'y avait pas de nouveau travail ni de nouvelle maison à Victoria, mais cela, Melinda n'en savait rien. Jusqu'ici tout allait bien ! C'était une belle journée pour ce changement radical qu'il avait prévu depuis des mois. C'était son mantra à présent.

Les mantras et les affirmations l'aidaient à avancer vers son but ultime. Il vivait dans le mensonge depuis un an maintenant, mais c'était un mensonge inévitable. Il avait été patient et pouvait pratiquement sentir le goût de la liberté. Plus que quelques heures à attendre. Il avait semé les graines de son futur et le temps de la récolte était enfin venu.

Une journée parfaite de juillet.

Le premier jour du reste de sa vie.

C'était cliché, mais vrai, et il était impatient d'embarquer pour cette aventure. Il palpa la poche de son bermuda afin de sentir la présence rassurante de sa nouvelle identité. Passeport, permis de conduire, cartes bancaires illimitées, tout était prêt, et contrefait bien entendu. Il les avait déjà testés il y a quelques jours. C'est tout ce dont il avait besoin pour entamer sa nouvelle vie.

Frank et Melinda avaient déménagé de leur appartement à Vancouver et avaient stocké tous leurs meubles, car leur maison à Victoria était déjà meublée. Ils avaient sous-loué à un professeur qui prenait une année sabbatique en Inde, c'était d'ailleurs ce même professeur que Frank allait remplacer. Sa rentrée était en septembre. Enfin, c'était ce que Melinda pensait. C'était un beau tissu de mensonges qu'elle avait gobé sans broncher. Son plan était en marche.

La vérité, elle, était bien moins jolie. Il n'était pas question de déménager, pas pour Melinda en tout cas. Il lui avait fait croire que l'administration de l'école s'était occupée de tous les détails, et qu'il n'avait pas eu le temps de lui en parler avant ; c'était la beauté de la mutation. « Tu pourras t'occuper des détails en arrivant à Victoria », lui avait-il dit. Elle n'en aurait jamais l'occasion.

Mais d'abord, ils allaient profiter de ce dernier jour sur le bateau.

Il était épuisé, mais pour l'instant tout marchait comme sur des roulettes. Les voisins, qu'ils ne connaissaient pas vraiment — il s'en était assuré personnellement — avaient appris qu'ils partaient en les voyant charger le camion de déménagement. La petite Emily avait quatre ans et était trop jeune pour aller à l'école, et elle n'était plus revenue à la garderie depuis que Melinda avait démissionné. Personne, dans leur minuscule entourage, ne remarquerait leur absence lundi matin.

Melinda ne savait que ce qu'il voulait bien lui dire, et il avait fait exprès d'omettre certains détails. Elle croyait tout ce qu'il disait, même les histoires les plus farfelues. Elle était bête comme une oie et avait une confiance absolue en lui. Mais elle n'était peut-être pas si idiote que cela, étant donné qu'elle avait réussi à lui faire un enfant dans le dos. Elle l'avait dupé, mais il avait plus d'un tour dans son sac.

Melinda était un boulet pour lui, et elle l'empêchait de révéler son vrai potentiel, il était temps que cela change. Cependant, une nouvelle ville et un nouveau travail ne faisaient pas partie du changement. Il n'était pas question d'une nouvelle école ni d'une nouvelle maison meublée. C'était un mensonge, un mensonge nécessaire. Cela lui avait demandé beaucoup de temps d'en arriver jusque là étant donné qu'il avait dû mettre son plan en place des mois en avance, tout cela à cause de Melinda.

Ne te retourne pas.

Tout se déroulait comme prévu. Il avait maintenant *le pouvoir de changer sa vie*, comme il l'avait entendu dans le séminaire. Il avait tous les outils pour réussir et cela n'en tenait qu'à lui.

Il n'avait plus qu'à achever son plan.

Melinda dormait sur le pont inférieur, ignorant complètement le tournant qu'allait soudainement prendre sa vie.

Il hésitait, peut-être pouvaient-ils divorcer…

Non, trop de détails ! La pension alimentaire l'enchaînerait à cette vache pendant encore vingt ans. Cela compliquerait les choses. Il détestait les complications, et il détestait devoir s'occuper des autres.

Ne jamais se contenter de moins que ce que vous valez.

Il était heureux d'avoir écouté son discours de motivation ce matin. Il était encore frais dans sa tête et cela renforçait ses convictions et lui donnait la force de passer à la prochaine étape.

Ils étaient arrivés à destination il y a des heures, mais avaient fait demi-tour lorsque la frousse l'avait attrapé. Il allait mieux maintenant, et Melinda ne se rendit compte de rien, comme d'habitude. Il coupa le moteur et attendit sa réaction.

— Chéri, pourquoi est-ce qu'on s'arrête ?

Elle but bruyamment le reste de sa boisson et posa le verre à côté d'elle.

— Je ne sais pas, le moteur a calé, dit-il en le tripotant, sa femme sur le point de s'évanouir.

— Je m'endors, ça doit être le soleil, dit-elle en bâillant.

Elle bafouillait, les médicaments commençaient à faire effet. En moins de cinq minutes, elle était dans un état comateux, ses ronflements remplaçant ses bafouilles. Son bras droit tomba de la chaise longue et se posa en un bruit sourd sur le pont. Elle ne se réveilla pas.

Dix minutes plus tard, Frank se débattait en essayant d'attacher ses poignets, mais cela rendrait la piste criminelle évidente. C'était un choix de mots étrange, *piste criminelle*. Une expression morbide appelée piste, comme si c'était un jeu. Ou peut-être cela voulait-il dire mettre quelqu'un sur une fausse piste, telle une ruse.

Il avait de nouveau cet horrible pressentiment. Et si quelque chose ne se passait pas comme il le voulait et qu'elle se réveillait ? Les points liés, incapable de sauver sa peau. Est-ce qu'il y avait des prédateurs qui dévoreraient sa chair ? Il n'y avait pas pensé.

Finalement, il décida de lui détacher les poignets. Dans le cas improbable où son corps serait retrouvé, les marques laissées par les cordes seraient non seulement synonymes de meurtre, mais donneraient aussi l'heure exacte de la mort. Il les jeta sur le pont.

C'était un poids mort. Il lui avait administré une triple dose, c'était impossible qu'elle se réveille. Pour tester son hypothèse, il leva son bras et le lâcha.

Pas de réponse.

Son bras était mou, un poids mort.

Il le lâcha sur le sol.

Il recula et l'examina. Il mit la chaise longue sur le bord du bateau, c'était plus facile pour la jeter par-dessus bord. Il se rappela ses cours d'ingénierie à l'université, et improvisa grossiè-rement une poulie qu'il attacha à la chaise.

Son cœur cognait contre sa poitrine, d'abord parce qu'il avait peur d'être découvert, mais aussi parce que cela l'exalté de pouvoir passer à l'action. Il n'avait aucun remords.

Il sortit la bâche de la boîte et la déplia. Cette étape n'était probablement pas nécessaire étant donné qu'il allait mettre le feu au bateau, mais on n'est jamais trop prudent. Surtout, il détestait le bazar, et ne voulait pas se rajouter une charge de travail.

La transpiration coulait de son front alors qu'il déplaçait la chaise longue vers le bord. Il s'arrêta et essuya son visage, puis déploya la bâche par-dessus. Il la borda autour et jeta le tout à la mer.

Pas de sang, pas d'ADN et pas d'autres preuves. Pas de

problèmes. Juste une scène qu'il maîtrisait, sans avoir à se soucier du Luminol et autres outils médico-légaux. Il prit une précaution supplémentaire en brûlant le bateau, mais on n'est jamais trop prudent.

Il prit une grande respiration et regarda le paquet sombrer au fond de l'océan. Il essuya ses mains sur son bermuda alors que la bâche partait à la dérive.

Merde ! Il n'avait pas pensé à ça !

Il agrippa une rame et tendit son bras le plus loin possible, mais la bâche était déjà trop loin. Il poussa un cri alors qu'un bras en sortit. Elle n'avait pas coulé du tout. Elle était toujours enroulée dans cette fichue bâche.

— Papa ?

Frank fit un bond et se retourna vers sa fille :

— Emily ? Je croyais que tu dormais.

— Où est maman ?

Elle portait sa robe à fleurs jaunes et roses, hors de prix, que Melinda lui avait achetée pour le déménagement. C'était tout le genre de Melinda à dépenser une fortune sur des choses superflues.

— Elle est en bas ma puce.

Il avait aussi mis un sédatif dans le jus d'Emily à leur départ de Vancouver. Elle aurait dû être assommée pendant des heures, mais apparemment cela l'avait à peine secouée. Ses cheveux étaient emmêlés, il lui manquait une petite sandale rose et l'autre était détachée.

Frank se mit à paniquer, que s'était-il passé ? La dose qu'il avait donnée à Emily était deux fois moins forte que celle de Melinda, mais elle pesait trois fois moins. Et si cela n'avait pas marché sur Melinda non plus ? Et si le choc avec l'eau froide la réveillait et qu'elle était secourue ?

— Non, elle n'y est pas. Papa, mon cœur me fait mal, dit-elle en frottant ses yeux. Où est maman ?

Il jeta un coup d'œil à la bâche où la jambe de Melinda dépassait à moitié. La bâche, qui flottait, se détachait du reste de son corps. Il fallait qu'il règle ce problème, et vite !

— Elle fait la sieste, reviens au lit ma puce.

Et si quelqu'un découvrait Melinda et la sauvait ? Le détroit était très fréquenté en été, ce n'était pas impossible. Pourquoi n'avait-il pas pensé à la lester avec du ciment comme le fait la mafia ? Bref. Il avait toujours été fier de garder son sang-froid en toute occasion, cela n'allait pas changer maintenant. Il fallait s'adapter et passer à autre chose.

— Pourquoi est-ce que tu as jeté la chaise dans l'eau ? Est-ce que ça va faire mal aux poissons ?

Sa gorge se serra. Qu'avait-elle vraiment vu ?

— Viens faire un bisou à papa, dit-il en s'agenouillant et ouvrant ses bras.

Elle s'avança vers lui en traînant des pieds avec sa sandale et tomba, endormie, contre lui.

Il l'attrapa avec un bras et serra sa bouche et ses narines avec son autre main. Emily essaya de crier. Elle lutta contre lui, ses petits bras se débattant alors qu'elle tentait de respirer.

Combien de temps encore ? se demanda-t-il.

Comme un poisson que l'on vient juste d'attraper, rendant son dernier soupir.

Il aperçut un mouvement du coin de l'œil alors que la bâche se dépliait dans les vagues. On aurait dit une cible géante au milieu de l'eau. Enfin, le corps de Melinda se détacha de la bâche et coula dans les profondeurs de l'océan. Il regardait tout en tenant Emily.

En moins d'une minute, elle arrêta de se débattre et son corps se relâcha. Sans découvrir sa bouche et son nez, il desserra ses bras et vérifia si elle respirait toujours. Rien. Il attendit une minute de plus pour s'assurer qu'elle était bien morte, puis la jeta par-dessus bord.

Juste à temps ! Il remarqua un voilier qui s'approchait par le sud alors que le vent venait de se lever. Il regarda dans l'eau où se trouvait le corps d'Emily. Il s'attendait à voir des bulles.

À l'exception qu'elle n'avait pas coulée. Elle flottait, le visage dans l'eau et sa sandale toujours attachée à son pied. Tous les corps morts étaient censés couler, c'était en tout cas ce qu'il avait trouvé en faisant ses recherches. C'était quoi ce bordel ?

C'était encore cette stupide robe, le matériau emprisonnait les bulles d'air.

Le voilier s'approchait de plus en plus, il était à moins de trente mètres. Assez près pour l'apercevoir clairement, et peut-être même voir le corps d'Emily dans l'eau. Ils avaient pu voir ce qu'il avait fait avec des jumelles. Il paniqua, attrapa une rame et appuya sur le dos d'Emily, la poussant vers le fond. Les poches d'air emprisonnées dans sa robe disparurent et, hop, elle coula.

D'un coup, sa sandale remonta à la surface. Il avait presque rattrapé la chaussure avec une rame quand il réalisa que cela ferait aussi remonter le corps de la petite fille.

Son cœur s'accéléra en voyant le voiler virer vers eux.

Il jura dans sa barbe, il avait négligé le détail le plus important. Cela ne lui était pas venu à l'esprit que les corps ne coule-raient pas immédiatement.

Le bateau avait redressé son cap et voguait maintenant à moins de quinze mètres de lui. Il n'apercevait qu'un seul homme à bord qui était occupé à régler les voiles. « Dieu merci », dit-il à voix haute en appuyant toujours sur le corps d'Emily avec la rame. Il fit un signe avec son bras libre.

Tout était la faute à Melinda, elle n'aurait pas dû le piéger. Lui voulait profiter de la vie, ce qu'il n'aurait pas pu faire avec un bébé, une femme et les factures qui vont avec. Il en avait sa claque de se faire manipuler et de vivre une vie de compromis. Elle était courte et il n'allait certainement pas la gâcher.

Il prit son téléphone portable, son portefeuille et ses clés et les jeta. Si quelqu'un venait à les trouver, il croirait qu'il était passé par-dessus bord avec Melinda et Emily, son corps disparu en mer ; mais c'était peu probable. Cela ne l'inquiétait pas, de nombreux corps se perdaient tous les jours au large. L'essentiel c'était qu'il ne puisse pas être relié au bateau incendié dans le port.

Il ajoutait du mystère et il aimait cela. Autant qu'il s'amuse un peu en se montrant plus malin qu'eux.

Il regarda sa main et remarqua son alliance, il la retira et la fixa intensément. *C'est symbolique*, se dit-il intérieurement en la jetant à l'eau. Adieu le passé, bonjour l'avenir.

Une nouvelle vie, une vie plus riche. Et cela commençait maintenant !

CHAPITRE 2

Le bureau de Katerina Carter donnait sur le port de Vancouver, lui offrant une vue spectaculaire. C'était parfait pour rêver, un peu moins pour se mettre au travail. Lorsqu'elle regarda sa montre, elle réalisa deux choses : cela faisait environ vingt bonnes minutes qu'elle regardait par la fenêtre, et Jace Burton, son petit ami, était en retard.

Jace était toujours à l'heure, et il aurait déjà dû être là depuis longtemps pour leur escapade romantique. Ils n'avaient plus beaucoup de temps avant le départ de leur vol charter pour l'île De Courcy, petite île faiblement peuplée du détroit de Juan de Fuca près de l'île de Vancouver.

En ce moment, Jace travaillait sur un projet pour le Sentinel avec pour sujet les coutumes historiques à travers les sectes des années 20. Selon lui, la secte se trouvait au cœur de nombreux scandales, affaires sexuelles et même de rumeurs de trésors cachés. L'homme qui se cachait derrière tout ça se faisait appeler Brother Twelve, ou plutôt, Brother XII ; il avait insisté pour qu'on l'écrive ainsi. Apparemment, les dieux égyptiens avec qui il communiquait avaient un penchant pour les chiffres romains.

Théoriquement, c'était un week-end d'affaires pour Jace, son projet « Brother XII » faisait partie d'une série historique qu'il était en train d'écrire. Jace travaillait à son compte, donc une série comme celle-ci, sur le long terme, était une bonne chose. Il était assuré d'avoir un travail régulier, et en plus il profitait de voyages gratuits dans toute l'Amérique du Nord, suivant les sujets.

Cette mission ne lui demandait pas d'aller très loin, mais c'était tout comme. L'île De Courcy était située dans la partie la plus au sud de la chaîne des îles Gulf, nichée entre l'île de Vancouver et l'île de Géorgie. Elle était à moins de cinquante kilomètres au large, et pourtant elle n'était accessible qu'en bateau privé ou en hydravion spécialement affrété.

De Courcy ressemblait à une île fantôme. Tout comme une ville fantôme, son âge d'or était loin derrière elle, avec seulement une douzaine d'habitants. Il y avait environ cent ans, De Courcy était le fief de la mystérieuse secte de Brother XII, l'Aquarian Foundation. Peu après sa création, le gourou déplaça l'organisation de Cedar-by-the-Sea sur l'île de Vancouver, aux îles plus isolées De Courcy et Valdes, afin d'échapper aux regards des curieux.

Les sectes intriguaient Kat. Elle était fascinée par le pouvoir de ces dirigeants charismatiques qui ensorcelaient des gens pourtant intelligents et malins. Brother XII en était l'exemple parfait. Son vrai nom était Edward Arthur Wilson. Il affirmait être le fils d'une princesse indienne, alors que tout portait à croire qu'il était en réalité de la classe moyenne de Birmingham, en Angleterre.

Brother XII avait fondé sa secte sur les principes des sociétés Théosophiques et recevait des dons conséquents de milliers de riches personnages, y compris de magnats milliardaires très en vue. Ils craignaient un Armageddon financier suite à l'effondrement des marchés.

Il affirmait que son occultisme New Age serait leur salut, et qu'ils seraient en sécurité au sein des îles autonomes de l'Aquarian Foundation. Au lieu de ça, la secte partit en fumée, Brother XII disparut à jamais, laissant ses disciples ruinés financièrement.

Aujourd'hui, tout le monde avait oublié l'Aquarian Foundation, mais à l'apogée de sa gloire, la secte avait créé un scandale international. C'était fou comme l'Histoire se répétait, seuls le décor et les personnages changeaient. Les gens ne croyaient que ce qu'ils voulaient, même si tout prouvait le contraire. En tant que juricomptable et enquêtrice des fraudes, Kat en était témoin tous les jours.

Son cabinet de juricomptabilité, Carter & Associés, était demandé et marchait très bien, elle avait dû faire des heures supplémentaires pour prendre de l'avance à l'approche de son week-end. Elle était d'humeur festive, prête à profiter de ces deux jours de détente, plage et soleil !

Elle avait fait le décompte toute la semaine, excitée de découvrir en personne ce qu'il restait de la colonie. Elle comptait bien fouiller la plage à la poursuite de trésors cachés pendant que Jace faisait ses recherches sur Brother XII et sa secte.

Elle regarda sa montre et sentit une pointe d'anxiété. Jace avait maintenant une demi-heure de retard, et ils allaient manquer leur vol. Elle examina le port et se demanda lequel des six hydravions présents était le leur.

— Il est là Kat ! Ce gars à besoin d'une nouvelle montre !

L'oncle Harry s'était glissé dans son bureau, il était drôlement vif pour un homme de soixante-dix ans.

— Oncle Harry, calme-toi ou tu vas te casser une hanche !

Techniquement, l'oncle Harry ne faisait pas partie du personnel de Carter & Associés, et pourtant il passait autant de temps que Kat dans son bureau. Il était devenu un volontaire à plein temps — et conseiller — du bureau. Il n'avait pas de tâches particulières et n'avait donc aucune raison d'être ici. Mais il était de bonne compagnie.

— Bon sang Kat ! Je suis en pleine forme. Aie foi en moi un peu !

Harry fit une pirouette avant de s'écraser contre le mur.

— Aïe !

— Tout va bien ?

— Mais oui, dit-il en grimaçant, c'est le yoga qui va faire mal demain.

— Tu pourrais prendre un jour de repos.

Le yoga que pratiquait l'oncle Harry était apparemment un sport extrême, à en juger par les bleus constamment présents sur son corps. Et d'abord, qu'est-ce qui avait bien pu inciter un septuagénaire à s'inscrire au yoga ? Les potentielles compagnes septuagénaires bien sûr.

— Oui, je pourrais, mais je perdrais toute ma souplesse. Au fait, Gia est là aussi.

— Mais on est déjà en retard.

Kat et Gia Camiletti était amies depuis le CE2. Les deux femmes ne s'étaient pas vues depuis des semaines, elle aurait voulu rattraper le temps perdu, mais ce n'était pas le bon moment.

— Elle est avec un jeune étalon, dit Harry en se baissant pour toucher ses orteils.

Arrivé au mollet, il grogna et se redressa.

Un parfum floral flotta dans le bureau de Kat, suivi de Gia qui portait une robe à fleurs fuchsia, sans manches et des talons de dix centimètres, assortis. Son mètre cinquante-sept pulpeux tirait sur les coutures de sa robe, qui avaient du mal à supporter ses dix kilos en trop.

— Kat ! Voici Raphaël, mon nouveau copain !

Raphaël était beau à se damner, il était l'égal des plus belles stars d'Hollywood. L'homme au bras de Gia était trop beau pour être vrai. Sa chemise blanche en lin, cintrée, faisait ressortir son bronzage méditerranéen. Les boutons à moitié défaits lui donnaient un air décontracté et faisaient apparaître son torse musclé. Il portait un pantalon en coton et des mocassins qui avaient dû lui coûter les yeux de la tête.

— C'est un plaisir de faire votre connaissance, dit-il en souriant et en baisant la main de Kat.

Il faisait tout un tas de fioritures. Ses dents étaient si blanches qu'il aurait pu poser pour une marque de dentifrice. Sa chemise lui collait au corps à cause de la chaleur, ce qui ne fit qu'accentuer ses larges épaules et son torse mince. Sa beauté dépassait celle des mannequins des magazines de mode, si encore c'était possible.

Tout cela avait immédiatement éveillé les soupçons de Kat. Les types comme Raphaël ne tournaient pas autour de coiffeuses potelées comme Gia. Même s'il était naturellement beau, on voyait qu'il avait dépensé beaucoup d'argent pour entretenir son apparence. La plupart des hommes ne se souciaient pas d'avoir des habits chers et des dents refaites. Peut-être était-il vaniteux, ou peut-être voyait-il ça comme une sorte d'investissement.

Kat avait aussi été très surprise de voir Gia avec Raphaël. Cette dernière avait juré qu'elle arrêtait les hommes après que son petit ami du lycée l'avait laissée en plan le jour du mariage, il y avait deux ans. Le marié n'était même pas venu ni n'avait téléphoné, laissant Gia humiliée devant l'autel.

— Kat ? dit Gia en poussant son galant vers elle. Arrête de te rincer l'œil et dis bonjour !

Kat rougit alors qu'elle imaginait l'agonie que Gia ferait subir à Raphaël. Enfin, c'était ce qu'elle espérait. Ce type lui donnait la chair de poule. Elle marmonna un bonjour inaudible.

Raphaël lui tint la main un peu trop longtemps à son goût et la regarda langoureusement dans les yeux. Il était très calme et, d'entrée, elle ne lui fit pas confiance.

Gia était attirée par lui et on savait pourquoi. Ce gars devait aller à la salle de sport au moins deux heures par jour, Gia, elle, n'y allait pas deux heures par an ! Il était très beau oui, mais ce n'était sûrement pas le genre d'homme qui rendrait Gia heureuse. Bien au contraire, elle se rabaisserait en permanence face à lui. Il était grand, bronzé et absolument hors de sa catégorie. Il sortait tout droit d'un magazine pour hommes.

Raphaël était l'opposé de Gia et de son look excentrique et décalé. Même si sa joie de vivre était drôle, Raphaël était le genre d'homme superficiel qui ne se souciait que de l'apparence. Kat savait qu'elle ne devait pas juger les gens si rapidement, mais son instinct lui disait qu'elle avait raison.

Raphaël se pencha et fit une bise sur le front de Gia, tout en serrant toujours la main de Kat.

— Bellissima, tu ne m'avais pas dit que ton amie était superbe, dit-il à Kat en la regardant de haut en bas avant de jeter un regard méprisant vers son bureau.

— Elle est aussi intelligente ! dit Gia en faisant un clin d'œil à Kat. Elle est juricomptable, elle enquête sur les fraudes.

Raphaël lâcha la main de Kat comme si on venait de lui annoncer qu'elle avait la lèpre. De beauté divine à lépreuse en une seconde.

— Raphaël achète et revend des petites entreprises. Il arrive d'Italie et vient de conclure une affaire à plusieurs millions de dollars pour sa ligne américaine de produits capillaires révolutionnaires. On emménage ensemble !

— Fascinant.

C'était tout ce que Kat avait trouvé à dire pour ne pas que Gia se doute de quelque chose. C'était son amie d'enfance et elle lui confiait ses moindres secrets. Kat savait, de source sûre, qu'elle n'avait pas de petit ami il y avait deux semaines, et voilà qu'ils parlaient d'emménager ensemble ! Ce Raphaël était tombé du ciel et tout allait beaucoup trop vite.

Gia fronça les sourcils en regardant Kat et dit :

— C'est tout ce que tu trouves à dire ? Je pensais que tu serais fascinée, ce genre d'affaires c'est pile dans tes cordes.

— J'adorerais que l'on en discute plus, mais nous sommes en retard pour notre voyage.

Kat aurait dû être heureuse pour Gia, alors qu'en réalité, elle était en colère. Pas après son amie, mais après Raphaël. À peine quelques minutes après l'avoir rencontré, elle se sentait mal à l'aise dans son pauvre petit bureau. Et rien que pour ça, elle s'en voulait, car elle était fière de l'entreprise qu'elle avait bâtie d'A à Z. Pourtant, comparé à Raphaël, elle se sentait minable.

Que pouvait-il bien y avoir de si révolutionnaire dans ses produits pour cheveux ? Elle était assez cynique en ce qui concerne les produits de beauté. Le shampoing, ce n'était ni plus ni moins que du savon amélioré, emballé et commercialisé pour des clients — et des coiffeurs — naïfs. Kat avait toujours préféré son shampoing de supermarché aux produits hors de prix vendus dans les salons, mais ça, elle ne l'avait jamais dit à Gia.

La coiffeuse qui était en Gia pensait différemment. Chaque nouveau shampoing, ou produit coiffant, était une révolution pour elle, comme si l'Homme venait de découvrir le feu. Kat se faisait enguirlander dès qu'elle se faisait couper les cheveux parce qu'elle utilisait des produits bas de gamme. Elle avait alors promis à Gia de changer si cette dernière pouvait lui prouver que les produits de salon marchaient mieux. Gia ne put jamais le lui prouver, étant donné qu'il n'y avait pas de preuve scientifique ni de formule miracle dans ces produits.

— Kat ?

Jace se tenait derrière le couple, un sac de sport sur l'épaule. Raphaël se tourna d'un coup et se présenta. Les deux hommes se serrèrent la main alors que Gia regardait Kat en souriant.

Il se tourna vers Raphaël et se présenta.

Elle était enfin sauvée. Elle regarda Jace en tapant sur le cadran de sa montre :

— On est en retard Jace, on va louper notre avion si on ne part pas immédiatement.

— Une minute, je viens de recevoir un message de la compagnie aérienne, dit-il en plissant les yeux pour regarder son écran de téléphone.

Même le dos courbé, Jace touchait presque le haut de la porte. Il était plus grand que Raphaël de plusieurs centimètres, mais il paraissait gauche et maigre à côté du corps musclé du jeune homme.

Harry avait poussé Jace pour rentrer dans la pièce.

— Je suis Harry Denton, l'associé de Kat, dit-il en tendant sa main vers Raphaël.

En réalité, Carter & Associés n'avait pas d'associés, mais Harry aimait l'agitation du bureau et venait travailler à mi-temps. Il n'était pas très calé en technologie, il n'avait donc pas beaucoup à faire, à part la réception et autres petits boulots. Mais les clients l'adoraient et c'était agréable d'avoir un peu de compagnie au bureau. C'était gagnant-gagnant.

— Quel est le rôle d'un associé ici ? demanda Raphaël en lui serrant la main.

— J'aide Kat dans ses enquêtes, dit-il en la regardant. Elle en a fait tomber plus d'un, et des gros, comme pour l'affaire de la mine de diamants Liberty.

— Vraiment ? Ce n'est pas en regardant ce bureau que je l'aurais deviné.

Raphaël s'était tendu et avait observé la pièce avec dégoût.

— Généralement, j'ai rendez-vous avec mes clients dans leurs locaux, les fioritures ce n'est pas pour moi, répliqua Kat en rougissant.

Elle regretta immédiatement sa réponse. Elle venait pratiquement d'insulter son propre travail et maintenant elle était sur la défensive.

— Je ferais sûrement la même chose, dit Raphaël en se tournant.

Qu'est-ce qu'il voulait dire par là ? Son bureau n'était pas digne de recevoir des invités ? De toute façon, pour Kat l'habit ne faisait pas le moine. Et puis d'abord, qu'est-ce qui lui donnait le droit d'entrer dans son bureau et de tout critiquer ?

— Je prévois de faire des travaux, cette pièce à besoin d'un peu d'huile de coude, dit Harry en s'essuyant le front, je dois refaire le parquet, ajouter une couche de peinture fraîche et poser le lambris. Mais il n'y a pas assez d'heures dans une journée, je suis toujours distrait.

— Tu as du pain sur planche, dit Raphaël en riant.

Peu importe ! Elle aimait son bureau du début vingtième siècle de Gastown comme ça ! Shabby-chic avec bois apparent et de grandes fenêtres avec vue sur le port. Démodé était synonyme de loyer et frais peu élevés. *N'y prête pas attention*, se disait-elle.

Elle mit son ordinateur portable dans son sac et se leva, prête à partir. Elle comptait les secondes qui allaient la séparer de l'horrible petit ami de Gia.

Jace fronça les sourcils en levant les yeux de son téléphone :

— Je suis navré, mais notre avion a été annulé en raison d'un problème mécanique, et nous n'en aurons pas d'autre avant mardi.

— Mince ! fit Kat en soupirant. Un week-end en plein mois d'août avec Jace et un avion privé, sur une île quasi déserte, tous frais payés ? C'était trop beau pour être vrai. Le week-end prochain peut-être ?

— Je ne peux pas attendre, ma date limite est vendredi. Je dois trouver un autre moyen d'y aller.

— Je peux vous emmener ! fit Raphaël en se tournant vers le port. Avec mon yacht !

— Un cadeau empoisonné ! répondit Gia en tapant des mains. Une excuse pour passer du temps ensemble.

Le petit ami de Gia avait un yacht ? Tout cela devenait invraisemblable.

— Non, je ne veux pas m'imposer, dit Jace en posant son sac sur le bureau de Kat, vous devez avoir d'autres plans.

Je vous en prie, ayez d'autres plans. Kat savait évaluer les gens et elle était certaine que Raphaël préparait un mauvais coup. Qu'est-ce que Gia pouvait bien lui trouver ?

Question stupide ! En plus d'être beau, Raphaël était riche.

— Pas vraiment, et cela ne me dérange absolument pas, répondit le jeune homme, j'ai toujours eu envie d'explorer cette île, c'est l'occasion rêvée.

Les bracelets de Gia remuaient alors qu'elle sautait dans tous les sens, perchée sur ses talons de dix centimètres.

— Ça va être génial ! On aura le temps de visiter et Jace écrira son histoire. On pourra explorer l'île et se détendre à bord plus tard !

— Si vous êtes sûrs, alors ce serait super. Je dois vraiment avoir terminé pour vendredi, et le seul autre moyen de s'y rendre c'est par bateau. Je participerai pour l'essence, dit Jace en passant d'un pied à l'autre.

— Peut-être que l'on peut trouver une autre compagnie aérienne…

Kat bouillonnait, le prix de l'essence pour un yacht devait se chiffrer en milliers de dollars. Jace n'avait pas conscience de ce à quoi il s'engageait.

— Ne sois pas stupide, répondit Raphaël en riant, j'allais partir dans cette direction dans tous les cas. De quoi parle ton article ?

— D'une secte des années 20, de scandale sexuel et de coffre au trésor, dit-il, un type se faisant appeler Brother XI fonda l'Aquarian Foundation en 1927. Il déclara que c'était une communauté spirituelle attendant l'ère du Verseau. Mais le prix d'entrée était extrêmement élevé, et il n'acceptait que les plus riches. Étant donné qu'il prenait l'argent des gens, c'était soit une secte, soit une arnaque, soit les deux.

— Une arnaque, répondit Kat, une secte est presque toujours une arnaque. Particulièrement quand le premier commandement des membres est de donner tout son argent.

— Tu es le genre de personne qui voit la coupe à moitié vide à ce que je vois, dit Raphaël en se moquant.

Kat fronça les sourcils.

Gia lui murmura un *désolée* et tira le bras de son petit ami :

— J'adore les chasses au trésor !

— Ce que je voulais dire, c'est que selon mon expérience, les comptables sont toujours les défaitistes. Ils te disent non quand tout le monde dit oui, répliqua Raphaël.

— Des réalistes pour sûr ! dit Jace en riant, Kat est la meilleure pour déterrer les criminels, et elle récupère l'argent en plus.

Ils parlaient d'elle comme si elle n'était pas là. Elle commença à ouvrir la bouche pour répondre, mais elle se ravisa. Jace n'avait pas pris le commentaire de Raphaël pour une insulte, elle était peut-être trop susceptible, mais elle l'avait pris comme tel. Elle n'avait pas voulu commencer une dispute, alors elle grinça des dents et sourit.

— Brother XII à l'air d'être un intriguant personnage, dit Raphaël.

— Charismatique c'est certain, répondit le journaliste, son vrai nom était Edward Arthur Wilson. Il était persuadé d'être la réincarnation du dieu égyptien Osiris, et sa secte croyait en une fin du monde imminente. Il affirmait que la fin était proche et seule l'âme d'une poignée d'élus serait sauvée.

— Et les gens y ont cru ? répondit Raphaël. Pas très futés.

— Chose étonnante, la plupart étaient des gens très intelligents qui avaient reçu une éducation, dit-il. Un des membres du conseil était un éminent éditeur de journaux internationaux. Ses publications leur avaient fait beaucoup de publicité et Brother XII acquit une audience planétaire. Bientôt il compta de nombreux adeptes très puissants, dont des candidats à la présidentielle. Ils donnèrent des millions à Wilson et à l'Aquarian Foundation, ce qui lui permit d'établir et de diriger une colonie autonome. Des milliers de personnes venaient des quatre coins du monde pour vivre ici, et donnèrent tout ce qu'ils possédaient de plus précieux.

— Il faut être fou pour donner tout son argent à cet homme, dit Gia. Qui prendrait le risque de tout perdre comme ça ?

— Étonnant, n'est-ce pas ! Les gens sont prêts à payer des fortunes pour obtenir ce qu'ils veulent. Puis, ce n'est pas toujours une question d'argent et d'opulence. Parfois, ils veulent seulement faire partie de quelque chose de grand, dit Raphaël en se grattant le menton.

— Avec des si, on mettrait Paris en bouteille, fit Jace en acquiesçant. Raphaël a raison, la plupart d'entre eux étaient déjà riches. Ce qu'ils voulaient, c'était être acceptés et appartenir à quelque chose, et la secte de Brother XII remplissait ce rôle à merveille. Dans le milieu des années 1920, il publia une série d'articles intitulés *The Occult Review*, dans lesquels il assurait avoir des visions et que l'Apocalypse approchait. Ce fut alors un jeu d'enfant de convaincre ses disciples de le rejoindre en 1927. Brother XII eut de la chance, ils étaient tous riches, et donnèrent volontiers leur fortune à l'Aquarian Foundation.

— Qui est assez fou pour faire une chose pareille ? dit Harry. C'est insensé !

— Je suis bien d'accord, répondit Jace. Mais ils étaient persuadés d'être sur le point d'entrer dans l'ère du Verseau. Ils s'attendaient au jugement dernier et pensaient être du bon côté de la barrière, une fois l'Apocalypse venue. De plus, ils se sentaient privilégiés, car, au début, Brother XII n'en invita que douze.

— Uniquement sur invitation, pas mal ! répondit Raphaël en hochant la tête.

— Je ne me ferais pas avoir, ajouta Harry.

— Méfie-toi, tu pourrais être surpris, lui dit Jace. Ils faisaient beaucoup de matraquage publicitaire. Les gens voyaient ça comme la chance de leur vie, et puis à quoi leur servirait tout cet argent une fois la fin du monde venue ?

— Je peux les comprendre, déclara Gia, les journaux étaient remplis de ses paroles et les gens se sont laissé entraîner dans sa folie.

— Exactement, dit-il. Les disciples de Brother XII se méfiaient des arguments des détracteurs, par conséquent ils réfutaient toutes accusations faites envers leur chef.

— Malin, même si c'est un escroc ! répondit Raphaël en applaudissant. Bon ? Qu'est-ce qu'on attend ? Mettons-nous en route pour l'île De Courcy. On peut marcher jusqu'au bateau, il est arrimé à la marina.

— Oh ! on part à l'aventure ! s'écria Gia. J'ai hâte !

— Moi aussi ! Je vais chercher mes affaires.

L'oncle Harry partit en courant du bureau de Kat avant qu'elle ne puisse dire quoi que ce soit. Son escapade romantique s'était transformée en colonie de vacances. Mais Jace avait besoin de cette histoire, elle ne pouvait donc rien dire.

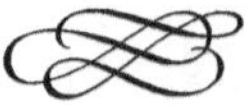

CHAPITRE 3

Le yacht de Raphaël, *Le Financier*, faisait plus de quarante-cinq mètres de long et était, de loin, le plus grand de la marina. Sa coque immaculée étincelait au soleil alors que le groupe descendait la passerelle, bagages à la main.

Kat avait déjà travaillé pour de nombreux millionnaires, et quelques milliardaires, lorsqu'elle était consultante en finances internationales. Elle en avait vu des jouets d'hommes fortunés, et elle avait même participé à certaines de leurs fêtes. Elle s'y connaissait raisonnablement en yacht, mais *Le Financier* était plus gros et luxueux que tous ceux qu'elle avait vus. Le yacht de Raphaël surpassait les autres bateaux de la marina, en taille et en beauté.

Kat sentait les regards envieux se poser sur eux alors qu'ils traînaient des pieds sur les quais, derrière Raphaël et Gia. Toute cette attention lui donnait une certaine importance, comme s'ils étaient des célébrités.

Le soleil leur cognait dessus alors qu'ils embarquaient sur *Le Financier*. Ils se dirigèrent immédiatement vers le pont inférieur dans une coquerie spacieuse et climatisée, puis dans un couloir menant à l'arrière du bateau, la poupe. Le luxueux intérieur contenait du mobilier en teck et des éclairages probablement hors de prix. Raphaël avait insisté pour qu'ils restent sur le yacht, Jace avait alors annulé leur séjour.

— Celle-là est pour vous deux, et celle d'Harry est à côté, dit Raphaël.

Kat suivit Jace dans leur cabine. C'était plus spacieux que ce qu'elle avait imaginé, au moins de deux fois la taille de la cabine de luxe qu'ils avaient eue pendant leur croisière dans les Caraïbes. *Waouh !*

Elle jeta son sac sur le lit et se baissa pour revenir dans le corridor. Elle jeta un coup d'œil à la suite d'Harry, elle était moins grande, mais tout aussi luxueuse.

— Je pourrais bien m'y habituer ! s'exclama Harry en jetant un coup d'œil par un large hublot. Peut-être que je vais devenir marin et trouver un travail à bord.

— Tu as plus de soixante-dix ans, oncle Harry ! C'est trop tard pour chercher un nouveau travail, et tu touches déjà ta retraite. En plus, je suis sûre que l'équipage travaille très dur pour que tout soit en ordre, répondit Kat en riant.

Kat sortit de la cabine de son oncle et regarda rapidement dans le couloir. Au-delà de la cabine d'Harry se trouvaient les quartiers de l'équipage. Selon Raphaël, ce navire était équipé des dernières technologies et systèmes de navigation. Elle n'avait pas encore vu les membres de l'équipage, mais ils devaient être occupés à préparer le départ.

Elle retourna à sa cabine où Jace était en train de ranger ses affaires dans la commode encastrée.

— Ce bateau doit valoir plus cher que notre maison, dit Kat en s'asseyant sur le lit.

Elle passa sa main sur la housse de couette en coton égyptien. Elle était heureuse pour Gia, mais elle pensait toujours que cette relation avec Raphaël était trop belle pour être vraie. Il était trop… parfait.

— Que plusieurs maisons même ! répondit Jace en riant. Je suis soulagé que Raphaël ne m'ait pas pris au sérieux quand j'ai dit que je payerais pour l'essence ! Quand il a dit "yacht", j'ai cru qu'il exagérait.

— Apparemment pas. Tu ne trouves pas que Gia et Raphaël forment un couple étrange ? demanda Kat. Des vêtements sur mesure, un physique parfait et vraisemblablement millionnaire à ne plus savoir quoi en faire. Ce n'est pas que Gia ne soit pas assez bien pour lui, mais en général, ce genre d'homme voit la chose autrement.

Gia était drôle, attirante et brillante, mais elle n'était pas vraiment un top model. Les hommes comme Raphaël cherchaient une image, un physique. Les femmes accrochées à leurs bras étaient souvent la réflexion de ce cliché.

— Un peu oui, répondit Jace en levant les épaules, mais ils ont quand même l'air de tenir l'un à l'autre. Tant mieux pour elle.

Kat avait bien l'intention de mener sa petite enquête sur Raphaël, afin de vérifier s'il était bien celui qu'il prétendait être. Elle le découvrirait bientôt.

— Je suppose, oui, dit Kat. Elle n'avait que peu de temps seule avec Jace avant qu'ils ne remontent, et elle voulait connaître ses impressions sur le millionnaire. Tu es sûr Jace ? Je n'ai pas envie qu'on s'impose, on le connaît à peine.

— Tu l'as entendu, répondit Jace, il a toujours voulu visiter les îles. Si j'avais un bateau comme celui-là, je chercherais n'importe quelle excuse pour aller visiter. Par contre, je dois trouver un moyen de lui rendre la pareille. Je pourrais lui offrir mes services de rédaction commerciale.

— Je suppose, oui.

Kat se sentait mal. Raphaël avait certainement un motif caché ; elle ne savait pas encore lequel. Il lui donnait la chair de poule, mais elle ne savait pas sur quoi baser ce sentiment. Son instinct lui disait que quelque chose clochait chez ce type.

— Gia m'a dit qu'il vivait à bord, continua-t-il. Tu imagines cette vie ? Ce bateau doit valoir des millions.

— Ça ne doit pas être facile de voyager et faire des affaires à l'autre bout de l'océan, rétorqua Kat. Je parie que ça doit coûter une fortune de faire tourner cette affaire.

— Il a une fortune, il ne doit pas s'en inquiéter, dit Jace en s'asseyant sur le lit à côté d'elle.

— Il doit avoir une famille très riche, déclara-t-elle, il est bien trop jeune pour avoir déjà gagné autant d'argent.

Comment Raphaël trouvait-il le temps de voguer depuis l'Italie en plein milieu du lancement de son entreprise ? La plupart des magnats n'avaient pas le temps pour une balade improvisée en yacht.

— Peut-être nous révèlera-t-il son secret, répondit Jace. Est-ce que ce ne serait pas merveilleux de vivre ainsi ?

— C'est très luxueux, avoua-t-elle.

Des draps en damas et coton égyptien aux peintures à l'huile de paysages marins, leur cabine était somptueusement aménagée.

— Pourquoi ne pas écrire un article sur le chemin de son succès ? reprit-elle. On va passer beaucoup de temps avec lui. Tu pourrais faire deux missions, au lieu d'une seule sur Brother XII.

— C'est une super idée ! C'est un personnage fascinant. Beaucoup de personnes seraient intéressées par son succès.

Elle en faisait partie dans la mesure où elle pensait que la fortune de Raphaël était louche. S'enrichir si rapidement était souvent synonyme de fraude, et son instinct lui disait qu'il avait dû en commettre quelques-unes. Combien de personnes avaient-ils trahies sur le chemin du succès ? L'article de Jace nous en apprendrait plus.

— J'en suis sûre, dit-elle. Tu découvriras ses secrets !

— J'en ai bien l'intention, répondit-il en lui faisant un clin d'œil.

— Je suis inquiète pour Gia. Peut-être que tu pourrais en apprendre plus sur son passé, pour savoir s'il dit la vérité.

Dans un sens, elle était contente pour elle, elle méritait d'être heureuse. Mais son coup de foudre pour Raphaël mettait Kat mal à l'aise. Gia était si amoureuse qu'elle ne voyait pas les choses – et Raphaël – clairement.

— Je ne vais pas l'interroger, si c'est ça ta question, dit Jace en secouant la tête. Gia est grande, elle peut se débrouiller seule. Elle n'a pas l'air inquiète, pourquoi toi tu l'es ?

Gia était douée en affaires, elle avait construit son salon de rien et sans l'aide de personne. Mais elle était très naïve lorsqu'il s'agissait des hommes, et Kat doutait qu'elle fût aussi dure en amour qu'en affaires.

— J'espère juste qu'il ne lui brisera pas le cœur.

— Tu juges trop vite ce type, dit Jace en passant son bras autour de sa taille. Admets que c'est plutôt généreux de sa part de tous nous emmener à l'île de Courcy.

— Je suppose, mais c'est si soudain. Gia l'a rencontré il y a à peine deux semaines et ils sont déjà sérieux.

Elle allait devoir parler à Gia rapidement.

Son inquiétude envers Raphaël ne faisait que grandir, seulement elle ne savait pas pourquoi. C'était comme s'il avait une date butoir pour tomber amoureux ; or l'amour ne suivait aucun emploi du temps. Si Raphaël avait une idée derrière la tête, elle devait la découvrir. Une petite fouille furtive ne ferait pas de mal, tant qu'elle était discrète.

— Je n'arrive pas à croire que Gia sorte avec un gars qui a un yacht de cette taille. Il doit peser au moins cent millions.

— Jace, Gia s'en sort très bien elle aussi. Elle a ouvert deux salons très rentables en cinq ans, lui dit-elle. Sa franchise *Curl Up n' Dye* connaît déjà un grand succès. Elle n'a pas besoin de Raphaël pour réussir.

Son travail acharné et sa perspicacité avaient payé. Sous cette apparence pétillante se cachait une femme rusée avec un vrai talent pour les affaires. Kat était fière que son amie eût réussi seule. Elle avait été témoin de l'avancée de son entreprise, et lui avait donné des conseils financiers lors de son installation il y avait dix ans.

— Elle n'a peut-être pas besoin de lui, mais c'est agréable de pouvoir partager ses espoirs et ses rêves avec quelqu'un, rétorqua Jace en la tirant contre lui pour l'embrasser. C'est pour ça que ça en vaut la peine !

— Gia mérite d'être heureuse, mais il y a quelque chose qui cloche, je ne sais pas encore quoi, mais je suis un peu inquiète, soupira-t-elle.

— Soit contente pour elle, Kat. Ne va pas tout gâcher en l'interrogeant ou en étant méfiante, dit-il, se dirigeant vers la porte tout en secouant la tête. Tout le monde n'est pas un criminel.

Peut-être pas, mais Raphaël avait l'apparence de beaucoup de crapules qu'elle avait pu croiser en tant qu'inspecteur des fraudes.

— Je sais. Mais je m'en voudrais à jamais de ne pas avoir agi si mes soupçons étaient avérés. Tout ce temps passé avec des criminels en col blanc l'avait rendue cynique. Bien sûr que je suis heureuse pour elle. Je ne veux pas la voir souffrir, c'est tout.

— Tu es jalouse, voilà tout. Nous n'avons pas leur argent, et nous ne l'aurons jamais, soupira-t-il. J'avoue que je le suis un peu aussi. Mais, mêlons-nous de ce qui nous regarde, d'accord ?

Jace était l'opposé de Raphaël. Il ne voulait ni amasser une fortune, ni s'afficher à tout prix. Jace et elle n'étaient pas riches à proprement parler, mais ils ne manquaient de rien et s'en sortaient bien. Peut-être avait-il raison. Elle était jalouse. Si ces étalages de richesse et d'affection étaient sincères, bien entendu. Pourtant, ça sentait le roussi.

Alors qu'ils sortaient de leur cabine, Jace tint la porte et dit :

— Vois-le comme ça, Raphaël est bien plus riche que Gia. Ce serait à lui de s'inquiéter, et non à elle.

Les moteurs grondaient et vibraient sous ses pieds alors qu'elle montait les escaliers pour se rendre sur le pont supérieur. Bien sûr, l'offre de Raphaël était très généreuse et l'étonnement serait au rendez-vous, mais est-ce que cela ne faisait pas partie de son plan ? Quelque chose clochait et elle avait l'intention de savoir quoi.

CHAPITRE 4

Kat et Jace arrivèrent sur le pont et furent éblouis par le soleil. Les rayons reflétaient sur la fibre blanche et chromée du yacht. Le bateau de Raphaël était parfait et était composé de tous les équipements dernier cri. Ils se dirigèrent vers la poupe, où ils devaient se rejoindre au bar.

Kat passait sa main le long de la rampe lorsqu'elle fit un bond en arrière, elle venait de s'écorcher la peau sur le métal. Elle perdit quelque peu l'équilibre au départ du bateau. Le poste d'amarrage sembla bouger alors que le vaisseau sortait de la marina.

Elle avait décidé de fouiller un peu plus dans le passé de Raphaël. Si tout ce qu'il racontait était vrai, elle serait soulagée, et Gia n'en saurait rien. En supposant qu'il fût honnête. Sinon, elle devrait en savoir plus de manière à pouvoir prouver à Gia que son petit ami n'était qu'un escroc. Son intuition lui disait que c'était trop beau pour être vrai.

Gia et Raphaël étaient bras dessus, bras dessous à l'arrière. Ils s'appuyaient sur la rambarde avec le port en toile de fond. C'était un couple improbable. Le beau Raphaël, avec son allure méditerranéenne et ses vêtements faits sur mesure, contrastait vivement avec Gia, la potelée, à qui ça ne ferait pas de mal de perdre quelques kilos. Sa robe, bien trop serrée, n'était qu'une contrefaçon de designer, destinée à une personne plus jeune et plus mince. Combien de temps allait-il falloir à Raphaël pour l'échanger contre un top model ? Sa personnalité pétillante ne le retiendrait pas longtemps.

— Où étiez-vous passés tous les deux ? Profitons de la vue pendant que nous quittons le port, lança Gia en souriant.

Apparemment, ils étaient l'attraction principale, à en juger par la dizaine de personnes arrêtées pour regarder *Le Financier* quitter la marina. Toute cette attention lui donnait un sentiment grisant. C'était ce que devaient ressentir les célébrités lorsqu'elles étaient reconnues. Les signes extérieurs de richesse attiraient toujours les regards envieux.

Kat avait espéré se retrouver seule avec Gia. Elle pensait que Raphaël allait être occupé par le départ du navire, mais il n'en fut rien. L'équipage avait les choses bien en main, et son aide n'était pas nécessaire.

L'oncle Harry se matérialisa à côté d'elle, lui caressa le bras et dit :

— N'est-ce pas magnifique ? Oublie le travail à bord, je vais plutôt voyager clandestinement. Occupe-toi de maman si je ne descends plus du bateau, veux-tu ?

— Bien sûr ! dit-elle en souriant.

Même si elle avait des goûts plus simples, ce n'était pas difficile de s'habituer à la croisière.

Ils sortirent de la marina et mirent le cap à l'ouest, vers le large. Le bateau prenait de la vitesse et le paysage défilait. Les montagnes North Shore se profilaient et étaient maintenant sur leur droite — ou est-ce que c'était tribord ? — et non plus droit devant.

Raphaël et Jace parlaient voile lorsque l'oncle Harry les rejoignit, quelques mètres plus loin, à la poupe. Ils admiraient le réveil du yacht à sa sortie du port.

Gia fit signe à Kat de la rejoindre à une petite table où elle était assise seule.

— Il me tarde de tout te raconter ! Il est incroyable, non ?

Kat jeta un regard vers les garçons en s'asseyant. Ils se tenaient à quelques mètres, captivés par leur conversation sur la vitesse des moteurs et autres trucs de mecs. Enfin, elle allait pouvoir parler seule à seule avec Gia, et en savoir plus sur son nouveau prétendant.

Gia était assise en face d'elle.

— C'est le temps parfait pour naviguer.

Gia acquiesça.

— Un verre ? demanda-t-elle en tenant son verre à martini rempli d'un liquide rose fluorescent. Elle pointa du doigt le bar bien approvisionné.

Kat secoua la tête et répondit :

— Je vais juste prendre de l'eau.

Elle but une gorgée de la bouteille qu'elle avait apportée pour le voyage.

— Je n'aurais jamais pensé sortir avec un milliardaire, fit Gia en engloutissant son verre.

— Milliardaire ?

Au moins, Gia venait d'aborder le sujet « Raphaël » elle-même, elle allait pouvoir poser des questions sans avoir l'air indiscrète.

— Il est si riche que ça ? reprit-elle.

Gia rit bêtement.

— Il est riche, sexy et dingue de moi ! Incroyable hein ? J'ai oublié ce qu'était ma vie avant Raphaël. Je suis folle amoureuse de lui.

— Tu le connais depuis longtemps ?

— Suffisamment pour savoir qu'on va passer le reste de nos jours ensemble !

Enfin une réponse ! Seulement, ce n'était pas celle que Kat attendait.

— Ne te précipite pas, Gia. Tu le connais depuis quoi, une semaine ? Deux semaines ?

Elle n'avait pas mentionné de nouvel homme lors de leur dîner il y avait deux semaines.

Gia faisait tourner son verre à moitié vide dans sa main.

— Je sais déjà tout ce que j'ai besoin de savoir. C'est un homme formidable.

— Il a beaucoup d'argent pour quelqu'un de si jeune ; est-ce que sa famille est riche ?

Gia hocha la tête et posa son verre vide sur la table.

— Ils le sont maintenant ! C'est grâce aux produits que Raphaël et sa mère ont inventés il y a deux ans. Ils ont tout fait eux-mêmes, rien à voir avec ces technologies 2.0. Ils ont créé un produit capillaire, tu y crois ? Si ça ce n'est pas une coïncidence !

— Une coïncidence extraordinaire. Tu l'as essayé ?

— Pas encore. Mais je vais bientôt faire partie de la compagnie, dit Gia en envoyant un baiser à Raphaël. C'est merveilleux non ?

— Et ton salon alors ? Comment trouveras-tu le temps de t'en occuper ?

— Pas comme employée, que tu es bête, comme investisseur. Ils veulent, et ont besoin, de mon expérience du marché nord-américain de la beauté.

Kat leva les sourcils.

— Je peux les aider à s'implanter ici.

Le salon de Gia était une belle réussite, mais elle était loin d'être une spécialiste du commerce nord-américain.

— Comment est-ce que tu vas faire pour commercialiser le produit ?

— Raphaël a tout prévu. Je serai sur le terrain et je m'occuperai du plan de développement. Il pense que je suis faite pour ça vu que je connais bien le secteur, dit-elle en serrant la main de Kat. N'est-ce pas merveilleux ? Je n'aurais jamais pensé rencontrer l'amour de ma vie dans le milieu de la beauté ! On a un produit de lissage incroyable, Belle'issima, qui va faire fureur !

— C'est une sorte de lissage brésilien ? demanda Kat.

Elle avait déjà essayé un lissage semi-permanent, mais quelques frisettes valaient mieux qu'un tas de produits chimiques sur la tête.

— Oui, mais en mieux ! Un lissage brésilien n'est que temporaire. Belle'issima te lisse les cheveux de façon permanente. Pour toujours si tu préfères !

— Tu l'as vu ? Comment est-ce que ça marche ?

Si c'était si lucratif, pourquoi les géants de l'industrie cosmétique n'y avaient-ils pas pensé avant ? Ils avaient une armée de scientifiques, de concepteurs et un budget qui se chiffrait en millions de dollars. Mais c'est Raphaël et sa mère qui auraient trouvé le produit miracle ? C'était bizarre.

Gia se tourna, haussa les épaules et dit :

— Demande à Raphaël. Tout ce que je sais, c'est qu'ils ont fait fortune en Europe.

— C'est quoi le nom de son entreprise ? demanda Kat qui avait la ferme intention de trouver le plus d'informations possible sur Raphaël.

Gia s'était lancée les yeux fermés et Kat allait devoir s'occuper d'elle.

— Je ne sais pas, un nom italien. Ta parano commence à devenir ridicule.

— Tu es Italienne et tu n'es pas capable de te rappeler son nom ?

Si l'entreprise de Raphaël avait autant de succès, pourquoi avait-il besoin de l'argent de Gia ? Pourquoi ne pas être allé à la banque ? Kat hésitait. Gia serait en colère de toute façon, alors autant demander.

— Est-ce que tu as vérifié ses affirmations ? ajouta-t-elle.

— Tu crois qu'il m'a menti sur toute la ligne ? Pourquoi est-ce qu'il aurait fait ça ? répondit Gia qui était devenue rouge de colère. Honnêtement Kat, tu n'es pas croyable !

— Ce n'est pas ce que je dis. Je dis juste qu'il est bien de vérifier les choses.

— Notre relation est basée sur la confiance. Pourquoi est-ce que je lui demanderais, alors que j'ai la preuve sous les yeux ? Ce mec a un yacht bon sang, il est réglo ! lui dit Gia en levant le bras.

— Comment est-ce qu'il trouve le temps de naviguer ? Il n'a pas une entreprise à gérer ?

— Ça s'appelle déléguer, Kat. C'est ce que font les gens riches, ce sont les sous-fifres qui font le travail, rétorqua-t-elle en balayant ses cheveux d'un geste plein de fioritures. Tu devrais essayer !

Leur conversation avait complètement dérapé. D'un côté, Kat n'aurait jamais dû poser des questions sur Raphaël et son entreprise. Mais, d'un autre côté, Gia était bien trop impliquée. Elle devait savoir si c'était volontaire ou non.

— Tu ne m'as jamais dit où tu l'avais rencontré !

— C'est la meilleure partie, il est juste entré dans mon salon et a dit qu'il ressemblait à celui de sa mère. Quelle coïncidence !

Kat croyait aux incidents plus qu'aux coïncidences.

— Intéressant.

— C'est plus qu'intéressant ! Ma vie entière a changé en moins d'une semaine.

— Tu exagères, tu as le béguin pour lui, voilà tout.

Gia secoua la tête et dit :

— Non, c'est plus que ça. C'est mon âme sœur, Kat ! C'est l'homme avec lequel je veux passer le reste de ma vie.

Et, avant qu'elle ne pût dire un autre mot, Raphaël arriva et l'enlaça de façon possessive.

— Tout va bien bellissima ? demanda le bel Italien.

— È perfetto, répondit Gia en souriant.

Il se baissa, l'embrassa sur le front et partit rejoindre Jace et Harry. Ils passèrent dans la crique de Burrard et se dirigèrent vers le large.

Gia sourit de nouveau et dit :

— Non seulement c'est l'homme de mes rêves, mais en plus il est Italien !

— Il n'a pas d'accent, il parle comme nous.

— Bien sûr qu'il n'a pas d'accent, il est allé dans un pensionnat étranger. Il parle aussi sept langues couramment, fit Gia en secouant la tête doucement.

— Mais c'est qu'il est doué en tout !

C'était surtout un bon acteur, mais pourquoi avoir choisi Gia pour s'entraîner ?

— Ne sois pas jalouse, Kat. On n'est plus à l'école primaire, jubila-t-elle.

Raphaël leur jeta un bref regard et se retourna vers les autres hommes.

— Combien est-ce que tu as investi Gia ?

Après un long silence, Kat reprit :

— Gia, est-ce que tu as réfléchi à ce que tu fais ? Tu viens juste de le rencontrer et il te demande de l'argent !

— Je suis une grande fille Kat, je sais réfléchir toute seule.

À ce moment-là, Raphaël s'arrêta de parler et les trois compagnons se retournèrent pour les regarder. Quelques secondes après, ils en revinrent à leur conversation. Kat baissa d'un ton et continua :

— Je suis juste inquiète Gia, j'espère que tu as bien réfléchi.

Harry se leva, et Kat l'entendit dire à Jace et Raphaël qu'il allait sur le pont, afin de vérifier la navigation. Ça lui donna une idée. L'équipage serait peut-être plus bavard au sujet du patron, ou au moins de ses voyages. Elle pourrait vérifier qu'il arrivait bien d'Italie. Une conversation banale n'éveillerait pas les soupçons.

— Kat, il ne m'a pas demandé, je lui ai proposé.

Kat leva les sourcils.

— D'accord, je l'ai pratiquement supplié de me mettre dans le coup, avoua-t-elle en remettant une boucle rebelle derrière son oreille. Il ne voulait pas, mais j'ai insisté. C'est un investissement pour mon futur, notre futur.

D'un coup, Kat eut la nausée et un terrible instinct lui dit que Raphaël préparait un mauvais coup. Mais Gia était trop aveuglée par l'amour pour le voir.

Raphaël et Jace les rejoignirent et, avec eux, les espoirs de Kat de continuer cette conversation s'envolèrent. L'un avait le regard vide, et l'autre semblait très irrité par les morceaux de conversation qu'il avait pu entendre entre Kat et Gia.

Raphaël mit sa chaise à côté de Gia et posa son bras sur le dossier.

— Quelle merveilleuse journée pour naviguer !

— Ça vaut mille vols charters ! Je ne sais comment te remercier. J'aimerais vraiment faire un article sur toi, si ça t'intéresse, dit Jace en se tournant vers leur hôte.

Il posa sa bière sur la table et se pencha sur sa chaise.

— Tu es sûr de ça ? Ça sera très ennuyeux ! répondit Raphaël en riant.

— Mais non ! Les gens sont fascinés par la réussite. Surtout toi qui n'as même pas quarante ans et qui vis dans un rêve. Tu es prêt à révéler tes secrets ?

Parfait, songea Kat. Elle n'aurait qu'à noter tout ce que Raphaël dirait, et le vérifier ensuite.

— Je n'ai pas de secrets, le tout est de savoir quand investir et suivre son instinct, répondit Raphaël. C'est une question de timing.

— Et que te dit ton instinct là ?

— Je suis sur un gros coup en ce moment. J'aimerais vous en parler, mais c'est trop tôt, répondit Raphaël en souriant.

— Kat et Jace sont mes amis les plus proches, c'est ma deuxième famille, tu peux leur dire, ce sont des tombes, lui dit Gia en tirant sur son bras.

Elle jeta un regard qui en disait long à Kat.

— Je ne sais pas Gia, dit-il en se tournant vers ses invités, j'ai envie de vous le dire, mais je suis tenu au secret.

— Ils savent garder un secret, dis-leur, chéri, j'en ai déjà un peu parlé à Kat. J'ai envie qu'elle soit au courant pour pouvoir faire autant de bénéfices que moi.

— Après tout ! Je vais faire une exception, mais je joue gros. Échappez un mot et je vous jette par-dessus bord !

— On sait garder un secret, répondit Jace en riant.

Raphaël se pencha et embrassa Gia sur le front.

— Dis-leur toi, mon amour.

Gia avança sa chaise plus près et se pencha sur la table en murmurant :

— Le nouveau produit pour cheveux de Raphaël est incroyable. C'est un produit lissant breveté appelé Belle'issima, c'est la meilleure invention depuis le shampoing.

— Pourquoi est-ce que tu murmures ? demanda Jace. On est en pleine mer !

— On ne sait jamais, répondit Gia en regardant derrière elle, vers le milieu du navire. Belle'issima est révolutionnaire. C'est comme une permanente, mais à l'envers. Il s'applique sur cheveux frisés et les lisse pour toujours.

On se serait cru devant une publicité télévisée en écoutant Gia répéter ce qu'elle avait déjà dit à Kat.

Gia posa sa main sur sa poitrine et dit :

— Je suis le seul revendeur de l'Amérique du Nord, tous les salons devront passer par moi. Il sortira juste après les Oscars. Nous avons contacté des célébrités très connues et leur avons proposé des promotions, on aura aussi une carte du salon dans les sacs cadeaux du festival. Raphaël a pensé à tout !

Les Oscars n'étaient pas avant février, et on n'était qu'en août. Raphaël pouvait avoir pris la poudre d'escampette d'ici là. Pourquoi Gia avait-elle investi sans essayer le produit ? Après tout, elle était coiffeuse ! Les produits pour cheveux, c'était sa spécialité.

— Qu'est-ce qui rend ce produit si différent des autres ? demanda Jace.

D'un coup, Gia tira les cheveux de Kat.

— Aïe ! cria Kat en touchant l'arrière de sa tête ; Gia était plus en colère que ce qu'elle pensait. Tu viens de me tirer les cheveux !

— Cette frisette pourrait disparaître en une seule application et un coup de sèche-cheveux, dit Gia en lui lissant les cheveux avec sa main.

— Quelle frisette ? dit-elle en repoussant la main de Gia, agacée.

Elle s'était lissé les cheveux ce matin au fer et le résultat était super. Le temps n'était même pas humide, comment c'était possible que ses cheveux frisent ? Ce n'était sûrement qu'une réponse, de la part de Gia, au commentaire de Kat sur Raphaël.

Jace et Raphaël se turent et se levèrent de la table. Jace jeta un regard noir à Kat, se tourna et suivit Raphaël jusqu'au bastingage. Gia soupira et dit :

— Ne sois pas sur la défensive comme ça ! Tu n'as pas choisi tes cheveux, mais tu peux choisir de les changer. Belle'issima change les frisettes et les boucles en cheveux lisses et brillants.

— Tu as investi dans un produit que tu n'as même pas essayé, comment peux-tu être sûre qu'il fonctionne ?

— Sérieusement Kat, tu crois vraiment que je suis stupide ? dit-elle en secouant la tête. Je vais voir le produit la semaine prochaine, lors de mon voyage en Italie avec Raphaël. Tant que le brevet nord-américain n'a pas été signé, on ne peut pas encore l'utiliser et risquer qu'il tombe entre de mauvaises mains. C'est comme pour la formule des boissons gazeuses, ça mettrait ma vie en danger de connaître la recette secrète. Je pourrais être enlevée, ou pire !

— Tu parles d'espionnage industriel ? C'est ridicule !

Ce produit était déjà en vente en Europe, son raisonnement ne tenait pas la route.

— Vas-y, fous-toi de moi, mais Belle'issima est une petite révolution. Les autres produits ne sont que temporaires, le nôtre est permanent.

— Est-ce que c'est vraiment une bonne chose ? demanda Kat.

— Comment ça ? répondit Gia en fronçant les sourcils.

— Vous n'aurez jamais de clients réguliers. Une seule application veut dire une seule vente par femme. Elles n'utiliseront plus aucun autre produit ni traitement. Vous allez devoir leur prendre une fortune pour ce service.

Gia fit un signe dédaigneux de la main, mais Kat avait mis le doigt sur quelque chose.

— Parles-en à Raphaël. Ça a marché en Europe, donc ça marchera ici. Une fois que notre produit sera entre les mains des stars d'Hollywood, tout le monde se l'arrachera. On va faire fureur !

— Je suis étonnée que tu aies investi sans en savoir plus, Gia, dit-elle en bougeant sur sa chaise.

— J'en sais assez, Kat ! Je suis coiffeuse et je sais que ce produit va être énorme. Raphaël n'a même pas eu à me demander, j'ai dû le supplier de me laisser investir.

— C'est vrai ?

Comme tous les escrocs, Raphaël était très doué en psychologie.

— Oui, c'est vrai. Je n'aurais jamais dû te le dire. Je t'offre l'opportunité de te faire une fortune, et toi tu ne fais que critiquer. Tu aimes me contredire tout le temps ?

— J'apprécie, mais tu ne m'as rien dit sur le produit. Je croyais que ces produits lissants étaient interdits. Ils contiennent du formaldéhyde ou quelque chose de dangereux, non ?

— C'est ça la révolution, Belle'issima est fait avec des produits 100 % naturels.

— Si c'est naturel, comment ça peut être breveté ?

— On peut tout breveter de nos jours, des gènes humains, des variétés de maïs, et j'en passe.

L'atmosphère joyeuse s'était dissipée.

— J'aimerais quand même avoir plus de détails avant de donner mon argent. Si c'est entièrement naturel, pourquoi est-ce que personne ne l'a découvert avant ?

— Raphaël te donnera les détails et tu pourras faire tous les calculs que tu veux.

Kat avait ses doutes concernant Raphaël, et elle était certaine qu'il ne serait pas aussi communicatif que Gia le prétendait. Son week-end de détente se transformait en une autre de ses affaires, mais une affaire personnelle cette fois-ci.

CHAPITRE 5

*L*e *Financier* voguait à travers Active Pass et se dirigeait vers le nord par le détroit Juan de Fuca. Des bourrasques rafraîchissant l'air marin étaient accueillies avec soulagement sous la chaleur étouffante d'un été à Vancouver. Gia et Harry jouaient aux cartes, sous le pont, dans la cambuse climatisée, pendant que Jace et Raphaël parlaient yacht au-dessus d'eux.

Kat était assise à quelques mètres, seule, sur une chaise longue. Elle était loin d'eux, mais n'arrivait pas à se concentrer, sachant Gia en danger. Elle lisait et relisait la même page de son roman policier, incapable de se plonger dans l'histoire. Elle ne pouvait s'empêcher de penser à Gia et Raphaël. Malgré les dires de cette dernière, elle avait un mauvais pressentiment et était certaine que son amie faisait une grave erreur.

Elle avait réussi à énerver Gia et Jace avec ses questions, mais il fallait bien que quelqu'un les pose. Il le fallait et elle ne pouvait pas rester là à ne rien faire, pendant que son amie se faisait escroquer. C'était déjà assez dur de rester correcte envers Raphaël.

Kat avait toujours suivi son instinct bien qu'elle n'eût aucune preuve incriminant cet homme. Il cachait quelque chose et elle découvrirait son secret coûte que coûte.

Un changement de décor était exactement ce qu'il lui fallait afin de mettre son plan à exécution. Elle se leva et marcha lentement sur le pont pour détendre ses jambes. Il fallait trouver un moyen de fouiller dans le passé de Raphaël, sans irriter Gia davantage. S'il n'avait pas de cadavre dans le placard, parfait ! sinon, Gia serait prévenue.

Quelques minutes plus tard, Kat se retrouva seule de l'autre côté du bateau, et ça lui fit presque oublier Raphaël. Elle se pencha sur la rampe et inhala l'air marin. Elle ne savait pas quoi, mais quelque chose dans l'océan lui faisait oublier tous ses soucis.

Elle sursauta en voyant un jet d'eau dans les airs, c'était un groupe d'orques qui se trouvait à quelques mètres. Elles sautaient et faisaient jaillir de l'eau brumeuse en jouant. Les orques dansaient et sautaient de plus en plus haut. Des vagues rondes se formaient à la surface. Elles étaient magnifiques, libres et sauvages.

Elle hésita à appeler les autres, mais ne le fit pas. Les épaulards disparaîtraient bien assez vite, Kat voulait profiter de cet instant magique. Cela lui faisait du bien d'être seule avec ses pensées.

Elle ne voulait pas risquer une autre altercation avec Gia et un peu de temps seules leur permettrait de se calmer. Les deux amies se connaissaient depuis si longtemps qu'elles pouvaient presque lire dans les pensées de l'autre.

Les orques avaient disparu au passage du yacht. *Le Financier* avait traversé le détroit de Juan de Fuca et devait arriver sur l'île De Courcy dans une heure.

Ce moment de solitude lui donna l'opportunité de fouiner de son côté. Elle se baladait sur le pont afin de tomber, par hasard, sur un membre de l'équipage, sans que les autres s'en rendent compte.

Une conversation des plus banales avec l'un d'entre eux lui permettrait de récolter des informations sur leur capitaine. D'abord, elle voulait savoir quand et comment il avait acheté ce yacht. Une question innocente qui confirmerait, ou discréditerait, ses dires et lui donnerait de nouveaux détails sur son passé. Les informations que lui avait données Gia étaient trop vastes pour évaluer la situation correctement. Son amie, aveuglée par l'amour, n'avait même pas pris la peine d'en savoir plus.

Dix tours plus tard, Kat n'avait toujours pas trouvé âme qui vive. Si l'équipage était sur le bateau, il n'était indubitablement pas sur le pont. Tout ce qu'elle avait gagné, c'était des vêtements trempés de sueur et une gorge desséchée. Elle soupira et se dirigea vers les escaliers qui menaient à sa cabine climatisée.

— Ah !

Elle tourna et fonça dans un homme maigre et nerveux aux cheveux blonds. Il était mal rasé et portait un bermuda effiloché et un t-shirt taché. Il ressemblait plus à un drogué qu'à un membre de l'équipage, en tout cas il n'était pas à sa place au milieu du luxueux *Le Financier*. De plus, il sentait comme quelqu'un qui ne s'était pas lavé depuis des semaines. Pour finir, il était évident qu'il cherchait à éviter Kat. Raté, étant donné qu'ils venaient de se rentrer dedans.

— Pardon, dit-il en évitant son regard et en se décalant.

— Attendez ! Vous êtes un membre de l'équipage, n'est-ce pas ?

Elle ne s'était pas attendue à voir les employés de Raphaël en uniforme, mais au moins en tenue correcte et présentable. Ce type n'était ni l'un ni l'autre et ça la mettait franchement mal à l'aise.

— Ouais, dit-il en reculant pour partir.

— Ça doit être fascinant de travailler sur un bateau de luxe comme celui-ci.

Le Financier avait tout : la dernière technologie en matière de navigation, et même de l'électronique de pointe dans les cabines. Elle jeta un coup d'œil au-dessus d'elle. Évidemment, un yacht comme celui-là avait des caméras de surveillance.

— C'est un boulot, répondit-il en levant les épaules.

Une réponse plus qu'étrange. Elle était persuadée que tout marin qui se respecte tuerait pour travailler sur un vaisseau si luxueux possédant toute la haute technologie.

— Vous n'avez pas d'accent italien. Vous venez juste d'être embauché ?

Il n'avait pas l'air Italien non plus. À en juger par son anglais parfait, il était peut-être même d'ici.

— Faut qu'je parte, dit-il en rougissant.

— Ça doit être génial de parcourir le monde, répondit Kat en souriant et en lui bloquant le passage.

Ses efforts pour entamer une conversation n'avaient pas fonctionné.

— Je sais pas, il se retourna comme s'il cherchait quelqu'un, j'ai commencé y a qu'deux s'maines.

— Vous ne connaissez pas bien Raphaël alors ?

— Pas vraiment, comme je l'ai dit, j'ai commencé y a deux s'maines.

Il avait l'air perdu et se tourna pour partir.

Le bateau venait d'Italie, ce qui voulait dire beaucoup de pleine mer et très peu de ports où recruter un nouvel équipage.

— Où avez-vous rejoint le navire ?

L'homme l'ignora, il fit semblant de vérifier la rambarde tout en reculant.

— Attendez ! Comment vous appelez-vous ?

— Pete, dit-il d'un ton incertain.

— Enchantée Pete, je m'appelle Kat, répondit-elle en tendant la main.

Après un moment gênant, Pete s'avança et lui serra la main.

— Je dois vraiment y aller. Je ne devrais pas être ici. J'ai du travail.

— Je suppose que vous nous emmenez sur l'île De Courcy ?

Kat avait passé toute sa vie à Vancouver et pourtant, avant que Jace ne la mentionne, elle n'avait jamais entendu parler de cette île. Ce n'était pas étonnant, car on ne pouvait accéder à De Courcy qu'en bateau privé ou en avion. Il y avait seulement quelques douzaines de maisons et aucune commodité. Les courses devaient être faites en bateau.

— Ça, c'est sûr, gloussa-t-il doucement.

— Vous connaissez la légende de Brother XII et l'Aquarian Foundation ?

— C'est une secte, non ?

Pete donna un coup de pied dans un caillou imaginaire sur le pont immaculé. Kat acquiesça.

— Des rumeurs courent sur du travail forcé aussi. De nombreuses personnes ont été dupées et ont dû donner leur argent une fois sur l'île. Ils séparaient les femmes et les maris, et ensuite les forçaient à travailler pendant de nombreuses heures.

— Tout ça a sûrement été exagéré. Le visage de Pete se noircit. Depuis des années, j'entends des histoires de magie noire, d'occultisme et tout ce charabia. C'est des sornettes.

Ça s'applique aussi à Raphaël, pensa Kat. Pete connaissait l'histoire, il devait donc être du coin.

— Difficile de savoir la vérité, répondit Kat. Je suis sûre que les faits ont été embellis au fil du temps.

Elle allait devoir vérifier auprès de Jace.

— Probablement.

— Ce type, Brother XII, j'ai entendu dire qu'il avait pris l'argent de tous ses fidèles dès qu'ils étaient arrivés sur l'île. Comme une sorte de taxe communale, fit Kat, seulement il a tout utilisé pour lui. L'Aquarian Foundation paya pour toutes les propriétés, mais les actes étaient à son nom.

Pete sourit.

— C'est c'qu'on dit. Y a aussi des rumeurs de trésor enfoui quelque part dans l'île. Les chasseurs de trésor ont cherché pendant des années, en vain. Des bocaux remplis d'or sont soi-disant enterrés dans l'île, mais personne n'les a jamais trouvés.

— C'est fascinant, j'adorerais en savoir plus.

Kat était impatiente d'explorer l'île, et elle voulait faire sa propre petite enquête sur le mystérieux Brother XII. Mais, pour l'instant, elle devait se concentrer sur Raphaël. Maintenant qu'elle avait brisé la glace avec Pierre, peut-être allait-il lui en révéler un peu plus sur son employeur et sur les circonstances de leur rencontre. Ça serait le point de départ de ses recherches. Gia lui faisait confiance, mais pas elle.

— Plus tard.

Il acquiesça et disparut.

Elle passa quelques minutes à regarder l'horizon. Ils étaient entourés d'îles, mais elle n'en connaissait aucune. Elle se demandait pourquoi Brother XII avait choisi cet endroit précis pour fonder sa secte. Certainement parce que la position de l'île la rendait quasiment impossible à quitter.

Elle se mit à repenser à Pete, comment avait-il rencontré Raphaël ? Peut-être à la marina du coin, mais pourquoi embaucher des gens du coin sur un yacht italien ? Un équipage restait avec son bateau, peu importe la destination.

Un des employés italiens avait peut-être été licencié, mais ce serait étrange compte tenu de la distance entre Vancouver et l'Italie. Pete-le-débraillé ressemblait plus à un choix de dernier recours, surtout pour un milliardaire. Généralement, ils triaient leurs employés sur le volet, surtout lorsqu'il s'agissait d'un vaisseau de croisière. Ils étaient au moins présentables, c'est-à-dire tout le contraire de Pierre.

Hormis l'équipage en haillons et les caméras, le yacht de Raphaël n'était pas sécurisé. Kat s'attendait à voir au moins un garde du corps. Très peu de milliardaires s'aventurent sans protection sur des eaux non surveillées.

Pete détenait peut-être une pièce du puzzle que sont les intentions de Raphaël. Si seulement elle pouvait le faire parler.

En se tournant pour partir, Kat fonça presque dans Harry. Ce lieu était visiblement le lieu en vogue pour se rentrer dedans. Raphaël devrait installer des miroirs.

Pete réapparut soudainement derrière lui.

— Terre en vue ! cria Harry en pointant à tribord.

Pierre le suivit et dit en riant :

— Ça f'sait longtemps qu'j'avais pas entendu ça !

— Tu as le meilleur boulot du monde, répondit Harry, après ton patron bien sûr. Tu travailles pour lui depuis combien de temps ?

— Quelques semaines. J'reste jusqu'à la fin du mois, comme les autres.

Kat n'avait pas pensé une minute que Pete pût être là temporairement. Même si Raphaël mettait son yacht à quai, il ne pouvait pas le laisser sans équipage, surtout s'il s'agissait de sa résidence principale.

Que se passait-il à la fin du mois pour que Raphaël virât tout son équipage ? Elle n'avait même pas envie de savoir.

Merci Harry ! Sans même chercher à savoir, il avait toujours les dernières informations. Tout l'équipage était nouveau, ce qui confirmait que Raphaël avait menti en disant qu'il venait d'Italie. Il lui fallait un équipage complet s'il voulait retourner dans son pays.

Le capitaine ne lui en dirait pas davantage, mais elle avait bien l'intention d'en savoir plus grâce à Pete. Ce bateau était-il vraiment à Raphaël ? Il pouvait très bien l'avoir loué. Cette explication était plausible étant donné que l'équipage était là pour un mois. Mais si tout le monde partait dans un mois, alors le prétendant de Gia aussi. Le jour J était donc prévu pour dans deux semaines. Mais Kat se faisait des films, car elle n'avait aucune preuve de la culpabilité de Raphaël. Juste un pressentiment.

Si le bel apollon avait déjà l'argent de Gia, il pouvait disparaître à tout moment, sauf s'il en voulait plus. Elle ne savait pas combien son amie avait déjà investi, mais rien que pour faire fonctionner le yacht, ça avait dû coûter une fortune. Et, même si Gia lui avait tout donné, cela ne suffirait pas à couvrir toutes les dépenses de Raphaël. À coup sûr, il complotait pour lui piquer plus d'argent. Ou alors elle se trompait sur toute la ligne et Raphaël était honnête, comme le clamait Gia.

Pete ouvrit un compartiment et en sortit des gilets de sauvetage.

— Attends je vais t'aider, lui dit Harry qui le rejoignit et l'aida à empiler les gilets sur le pont. Qu'est-ce que tu vas faire à la fin du mois ?

— Chais pas. J'vais sûrement chercher un autre job, répondit Pete.

— Sur un bateau ?

Pete soupira et dit :

— Ce serait super, mais c'est dur de trouver du travail en c'moment. J'ai trouvé celui-là par une annonce de dernière minute.

Cette réflexion interpella Kat. Un manque de travail était synonyme de compétition ardue, et Pete ne donnait pas l'impression d'être le candidat idéal. Elle demanda alors :

— Comment avez-vous entendu parler de ce poste ?

— J'en ai entendu parler, dit Pierre en grimaçant.

Sa question l'avait mis mal à l'aise. Harry était bien plus doué qu'elle, c'était sûrement parce que lui ne cherchait pas à avoir des réponses à tout prix.

— Où ? Par un ami ?

— On est presque arrivé sur l'île, dit-il avec un grand geste. Vous d'vriez attraper vos affaires et vous t'nir prêts.

Kat regarda Harry du coin de l'œil en espérant qu'il repose la même question. Il n'y manqua pas.

— C'est le plus beau bateau sur lequel tu as travaillé ?

Pete acquiesça et dit :

— C'est l'seul sur lequel j'ai travaillé. Ça valait l'coup d'revenir ici.

— Revenir d'où ? demanda Harry. Tu es parti quelque part ?

— J'dois bosser, ce bateau ne va pas s'accoster tout seul.

Pete renversa presque Harry dans sa précipitation.

Kat le regarda disparaître, elle était intriguée par son commentaire. Il avait impliqué qu'il était du coin, et contrairement à Raphaël, il connaissait l'île De Courcy. Mais d'où revenait-il ? Elle avait la ferme intention de le découvrir.

CHAPITRE 6

at entra dans sa cabine pour prendre une douche bien fraîche. Jace était déjà à l'intérieur, il était en train de mettre des habits dans un sac à dos.

— Tu vas quelque part ?

— Je vais explorer l'île avec Raphaël. On va voir ce qu'il reste de la colonie de Brother XII.

— Je prends une douche, je me change et j'arrive, dit-elle en détachant sa queue de cheval et en cherchant des habits de rechange dans son sac.

Un long silence s'installa.

Elle se retourna et fixa Jace.

Il remuait ses mains en s'asseyant sur le lit. Il avait les yeux rivés sur ses chaussures de randonnée et semblait ne pas vouloir la regarder.

Kat ravala sa salive, il n'avait quand même pas décidé de partir sans elle ?

— Je vois… je ne suis pas invitée.

— Eh bien, je me suis dit que tu avais sûrement quelque chose de prévu avec Gia, ou Harry, dit-il en jetant son sac sur son dos.

Il y a beaucoup de choses à faire à bord. Vous pouvez aussi prendre le soleil sur la plage.

— Mais on avait prévu de visiter l'île ensemble, Jace !

Avant que tu ne me remplaces par Raphaël, se disait-elle. Était-elle jalouse ou suspicieuse ? Un peu des deux.

— Je pensais que ce serait plus efficace comme ça, étant donné que je dois couvrir deux sujets. Je peux interviewer Raphaël en cherchant le site de Brother XII, on pourra visiter tous les deux plus tard.

Il se tourna vers la porte.

— Je vois ce que tu veux dire. Tu ne veux pas que je vienne, dit-elle en fronçant les sourcils.

— Ne sois pas bête ! Si tu es rapide, tu peux venir avec nous, dit-il en se dirigeant vers la porte puis en se tournant. Rejoins-nous sur le pont.

Les larmes lui montèrent aux yeux. Il ne le disait pas, mais il était clair qu'il ne la voulait pas avec lui, et surtout pas avec Raphaël. Elle comprenait la fascination qu'il avait envers cet homme. On ne rencontrait pas un milliardaire tous les jours, mais là n'était pas la question. Leur week-end romantique s'était transformé en voyage de groupe, ils n'auraient pas une minute pour eux.

Elle évita son regard et fixa le hublot. Ils s'arrêtèrent juste devant la marina. Il n'y avait que deux bateaux accostés, un canot de pêche pneumatique et un chalutier en piteux état. L'emplacement semblait vraiment petit pour *Le Financier*. Son cœur se mit à battre la chamade.

— Sans parler de ta mission, ce week-end devait être notre week-end, à nous ! Mais tu préfères passer ton temps avec Raphaël. Je comprends. Je ne suis pas un milliardaire tapageur avec des joujoux hors de prix. Je ne suis que ta petite-amie.

Peut-être exagérait-elle un peu, mais au point où elle en était, elle s'en fichait. Leur voyage n'avait commencé que depuis quelques heures et Kat avait déjà envie de rentrer.

— Ce n'est pas ce que je voulais dire Kat, répondit Jace en levant les yeux au ciel, bien sûr que je préfère passer du temps avec toi, mais c'est une énorme opportunité pour moi. Je peux m'en tirer avec deux articles en une journée. C'est même toi qui m'as suggéré de faire un article sur Raphaël. Pourquoi est-ce que tu en fais tout un fromage ? Si j'écris sur ce type, je vais d'abord devoir lui parler.

— Mais tu n'as pas besoin de passer chaque minute de ta journée avec lui non plus.

— Ça ne fait que quelques heures que nous sommes à bord. On a encore tout le week-end, mais c'est un homme très occupé, qui sait s'il ne va pas devoir partir à l'autre bout du monde demain ! dit-il en levant les mains.

— Si tu pouvais dire vrai.

Il ne resterait pas longtemps une fois ses secrets exposés au grand jour, elle en était sûre.

— On dirait que tu le prends pour un criminel. Je pense que tu t'intéresses à mon article uniquement pour en savoir plus sur lui.

Un court silence s'ensuivit.

— J'ai raison, non ?

— Ça ne peut pas faire de mal d'en savoir un peu plus sur son passé. Certaines de ses affirmations sont un peu tirées par les cheveux. Tu vas devoir les vérifier dans tous les cas.

Harry passa devant la porte et leur fit signe.

— Vous montez ?

Jace secoua la tête.

Harry regarda Jace puis Kat. Son sourire disparut en même temps que lui.

Jace se tourna et ferma la porte derrière lui, il s'assit sur le lit près de Kat.

— Pourquoi est-ce qu'on se prend la tête avec ça ? On devrait profiter de ces vacances.

— Parce que tu préfères être avec lui plutôt qu'avec moi, répondit-elle en réalisant la stupidité de son affirmation pourtant vraie.

— Mais non ! lui dit-il en l'embrassant. Je préfèrerais que tu viennes avec nous, mais j'ai peur que tu ne saches pas garder ton calme avec Raphaël. Tu ne dois rien dire d'agressif ou d'embarrassant.

— Donc je te fais honte ?

Les larmes lui montèrent aux yeux, mais il était hors de question qu'elle pleure. Elle se tourna et calma sa respiration. Elle avait droit à sa propre opinion vis-à-vis de leur hôte, et devrait pouvoir s'exprimer sans pour autant être la brebis galeuse.

— Tu sais ce que je veux dire. Tu peux être très protectrice envers Gia, mais tu dois garder tes soupçons pour toi. Leur relation ne nous regarde pas. Personnellement, je pense que c'est quelqu'un de bien, même si tu ne partages pas mon avis. En plus, il nous a emmenés jusqu'ici, alors soit au moins polie avec lui.

Jace avait peut-être raison, sur la partie suspicion en tout cas. Kat allait changer de tempérament, mais elle ne changerait pas d'avis pendant qu'il lui volait son amie. Plus que jamais elle allait devoir enquêter sur le beau milliardaire. Personne ne serait au courant. Surtout pas Jace.

CHAPITRE 7

K at n'avait pas besoin de se presser. Quand elle sortit de la cabine, quinze minutes plus tard, ils n'avaient toujours pas amarré. *Le Financier* était trop large pour la petite marina de l'île De Courcy, ils devaient donc changer d'endroit. Le yacht jeta l'ancre aux abords de Pirates Cove.

— Pete dit qu'on va prendre le canot pneumatique pour aller sur l'île, dit l'oncle Harry en examinant Kat. Tu as l'air énervée toi !

— Je vais bien.

En réalité, elle n'allait pas bien et elle ne pouvait pas le cacher à Harry. Heureusement, ce dernier n'insista pas.

— Si tu le dis, mais je ne te crois pas. Je vais voir ce que c'est que ce rafiot ! dit-il en riant, puis il disparut vers la proue.

Elle respira un grand coup et expira. Jace avait raison. Ce ne serait pas dur de faire des grands sourires et de supporter Raphaël pendant deux jours. C'était le week-end et ils avaient atterri sur une île faiblement peuplée.

L'île De Courcy était l'endroit idéal, cela lui laissait le temps de découvrir les secrets de Raphaël. L'exiguïté du yacht lui rendrait la tâche facile, elle allait pouvoir enquêter sur lui tranquillement, ce qui aurait été impossible à Vancouver. Elle était persuadée qu'une fois ses intentions exposées au grand jour, tout le monde l'écouterait.

Harry revint en moins de dix minutes.

— Ce serait bien que les deux amoureux se dépêchent, on ne peut pas descendre sans eux ?

— Ils ne devraient plus tarder, répondit Kat. Gia a parlé d'une téléconférence avec les investisseurs italiens de Raphaël, mais ils auraient dû terminer il y a une demi-heure.

— Il me tarde de descendre aussi, mais je pense qu'on devrait les attendre, dit Jace. Il est difficile d'imaginer qu'une communauté existait sur cette île minuscule. Tellement de gens vivaient ici, et pourtant personne ne se souvient d'eux, dit Jace.

— Ou que tant de personnes ont été abusées et ont donné toute leur fortune à Brother XII, rétorqua Kat.

Jace jeta un regard méfiant vers Kat.

— Ce type avait tellement de charisme qu'il aurait pu vendre une nouvelle religion au pape. Il avait réussi à convaincre plus de huit mille personnes grâce à ses histoires de mysticisme et de réincarnation.

— Voilà ce qu'il se passe quand tu racontes que la fin du monde approche. Les gens perdent leur bon sens, dit Harry.

— Brother XII leur avait promis un moyen de s'en sortir. Le monde s'effondrerait pour le peuple, mais pas pour l'élite qui joindrait l'Aquarian Foundation. Les membres, eux, auraient une échappatoire. Ses disciples se multiplièrent avec chaque article sur les capacités de Brother XII à prédire l'avenir.

— Les gens ne croient que ce qu'ils veulent, dit Kat. Ils pensent qu'en ayant foi en une force supérieure, leur destin n'est plus entre leurs mains. De cette façon, ils peuvent s'absoudre de tous les maux.

Jace acquiesça et dit :

— Certaines personnes ont été abusées plus que d'autres. Hormis les éditeurs qui publiaient les histoires de Brother XII, il avait réussi à convaincre Mary Connally, une riche veuve d'Asheville, en Caroline du Nord, qu'il possédait le secret de l'aide divine et de la rédemption spirituelle. Connally lui envoya alors deux mille dollars, une broutille comparée à sa fortune.

— Et bien, ce type sait comment arnaquer les gens, dit Harry en secouant la tête. Pourquoi est-ce qu'elle l'a cru ?

— C'était dur de ne pas le croire. Brother XII avait pris un train pour Toronto afin de la rencontrer en personne. Mais pendant son voyage, il tomba sur Mme Myrtle Baumgartner qu'il convainquit qu'elle était la réincarnation de la déesse égyptienne de la fertilité, Isis.

— Encore une idiote, lança malicieusement l'oncle Harry.

Jace approuva et répondit :

— À la fin des trois jours de voyage en train, il l'avait aussi convaincue qu'ils étaient faits l'un pour l'autre, lui étant la réincarnation d'Osiris, époux d'Isis.

— Elle était pourtant déjà mariée, dit Kat en fronçant les sourcils.

— Myrtle avait attendu son retour, elle était tellement fascinée par cet homme qu'elle quitta son mari et sa famille pour rejoindre l'Aquarian Foundation.

— Comment est-ce que l'on peut croire de telles âneries ? répondit Harry en remuant la tête.

— Brother XII était très persuasif et beaucoup de personnes sont tombées dans son piège. Pendant ce temps, à Toronto, il réussit à amasser près de vingt-six mille dollars et une promesse de dévotion de la part de Mary Connally. Cela représentait une grosse somme à l'époque. Et n'oublie pas qu'il était encore marié ! Cependant, ce fut la goutte d'eau qui fit déborder le vase, sa femme, Alma, en eut marre et décida enfin de le quitter. Une semaine plus tard, Brother XII et Myrtle emménagèrent ensemble.

— Vraiment louche ce type ! dit Harry. Il était si doué pour piller les gens que je me demande s'il reste quelque chose sur cette île.

— J'en doute, mais on ne sait jamais, répondit Jace en s'appuyant sur la barrière.

— Je suis surpris que les gens soient si bêtes. C'était évident qu'ils se faisaient manipuler, non ?

— Souvent, on ne réalise que lorsqu'il est trop tard, s'exclama Kat. Brother XII leur a simplement dit ce qu'ils voulaient entendre. Ils voulaient se sentir spéciaux et prendre part à quelque chose de plus grand. Ces victimes pensaient être supérieures aux autres, ça boostait leur égo et les aveuglait en même temps. C'est passé comme sur des roulettes.

— C'est sûr, répondit Jace. Brother XII garda tout l'argent pour lui et fit travailler ses disciples comme des esclaves, entre seize et dix-huit heures par jour, en séparant les hommes et les femmes.

— Il faut être fou pour faire ça ! l'oncle Harry secoua de nouveau la tête. Je ne me laisserais jamais embrigader là-dedans moi !

— Il ne faut jamais dire jamais oncle Harry, dit Kat, tu es sur une île, séparé du reste de la société et éloigné du monde. Tu n'as ni argent ni biens, et aucun moyen de partir seul de cet endroit. En réalité, tu es à la merci de celui qui te nourrit, et l'ironie veut qu'il te nourrisse avec ton argent, mais tu n'as plus le contrôle de cet argent ; en fait, tu n'as plus le contrôle de rien.

— C'est exactement ce qu'il s'est passé, répondit Jace. Brother XII déclara qu'il n'y avait pas assez de place pour tout le monde. Les gens se sont battus pour savoir qui méritait de rester. Seuls les quelques élus ont pu trouver refuge dans la ville en construction.

— Et les autres ? demanda Kat.

— Les personnes restées en dehors de l'enceinte de la ville moururent, c'est ce que tout le monde crut en tout cas. C'était leur seule chance de survie, et ils étaient prêts à tout pour être élus. C'était peut-être fou, mais après plusieurs mois ou années, cette situation était normale pour eux. Personne ne pouvait entrer ou sortir de l'île, ils n'étaient donc pas influencés par le monde extérieur.

— Tu dis qu'ils se sont battus, qui gagna ? demanda Harry.

— Personne, soupira Jace. Ils perdirent tous quelque chose, certains plus que d'autres.

Les pleurs des goélands perçaient le silence au-dessus d'eux. Kat, Jace et Harry regardèrent silencieusement vers l'île De Courcy. Aucune trace ne subsistait des malheurs d'autrefois.

— Moi aussi je serais dans le déni si j'avais fait une erreur pareille, dit Harry. Tant que tu prétends que tout va bien, tu ne veux pas te dire que tu es un imbécile. Ces gens ont délibérément donné le fruit de leur dur labeur et ont ruiné leur vie. Brother XII les a peut-être aidés, mais c'était quand même leur décision.

— Ouais ! répondit Jace. Facile à dire. Tout le monde ne veut pas voir la vérité en face.

Kat regarda vers la porte et dit :

— Où sont Raphaël et Gia dans tout ça ? Elle est bien longue leur réunion !

Jace lui jeta un regard noir.

Elle vérifia l'heure sur sa montre, il était presque trois heures de l'après-midi ici.

— Il est presque minuit en Italie, à qui peuvent-ils bien parler si tard un vendredi soir ?

— Les milliardaires n'ont pas les mêmes horaires de travail que nous, répondit Jace. Mais j'aimerais bien qu'ils se dépêchent aussi. Je n'en peux plus d'attendre. Tu sais, certaines personnes disent que c'est une île au trésor. Selon la rumeur, Brother XII y aurait caché une demi-tonne de pièces d'or.

Encore cet or, comme en avait parlé Pete.

— Pete a dit que Brother XII gardait l'argent dans des pots Mason, mais où est passée toute cette fortune ?

— Les dons faits à l'Aquarian Foundation ont tous été effectués en espèces, répondit Jace. Brother XII transforma alors ces dons en or. Il avait le pouvoir étrange d'attirer les plus grosses fortunes, et tous ces bouts de papier formèrent une coquette somme. Au moins un de ses disciples était millionnaire, donc ça montait vite.

— Pourquoi est-ce qu'il n'a pas mis cet argent à la banque ? demanda Harry en grattant son menton. Ça aurait été bien plus simple, non ?

— Simple peut-être, mais une transaction bancaire, ça laisse des traces. L'or, non ! Contrairement à de l'argent mis en banque, les transactions sont intraçables. C'était très ingénieux de sa part. Il pouvait dépenser sans que personne le sache. Évidemment, il n'y avait aucune preuve des versements faits par les donateurs, donc impossible pour eux de se retourner en cas de problèmes. C'était son plan depuis le début, partir seul avec l'argent.

— C'est absurde, dit Kat, ils auraient dû s'en douter. C'étaient des personnes fortunées, qu'en ont dit leurs conseillers financiers ?

— Personne ne pouvait les arrêter, même pas leurs conseillers. Ils étaient ensorcelés par Brother XII qui leur assurait de savoir prédire l'avenir. Avec le recul, ils ont regretté leurs actions quand la magie est devenue noire.

— Ils ont donné tout leur argent, car ils croyaient en lui. Ils les encourageaient à venir s'installer sur l'île. Ils construisaient des maisons et dépensaient toute leur fortune pour acheter les terres en dessous. Sous prétexte de projet commun, Brother XII recevait les actes de propriété à leur place ; il affirmait être contre la propriété individuelle.

— Ils auraient pu réfléchir, c'était évident quand même.

— Pas vraiment. Pas un seul ne savait où était l'or. Pour eux, c'était devenu la propriété de l'Aquarian Foundation, une propriété bien conservée et cachée.

— Mais s'il prenait leur argent, mais ne donnait rien en retour, ils auraient dû se douter de quelque chose, répéta l'oncle Harry.

— C'est là que ça devient intéressant, répondit Jace. Il les convainquit que leur âme serait détruite et qu'ils ne seraient pas réincarnés. En plus, face au faible nombre de places, ils risquaient l'expulsion. Seule une poignée d'élus serait sauvée pendant l'Armageddon, et ils étaient nombreux à se bousculer au portillon.

Gia et Raphaël apparurent enfin, elle sourit d'un air gêné.

— On est prêt à descendre, et désolé pour l'attente.

— Dis-m'en plus sur cette demi-tonne d'or, dit Harry. Est-ce qu'il y a une carte au trésor ?

Jace rit et dit :

— Pas que je sache ! Mais les rumeurs disent que Brother XII aurait caché l'or, ici, sur cette île.

Cette histoire de trésor éveilla la curiosité de Raphaël.

— Pourquoi est-ce qu'il aurait fait ça ?

— Afin de ne pas éveiller les soupçons et l'avoir sous la main. C'est le sujet de mon reportage, dit Jace en pointant l'île du doigt. L'Aquarian Foundation acheta De Courcy et deux autres îles au printemps 1929 après plusieurs années d'existence. Et, dès que quelqu'un devenait trop curieux, il déménageait sa secte vers un endroit plus isolé.

Kat, prise dans la discussion, en oublia son aversion pour Raphaël et ajouta :

— Les années folles allaient se terminer, c'était seulement

quelques mois avant le krach de 1929 et le début de la Grande Dépression.

— C'est exact, répondit Jace. Même si la bourse était en plein essor, tôt ou tard les gens s'attendaient à un krach. Tous les signes étaient présents : des marchés tendus en Europe et ici, en Amérique du Nord, et les inégalités entre riches et pauvres.

— Comment est-ce qu'on peut choisir de vivre dans un tel endroit ? demanda Gia. D'accord, c'est beau, mais c'est petit et perdu au milieu de nulle part. Il faut un bateau.

— C'est exactement pour ça que Brother XII l'avait choisie, il était à l'abri des regards curieux. Les gens commençaient à se poser des questions. Il s'en prenait aux plus fortunés, et ses adeptes millionnaires se multiplièrent lorsqu'il prédit le krach boursier. C'était pour eux la preuve qu'il pouvait lire l'avenir, et ça impliquait l'Armageddon. Ses disciples voyaient l'île comme un refuge contre la crise financière.

— Je suppose que ces riches investisseurs pensaient avoir encore plus d'argent dans une autre vie, répondit Harry en riant. Comme si c'était possible !

— La banque la plus proche était à des kilomètres en bateau, ajouta Raphaël, donc il enterra l'argent pour le garder en sécurité.

— Comment est-ce que quelqu'un peut avoir autant de pouvoir sur les gens ? Il faut être stupide pour donner son argent comme ça, non ? dit Gia en se retournant vers Raphaël, resté impassible.

— Le charisme, répondit Jace. Ils étaient convaincus que Brother XII était en communication directe avec les dieux. Ils avaient peur pour leur âme, seule chance de survie après la fin du monde.

— N'importe quelle personne saine d'esprit devrait s'en rendre compte, il suffit d'avoir un peu de bon sens.

— C'est ce que tu crois, mais Brother XII était très fort ! Il se renfermait dans ce qu'il appelait sa Maison du Mystère, où il participait à des séances de spiritisme pendant lesquelles il entrait, soi-disant, en contact avec les onze autres frères. Personne ne pouvait entrer dans la Maison des Mystères, mais il autorisait ses fidèles à se tenir en dehors de la maison, parfois pendant des heures. Il affirmait que leurs méditations l'aidaient dans ses projections astrales et à se connecter aux divinités.

» Ses séances de spiritisme pouvaient durer des heures et certaines personnes s'en lassaient. Certains inventaient des ragots, d'autres se plaignaient. Pourtant, Brother XII était toujours au courant de ce qu'il se disait dehors et surtout, qui le disait. Les sceptiques étaient toujours punis. À leurs yeux, c'était vraiment un médium. Les adorateurs vivaient entre peur et émerveillement.

» Ce qu'ils ne savaient pas, c'est que Brother XII avait fait installer des micros derrière les rochers au niveau des aires d'attente des fidèles. C'était de la technologie de pointe à l'époque, peu de personnes étaient familières avec ce concept. Il n'avait plus qu'à écouter.

Kat soupira, si seulement quelqu'un voulait bien la croire.

CHAPITRE 8

Kat descendit du canot pneumatique les pieds dans l'eau et heureuse d'être enfin sur l'île. En marchant vers la plage, elle se retourna pour regarder *Le Financier*, même de loin il était impressionnant.

Raphaël tira le canot loin sur la plage pour ne pas qu'il se fasse emporter par la marrée. Les deux hommes avaient déjà oublié la présence de Kat. Jace parlait de Brother XII et Raphaël buvait ses paroles.

Elle s'arrêta un instant, puis leur emboîta le pas et marcha plusieurs mètres derrière eux sur la plage. La jeune femme était suffisamment loin de Raphaël, mais pouvait tout entendre de leur conversation. Cette stratégie lui permettait de garder son calme.

Gia et Harry étaient restés sur *Le Financier*. Gia était fatiguée, et le dos de Harry recommençait à faire des siennes. Kat avait hésité à rester à bord, mais elle ne voulait pas louper les restes de la civilisation créée par Brother XII. Par ailleurs, elle était partisane du proverbe chinois qui dit « sois proche de tes amis, et encore plus proche de tes ennemis ».

Il était presque seize heures et Raphaël n'avait toujours pas parlé de sa téléconférence avec les investisseurs italiens. La seule chose qu'elle savait, c'était que Gia était impliquée, mais lorsqu'elle lui avait demandé, cette dernière était restée vague.

Gia était furieuse que Kat eût douté de la légitimité de l'entreprise de son petit ami. Elle s'y attendait, mais elle ne pouvait pas laisser son amie se faire rejeter et abuser.

Cependant, avec Gia qui ne lui parlait presque plus, il était difficile pour Kat d'obtenir des informations sur le contrat passé entre les deux tourtereaux. En voulant protéger son amie, elle avait réussi à l'aliéner, tout ce qu'elle pouvait dire ne faisait qu'empirer les choses. Elle ne lui en voulait pas, mais certaines choses devaient être dites afin d'éviter un désastre.

Kat s'arrêta un instant sur la plage parsemée de rochers et imagina ce que les nouveaux membres de la commune avaient dû ressentir en débarquant ici. Ils avaient abandonné tous leurs biens et s'étaient retrouvés sur une île coupée du monde.

Elle était impatiente de découvrir les vestiges de la colonie fondée par Brother XII. Kat avait toujours été fascinée par les sectes : des personnes sensées, piégées et forcées à donner tout ce qu'elles possédaient de plus cher, dont leur liberté. L'Aquarian Foundation en était le parfait exemple. On n'en parlait plus aujourd'hui pour une bonne raison, les gens voulaient oublier cet incident tragique et honteux.

— Qu'est-ce qu'on attend ? Allons-y ! dit Raphaël.

Ils prirent un sentier pentu qui menait à l'intérieur des terres. Le chemin suivait les falaises rocheuses et à moitié ombragées par de maigres arbousiers, qui se transformaient en immenses pins au fur et à mesure qu'ils s'éloignaient de la côte. Le sentier redevint plat et le soleil fit place à une ombre rafraîchissante.

— Parle-moi de ton entreprise, comment as-tu commencé ? demanda Jace.

— Mama avait un salon à Milan et je m'y amusais souvent.

Même si j'étais un petit garçon, je remarquais la manière dont elle transformait des femmes banales en reines du glamour. Elle avait un talent certain pour la création de nouveaux produits et styles ; mais elle n'était pas douée en affaires. Bientôt, elle attira des stars et des mannequins de la scène italienne. Gia me fait beaucoup penser à elle !

— Vraiment ? Pourquoi ?

— Elle connaît ses clients et sait ce qui fait vendre. Elle n'a pas peur de prendre des risques calculés.

C'était nouveau pour Kat ! La Gia qu'elle connaissait était prudente et repoussait toujours les travaux tant qu'elle n'avait pas fait de profits. Qu'est-ce qui avait bien pu changer avec Raphaël ?

Elle restait silencieuse afin d'emmagasiner le plus d'informations possible. Elle suivit les deux hommes jusqu'à un petit rocher affleurant qui marquait la séparation du sentier en deux parties. Ils prirent à droite.

— Est-ce que ta mère a toujours son salon ? demanda Jace.

— Sûrement pas ! répondit Raphaël en riant. Elle n'aura plus jamais besoin de bouger le petit doigt. On est extrêmement riches grâce à Belle'issima. Maintenant, c'est elle qui se fait pomponner !

Le chemin de terre pencha légèrement puis s'enfonça dans la forêt.

— Et c'est grâce à toi tout ça, dit Jace en riant.

— Je me suis occupé des affaires, avec le marketing et un capital-risque pour financer la fabrication et les produits. Mais l'idée, le bouche-à-oreille et les célébrités, c'est le travail de Mama. Quelque chose que l'argent ne peut pas acheter.

— Tu joues les modestes !

Jace ne s'était pas fait prier pour rejoindre le fan-club de Raphaël, mais où étaient passés son scepticisme et son objectivité ?

— Comment s'appelle ton entreprise Raphaël ?

Les mots avaient échappé à Kat avant qu'elle ne s'en rende compte. Après toute cette discussion sur son succès, il était toujours très évasif.

Pas de réponse.

Il avait très bien entendu la question et elle ne la répéta pas. Jace ne remarqua rien, ou prétendit ne rien remarquer.

Quelques instants plus tard, ils arrivèrent sur le lieu de la colonie. Raphaël retrouva sa voix et la conversation repartit sur Brother XII et l'Aquarian Foundation. Il ne restait presque rien du site, seule l'empreinte des bâtiments érigés autrefois demeurait.

Jace pointa du doigt les restes des fondations en ciment qui faisaient la taille de plusieurs maisons et dit :

— Ça doit être l'emplacement de l'ancienne école, elle fut construite pour accueillir des étudiants, mais personne ne vint. La plupart des disciples étaient d'âge moyen ou plus vieux, aucun d'eux n'avait d'enfants en bas âge.

— C'était sûrement une bonne chose, dit Kat, imagine-toi naître dans une secte et ne connaître rien d'autre.

— On vous lave le cerveau dès la naissance, difficile de s'en défaire, répondit Jace.

— C'est tout ce qu'il reste ? dit Raphaël en tapant dans la terre. Je croyais qu'il y aurait des bâtiments au moins.

— Où est la Maison du Mystère ? demanda Kat en cherchant une fondation plus grande que les autres autour d'elle. Ah, je crois que je la vois.

Les bases, presque invisibles, apparaissaient sur un monticule qui dominait la colonie, d'où il pouvait surveiller ses sujets.

— Combien de temps la secte a-t-elle existé ? demanda Raphaël. Ils ont beaucoup voyagé on dirait.

— Seulement quelques années, répondit Jace. Même ses

disciples les plus croyants ont fini par voir clair dans son jeu et ont perdu la foi.

— Ce n'est pas facile d'arriver ici, fit remarquer Raphaël, l'île est rocheuse. Ce n'est pas possible d'être dépendant. Qu'est-ce qui rend cet endroit si incroyable ?

— Brother XII aimait le fait que cette île soit coupée du monde. Il ne voulait pas attirer l'attention pour ne pas attirer les questions. Et les questions ne venaient pas que des étrangers. L'Aquarian Foundation voulait savoir pourquoi il pouvait vivre avec Myrtle tout en étant marié à Alma. Ce genre de comportement était scandaleux pour l'époque. Ou pourquoi les titres de propriété étaient en son nom propre, et non celui de la Fondation.

» Le plus scandaleux était que ses fidèles travaillaient tellement que ça s'apparentait à du travail forcé non payé. La plupart étaient des retraités qui se tuaient au travail. Ils n'étaient pas plus que des esclaves.

Kat fixait les fondations, dont la majorité était recouverte de végétation. Cela ressemblait à un site archéologique, un site que les gens préfèrent oublier.

— Je n'arrive toujours pas à croire que des gens aient pu vivre ici. Je suppose qu'ils étaient démunis, épuisés mentalement et physiquement pour tenter de s'évader.

— Et trop effrayés, ajouta Jace. Ils pensaient encore que Brother XII avait le pouvoir sur eux. Ils n'osaient pas partir de peur des représailles. Et même s'il avait tort, où iraient-ils ? Ils avaient fui leur famille en donnant leur fortune à Brother XII. Et, dans le cas des femmes, elles avaient aussi abandonné leur mari. Une grande partie venait de pays étrangers et donc n'avait pas les moyens de rentrer.

» Ils avaient eu un moment de répit et avaient oublié leur dur labeur, et leur misérable existence, lorsque Brother XII et sa dernière femme, Madame Zee, étaient partis pour l'Angleterre en 1930. Ils avaient voyagé à bord d'un chalutier avec des tourelles comme simple défense.

» Ils étaient partis pendant deux ans, ce qui laissa aux gens le temps de réaliser leurs erreurs. Les fidèles s'étaient alors réunis et avaient confronté Brother XII à son retour. Il avait banni les plus bruyants, mais c'était le début de la fin pour lui. D'une manière ou d'une autre, tous avaient réussi à partir de l'île. Ils avaient réalisé l'ampleur de leurs pertes une fois retournés à la civilisation. En 1933, plusieurs anciens membres avaient poursuivi l'Aquarian Foundation en justice afin de faire geler leurs biens et de récupérer leur argent.

» Ils n'avaient réussi qu'à moitié, car Brother XII avait bien caché ses actifs. L'or n'avait pas pu être retrouvé et il en avait dépensé une grosse partie pour lui. Mary Connally récupéra un peu de son argent quand les îles De Courcy et Valdes furent transférées en son nom comme compensation partielle.

» Brother XII avait au moins prédit sa propre chute et avait pris la fuite avec Madame Zee. Mais pas avant d'avoir brûlé tous les bâtiments. Il avait pris une hache afin de tout détruire, car il ne voulait pas que quelqu'un d'autre en profite.

Jace secoua la tête.

— Et l'argent alors ? demanda Raphaël.

— L'or ? dit Jace en levant les épaules. Certains disent qu'il est enterré quelque part sur l'île et qu'il n'a pas eu le temps de venir le chercher. Mais j'en doute.

Raphaël était abasourdi.

— Il s'en est tiré avec combien ?

— Personne ne le sait vraiment. La plupart des gens ont déjà honte de dire qu'ils ont investi, alors ils diront encore moins le montant. Mais on sait qu'ils étaient tous très riches, donc ça devait être une belle somme, répondit Jace en marquant un temps d'arrêt. Il y a une autre rumeur, celle d'une grotte au trésor. Certains pensent que Brother XII y a caché une partie de son butin.

— Qu'est-ce qu'on attend ! dit Raphaël en se tournant vers le chemin, allons-y !

Kat marchait derrière les deux hommes en quittant le site de l'ancienne colonie. Ils retournèrent sur le sentier, mais prirent une autre fourche, qui plaçait la clairière derrière eux. L'ombre du chemin était agréable et rafraîchissante, ce dernier était bordé de ronciers à fruits et d'une végétation dense. Le contraste avec les côtes arides et battues par le vent était flagrant.

À peine trente mètres plus loin, le sentier se transforma en pente ardue. Les pieds encore mouillés de Kat glissaient dans ses sandales et elle dut s'agripper aux branches et aux plantes pour ne pas tomber. Elle aurait aimé porter des chaussures plus solides.

Jace ouvrait la voie, suivi de Raphaël. Elle avait du mal à les suivre et la distance entre eux se creusa de trois mètres, puis presque de quatre mètres.

— Doucement ! dit-elle alors que son pied glissa de nouveau dans ses sandales.

Raphaël fit la sourde oreille et l'ignora. Elle se reprit et accéléra pour les rattraper.

— Dis-m'en plus sur ta mère, demanda Jace.

— Mama se forgea une certaine réputation et les femmes venaient de partout pour la voir. Elle attira bientôt l'attention d'une grosse entreprise italienne spécialisée dans les produits de beauté. Elle leur donna une licence afin d'utiliser la formule secrète, et la suite on la connaît, répondit Raphaël en se tournant vers Kat.

— C'était ingénieux de leur octroyer la licence, dit Kat. La plupart des gens auraient vendu leur invention directement.

De nos jours, il était quasiment impossible que la mère de Raphaël eût pu créer un produit en dehors d'un laboratoire de chimie. Mais elle se tut. Les réponses de Raphaël étaient montées de toutes pièces, mais un jour la vérité éclaterait.

— Mama n'a pas voulu vendre pour garder la main sur ses créations. Ça a payé !

La sourde oreille de Raphaël recommençait à lui jouer des tours !

— Est-ce qu'elle travaille sur de nouveaux produits en ce moment ?

Pas de réponse.

Ils firent une pause dans la clairière. Deux chemins partaient dans des directions opposées, sans aucune indication ou marquage.

— Les histoires que je pourrais vous raconter sur certaines de ces célébrités ! dit Raphaël en faisant un mouvement de fermeture sur sa bouche. Mais évidemment, je suis une tombe. Toutes les plus grandes stars européennes et bientôt américaines l'utiliseront.

Il fit alors la liste d'une dizaine de stars utilisant Belle'issima.

— C'est une femme très intelligente, dit Jace. Kat, tu devrais essayer ses produits.

— Pourquoi ? Qu'est-ce qu'ils ont mes cheveux ?

Pourquoi est-ce que tout le monde voulait qu'elle change ses cheveux ?

— Je ne dis pas que tu dois le faire, mais tu es la seule personne avec des cheveux lisses ici. Ça pourrait être intéressant, non ? Tu as du produit sur toi, Raphaël ?

Il se mit à rire et dit :

— J'ai bien peur que non ! Désolé de te décevoir, mais les cheveux de Kat vont devoir rester comme ça.

Elle tenta d'ignorer son insulte.

— Tu n'en prends pas avec toi ?

Pas de produit, pas d'expérimentation. Mais pas de danger

d'être exposé non plus. Quel genre de chef d'entreprise se balade sans son produit… un escroc.

— Je n'en ai plus, j'en reçois la semaine prochaine, répondit-il.

Kat fit un pas de côté pour éviter des racines. Raphaël ne pouvait pas attirer de nouveaux clients sans produit. Pourtant, il avait réussi à entrainer Gia là-dedans, sans essayer Belle'issima.

— Ton fabricant s'occupe de la distribution, je suppose ? demanda Jace.

— Tout à fait, dit-il en levant son bras, ils s'occupent de toute la logistique. On désigne les détaillants et on leur laisse la fabrication et la distribution. Personne ne peut copier ou breveter la formule.

— Quelle affaire ! Pas étonnant que tu aies le temps de voyager sur ton yacht.

— Qu'est-ce qui empêche les gens de faire de l'ingénierie inversée ? demanda Kat.

Après tout, chaque jour, des dizaines d'industries chinoises trouvaient le secret des plus grandes formules au monde. Si la formule de Raphaël était si révolutionnaire, et rentable, les faussaires ne devraient pas tarder à se montrer.

Comme prévu, Raphaël l'ignora de nouveau.

La végétation devint plus dense et l'air plus humide. Elle s'arrêta pour admirer une cascade, mais aussi pour se calmer. Elle soupira en entendant les voix des deux hommes s'effacer.

C'était tout aussi bien, elle était fatiguée de les écouter parler. Pas juste parce qu'il mentait, mais aussi parce qu'elle ne supportait pas de voir Jace le rationnel tomber sous le charme de Raphaël.

Elle sortit de sa rêverie pendant un instant, et, alors que le silence de la forêt se faisait sourd, elle réalisa qu'elle n'entendait plus aucune voix. Elle allait devoir se dépêcher afin de rattraper les deux hommes.

— Je suis juste derrière vous, cria-t-elle.

Personne ne répondit.

Elle était furieuse après Jace qui ne remarqua pas son absence.

Elle hésita à retourner sur ses pas et à rentrer à la plage, surtout qu'il était difficile pour elle de suivre avec des sandales. Elle décida de continuer, après tout, elle avait fait tout ce chemin pour voir la colonie et la grotte. Elle avait été déçue par la colonie, mais la grotte allait peut-être être mieux. Elle n'avait pas l'intention de partir sans l'avoir vue.

Kat marchait d'un pas lourd et prenait son temps. Il n'y avait qu'un sentier et donc aucune possibilité de se perdre. Elle grimaça en sentant une ampoule se former à l'arrière de son pied droit. La prochaine fois, elle choisirait mieux ses chaussures.

Elle se baissa pour attacher ses chaussures quand elle entendit une voix d'homme.

CHAPITRE 9

Kat se retourna et se retrouva face à Pete. Il était assis à quelques mètres, sur une souche d'arbre, et la regardait d'un sourire moqueur.

— Vous n'irez pas loin avec ces chaussures ! Vous êtes seule ?

L'employé de Raphaël, pourtant calme sur le bateau, était maintenant confiant et sarcastique.

Kat essaya de cacher son malaise. Pete n'avait pas l'air mauvais, mais que savait-elle réellement de lui ? Rien, si ce n'était que c'était un travailleur de passage sur le yacht d'un potentiel escroc.

Il s'avança vers elle.

Une odeur de transpiration et de crasse flotta vers elle, elle fit un bond en arrière. Elle recula de quelques mètres, mais trébucha sur le sol irrégulier. Ses sandales glissèrent de chaque côté de ses pieds. Elle tordit sa cheville en se débâtant pour ne pas perdre l'équilibre, mais elle s'écroula et roula sur le flanc du sentier.

Elle leva les yeux vers Pete qui se tenait au-dessus d'elle et dit :

— Je vais bien, merci !

— Détendez-vous, j'suis pas méchant, répondit Pete en lui tendant la main. Mais c'est pas une bonne idée d'se balader toute seule. Vous pourriez vous perdre, ou pire.

— Je ne suis pas seule. Raphaël et Jace sont devant.

Elle se pencha et frotta la terre qu'elle avait sur les genoux et les pieds. Sa cheville lui faisait mal et elle la secoua en s'accrochant à une branche pour se stabiliser.

Pete avait l'air surpris.

— Non, ils ont fait d'mi-tour. Ils sont passés ici y a deux minutes.

— Je ne les ai pas vus. Ils n'étaient pas très loin devant moi. Ils sont allés où ?

Cela devait être lorsqu'elle était sortie du chemin, pourtant elle ne les avait pas entendus.

— Au bateau, j'suppose, répondit Pete en levant les épaules.

— On… je… me dirigeais vers la grotte, et eux aussi. Ils n'ont pas pu partir si vite.

Pete se gratta le menton et dit :

— Ils ont dû changer d'avis en la voyant.

Kat attendit qu'il s'explique, mais rien.

— Je vais dans la bonne direction, n'est-ce pas ?

Elle n'en revenait pas que Jace n'eût pas passé plus de temps dans la grotte.

— Ouais, c'est à quelques minutes d'ici en suivant l'sentier.

— Très bien, il faut que je me dépêche. Je veux voir où Brother XII a caché son or.

— Comme tout l'monde ! répondit-il en ricanant. Y a pas d'or. Les gens cherchent le mauvais trésor, y en a un autre pourtant.

— Quel genre ?

— Un passage secret sous l'océan. Un tunnel souterrain qui mène à une autre île.

— Ouah ! Un vrai tunnel sous le plancher océanique ?

— Ouais. Il est utilisé par les locaux depuis plusieurs milliers d'années. C'est comme un deuxième monde souterrain. C'est incroyable, mais peu d'personnes sont au courant, répondit Pete.

— Comment est-ce que vous en savez autant sur cet endroit ? Vous êtes d'ici ?

Elle avait grandi sur le continent, mais elle aurait entendu parler d'une chose aussi incroyable. Ce n'était pas le cas alors elle n'y croyait pas.

— On peut dire ça, ouais. J'ai grandi sur une autre île, mais ça, c'est une autre histoire. Qu'est-ce que vous savez sur la grotte ? dit-il en regardant l'horizon.

Elle secoua la tête.

— Qu'est-ce qu'elle a de particulier ?

— Elle fait 4,8 km de long et passe sous l'sol de l'océan, dit-il en penchant la tête dans la direction qu'elle prenait. L'entrée est au milieu d'l'île, mais si vous allez assez loin, y a un rabaissement d'une trentaine de mètres. C'passage continue sous l'eau et vous arriv'rez sur l'île Valdes, de l'autre côté du détroit.

— Vraiment ? Dites-m'en plus !

Jace serait fasciné par cette histoire s'il n'était pas déjà sous l'influence de Raphaël. Encore quelque chose qu'il manquait. Mais elle n'allait pas passer à côté de cette opportunité.

— La grotte servait d'lieu de rituels aux Salish côtiers. Les hommes jeûnaient et voyageaient seuls dans l'tunnel, avec une seule lampe torche pour les guider. Ils devaient finir leur mission en jetant leur bâton dans la chambre secrète, et étaient accueillis en héros une fois rentrés chez eux.

— Vraiment ? Est-ce que vous avez déjà fait une randonnée dans ce tunnel ? Ou c'est plutôt de la spéléologie ? Sûrement de la spéléologie, étant donné que c'est sous terre.

Pete secoua la tête.

— Y a cent ans environ, un tremblement d'terre a bloqué

l'tunnel et sa chambre secrète. On dit que c'est rempli d'trésors archéologiques, comme des masques cérémoniaux, des bâtons et d'autres trucs.

— Pourquoi personne ne l'a débloquée ?

Cette chambre secrète devait être un paradis archéologique. Elle était très sceptique. Cela ne devait être qu'une légende infondée.

— Les rochers font la taille d'un immeuble, dit-il, il faudrait beaucoup d'équipement et le jeu n'en vaut sûrement pas la chandelle. Il vaut mieux laisser les choses telles qu'elles sont parfois.

— À part si l'or de Brother XII est là ! répondit Kat en souriant. Quoi qu'il en soit, cette grotte me semble intéressante, je veux y aller quand même.

— Soyez prudente. Il faut r'garder où on met les pieds. Vous n'devriez pas y aller seule, dit-il en regardant ses sandales.

— Pouvez-vous me montrer le chemin ? dit-elle en sachant pertinemment qu'il avait raison.

— J'dois retourner au bateau, répondit-il en secouant la tête.

Kat trouva bizarre que Pete ne soit pas retourné avec eux, étant donné qu'il était venu à la nage.

— J'peux vous montrer demain si vous voulez.

— Ce serait super. *Du moment que ça ne soit pas trop tard. Si Jace et Raphaël n'étaient pas intéressés, ils ne resteraient peut-être même pas sur l'île De Courcy un jour de plus.* Je vais quand même marcher jusqu'à l'entrée. Autant jeter un coup d'œil avant de rentrer au bateau.

Elle le remercia et continua sur le sentier. Elle s'arrêta au son de l'eau qui coulait et de voix à peine audibles. Mais c'était des voix d'enfants, et non celles de Raphaël et Jace.

Quelques minutes plus tard, elle rencontra une famille de quatre, dont un garçon d'environ dix ans et une fille d'environ treize ans. Elle n'était plus qu'à trois mètres d'eux, assez près pour entendre leur conversation. Le petit garçon parlait de la grotte avec enthousiasme, pendant que la fillette arrachait les baies des ronciers présents sur le bord du sentier.

Pour une raison inconnue, Kat sortit à nouveau du sentier. Elle n'avait pas envie de bavarder, alors elle suivit le bruit du ruissèlement de l'eau jusqu'à une petite crique. Elle écrasa un moustique en s'arrêtant près du ruisseau. Elle se baissa et mit ses mains dans l'eau froide dont elle but une gorgée pour étancher sa soif. Elle frissonna en se mettant de l'eau sur le visage, et sur les bras, afin d'enlever la sueur de sa peau.

Elle attendit quelques mètres hors du sentier et les voix finirent par s'estomper. Mais de nouvelles se firent entendre. C'était Jace et Raphaël ! Ils n'étaient pas rentrés au bateau comme l'avait dit Pete. S'était-il trompé, ou avait-il menti ?

Elle retourna sur le chemin afin de les rattraper. Elle escalada la berge et coinça son pied dans une racine. Elle vacilla vers l'avant et tomba sur le côté en un bruit sourd.

Elle grogna en constatant les dégâts, la cage thoracique appuyée sur le sol jonché de racines. Elle grimaça de douleur en respirant. Est-ce que quelque chose était cassé ?

Non.

Après s'être remise du choc, elle enleva les aiguilles de pin et les écorces de ses genoux et analysa la situation. Elle avait un peu de sang sur le genou, mais sinon tout allait bien.

Elle se mit difficilement sur ses jambes et cria :

— Attendez-moi !

Aucune réponse.

Kat avait seulement entendu les voix des garçons, il était difficile pour elle de déterminer leur position. Ils n'étaient peut-être pas du tout retournés au bateau, et étaient toujours en direction de la grotte. Dans ce cas, elle n'avait qu'à continuer sa route. Elle eut un soupir de soulagement. Elle ne serait pas seule en fin de compte.

Elle trouvait bizarre que Pete eût dit les avoir vus. Il avait probablement aperçu des gens de loin, les confondant avec Jace et Raphaël. Cela dit, le sentier ne passait qu'à quelques centimètres du point d'observation de Pete. Difficile donc de les manquer, à moins d'avoir des problèmes de vue.

Elle retourna sur ses pas, mais les voix s'étaient déjà évanouies. Ils se dirigeaient vers la plage, dans la direction opposée. Ils ne l'avaient même pas attendue.

Soit, ils n'auraient qu'à l'attendre sur la plage. Elle ne monterait pas sur le canot avant d'avoir aperçu la grotte. Bien que Pete lui eût dit qu'il l'accompagnerait demain, elle n'était pas sûre qu'ils fussent encore ici. Ils étaient venus pour la mission de Jace et s'il n'était plus intéressé par la grotte, ils allaient vouloir partir.

Non seulement Kat était verte de rage d'avoir été laissée derrière, mais en plus sa cheville la lançait horriblement. Mais, c'était surtout le fait que Jace ne se fût pas soucié d'elle qui l'énervait par-dessus tout. Au lieu de s'inquiéter, il s'en fichait.

Elle rattrapa bientôt la famille, malgré sa cheville enflée ; elle ralentit, préférant être seule. Leurs voix s'estompèrent encore avec la distance. Elle restait en retrait de façon à attendre sans être vue. Il ne lui fallut pas plus de dix minutes pour jeter un coup d'œil à la grotte et dire qu'elle, au moins, y était allée. Quelques minutes et elle retournerait au canot. Jace et Raphaël trouveraient le moyen de s'occuper en parlant de Raphaël.

CHAPITRE 10

Kat dut se mettre de profil pour se glisser à travers l'entrée de la grotte. Ce n'était pas plus large qu'une fissure et elle devint immédiatement claustrophobe en respirant l'air froid et humide. Pete ne lui avait pas parlé d'une entrée si étroite. Elle hésita et se força à continuer.

Elle ne pouvait ni voir ni entendre la famille de marcheurs, ils devaient donc être à l'intérieur de la grotte étant donné que le chemin s'arrêtait ici. Elle avançait millimètre par millimètre, ses yeux s'ajustant à l'obscurité. Heureusement, le sol était régulier. Elle passa ses mains sur le mur lisse et humide qui se prolongeait sur six mètres environ. Bien que la lumière ne pénétrât pas la grotte, on pouvait voir qu'elle ne menait nulle part. Elle ne voyait rien pouvant servir de tunnel.

Elle allait partir, quand tout à coup, le mur céda sous sa main. Sur sa droite se trouvait une ouverture ou une sorte d'alcôve. Elle suivit les courbes du mur jusqu'à une immense caverne baignée de lumière. Le contraste avec l'entrée de la grotte était éblouissant. Des faisceaux lumineux apparaissaient depuis une ouverture au moins dix mètres au-dessus d'elle. Malgré cette ouverture, l'air était encore plus humide que dans le petit passage. Des plantes grimpantes recouvraient les murs froids de la grotte, et des gouttes d'eau ruisselaient d'en haut. Au début, elle prit cette humidité pour de la pluie, mais la brume était le résultat d'une humidité de presque cent pour cent.

Quelque part au fond, l'eau s'agitait, il s'agissait peut-être d'une cascade ou d'une rivière. Elle marcha vers le bruit puis hésita. Elle ne devrait pas s'aventurer plus loin toute seule. Néanmoins, elle ne l'était pas vraiment, la famille de marcheurs était devant elle et le mieux était de les rattraper.

Jace et Raphaël savaient qu'elle était là, étant donné qu'elle n'était pas retournée au bateau. D'ici peu, ils retourneraient sur leurs pas pour la retrouver ; pas qu'elle en eût envie. Kat était toujours en colère que personne n'eût remarqué son absence.

Tant pis ! Elle n'était pas venue ici pour manquer toutes les visites. Elle voulait au moins visiter la grotte. Elle avait le temps d'y jeter un œil avant de repartir sur la plage.

Le son de l'eau s'intensifia et elle imagina une cascade tomber le long des rochers. Plus elle s'approchait du bruit, plus la lumière s'adoucissait. Ce monde souterrain était magnifique, même dans le noir. Elle traversa une zone découverte et fut tellement subjuguée qu'elle se cogna contre un rocher.

— Aïe !

Sa voix résonna dans toute la grotte et son nez la lançait. Elle venait de le cogner contre le mur. Elle recula, perdit l'équilibre et jura en tombant sur le sol humide. C'était sa deuxième chute de la journée.

— Hé oh !

Sa voix fit écho dans la caverne, et en se relevant, elle n'était plus certaine d'être dans la bonne direction. L'obscurité l'avait entourée si rapidement qu'elle en était désorientée. Comment allait-elle pouvoir retrouver son chemin sans ses repères ? Ses yeux auraient dû être habitués, mais elle ne voyait rien. Tout était noir, elle n'apercevait même plus la lumière de la caverne qu'elle venait de traverser. Elle essaya de ne pas paniquer et de penser clairement. Tout ce qu'elle avait à faire, c'était de toucher les murs, de façon méthodique, afin de retrouver l'alcôve. À partir de là, elle pourrait retourner sur ses pas et sortir.

Elle n'avait pas entendu les voix de la famille qui se promenait, ni même celle des enfants. Ils devaient être plus loin, attirés eux aussi par le bruit de l'eau. Elle trouvait bizarre de n'entendre personne.

— Hé oh ? dit-elle en espérant entendre une voix rassurante.

Elle hésita à continuer son exploration, mais que trouverait-elle de plus dans cinq ou dix minutes ? S'aventurer plus loin ne faisait qu'augmenter les risques de se perdre. De plus, maintenant qu'elle avait trouvé quelque chose, elle pourrait facilement convaincre tout le groupe de revenir. D'ici là, l'oncle Harry n'aurait plus mal au dos et Gia serait prête pour randonner. C'était plus amusant de venir à plusieurs.

Sans une lampe de poche et des chaussures adaptées, elle ne pouvait pas aller plus loin. Elle n'avait pas vu d'autre lumière dans la grotte, et à l'idée que la famille ne fût pas entrée, son pouls s'accéléra.

Kat se leva et essaya de se stabiliser. Ses yeux s'étaient un peu ajustés et elle arrivait à distinguer une faible silhouette à quelques mètres. Ça devait être les murs de la grotte. Elle compta ses pas en avançant et poussa un soupir de soulagement en touchant la roche humide.

Elle s'appuya contre le mur et constata les dégâts. Son genou lui faisait mal, et en plus d'être râpée, elle s'était sûrement froissé un ligament. Et pour couronner le tout, sa cheville était encore douloureuse. Le chemin du retour allait être long et pénible. Elle se mit droite afin de tester sa jambe, elle pouvait marcher, mais en évitant les mouvements brusques.

Elle se forçat à rester calme et glissa sa main le long du mur, en quelques minutes elle trouva l'entrée. Mais est-ce que c'était la même entrée ? Elle n'avait pas pensé qu'il pouvait y en avoir plusieurs.

Elle tourna à l'angle et se retrouva dans une autre chambre. Son cœur lâcha en réalisant que ce n'était pas la sortie. En plus, le sol descendait de façon abrupte et le plafond ne faisait plus que quelques mètres de haut. Cela devait être le début du tunnel secret.

Kat s'aventura plus loin et tout s'assombrit. Il fallut quelques minutes à ses yeux pour s'ajuster et elle distingua bientôt les formes de la grotte. Elle avança et d'un coup la hauteur du plafond diminua dangereusement, à tel point que sa tête le toucha presque.

Alors qu'elle continuait de descendre, le plafond de la grotte redevint plus haut. Quelques minutes plus tard, le sol s'aplanit. Elle ne savait pas si elle était encore sur l'île ou sous la mer. C'était dur d'en être sûre étant donné qu'elle avait fait un certain nombre de détours. La seule chose dont elle était certaine, c'était qu'elle ne revenait pas sur ses pas.

Elle laissa sa main gauche sur le mur pour s'assurer de pouvoir retourner à la chambre principale. C'était incroyable de penser que la nature eût pu créer un tunnel sous la mer. Elle avait lu quelque part qu'il était presque impossible de creuser, ou même de mettre des câbles électriques, sous cette partie du Pacifique. La profondeur des eaux et l'instabilité du plancher océanique avaient donné du fil à retordre aux ingénieurs. Pourtant, ce tunnel naturel existait depuis des milliers, voire des millions, d'années. Il avait résisté aux tremblements de terre, aux tempêtes et probablement à l'âge de glace.

Elle supposa être dans le passage depuis environ trente minutes. Elle avait repris confiance et décida alors de continuer cinq minutes de plus. Elle tâta le mur pour se rassurer et continua. Quelques minutes encore et elle retournerait vers la chambre principale.

Le bruit de l'eau s'intensifia. Il devait y avoir une cascade que Jace et Raphaël avaient manquée. Encore un problème avec l'obsession de Jace. Dans sa quête de l'histoire parfaite, il avait loupé une merveille de la nature. C'était très décevant, car Jace aimait beaucoup la nature, et il ne reviendrait pas ici de si tôt. L'île était accessible uniquement par bateau, et ils n'en avaient pas. Jace chassait un trésor et venait de passer complètement à côté. À en juger par la vitesse à laquelle ils étaient rentrés, ils n'avaient probablement pas pris la peine d'explorer la grotte.

Elle suivit le bruit de l'eau et atterrit dans une troisième chambre. Cette dernière était bien plus grande et plus éclairée. Elle se tenait devant un bassin de plus de six mètres de large, dans lequel de l'eau bleu vert formait une cascade de près de vingt-cinq mètres. Elle resta bouche bée devant la hauteur de la chute. Le chemin créé par l'eau était gravé dans la roche et avait formé un canyon étroit duquel jaillissait l'eau.

La taille et le grondement de la cascade souterraine étaient à couper le souffle. Pete ne connaissait pas son existence, ou il en aurait parlé. Elle admirait la scène avec émerveillement, et se demandait si elle était la première, et espérait ne pas être la dernière, à être témoin de ce spectacle ; à l'évidence, elle était une des rares élues.

La cascade n'était pas la seule attraction. À la droite du bassin, à environ trois mètres, se trouvait un énorme bloc de roche plat. Elle s'approcha et passa sa main dessus. Il ressemblait à un autel ou à une sorte de pierre cérémoniale. Kat se baissa et examina les contours, presque effacés, d'animaux tracés aux pigments rouges et marron.

Elle frissonna et se demanda à quelle profondeur elle se trouvait. La descente avait été graduelle et elle ne s'était pas rendu compte des mètres qu'elle avait parcourus.

Cette partie de la grotte était floue, mais mieux éclairée que les autres chambres, bien qu'elle fût plus profonde. Elle scanna les alentours et repéra un filet de lumière au-delà du bassin, à quinze mètres environ. Cette lueur était-elle une ouverture sur l'île Valdes, ou une deuxième sortie sur l'île De Courcy ?

Ce serait l'île De Courcy. Elle alluma sa montre et vit qu'elle n'était dans la grotte que depuis trente minutes. Elle n'avait pas pu parcourir les cinq kilomètres de tunnel. En plus d'avoir fait plusieurs arrêts, elle avait fait de nombreux détours. Ça aurait dû lui prendre environ une heure pour parcourir les cinq kilomètres, à allure rapide, et plus encore avec sa démarche boiteuse.

Kat était dans le tunnel depuis maintenant quarante minutes, et elle n'avait pas vu Jace et Raphaël depuis bien plus longtemps. Elle devait vraiment retourner à la plage, mais ça ne pouvait pas faire de mal de vérifier l'autre côté de la piscine. Elle s'en voudrait plus tard de ne pas l'avoir fait. Elle allait prendre cinq minutes de plus, elle ferait demi-tour après. De cette façon, elle pourrait décrire aux autres ce qu'ils avaient manqué. Cependant, la prochaine fois, elle prendrait une lampe.

Elle regarda la cascade une dernière fois, cet air sinistre la rendait magnifique dans la pénombre. Elle se tourna en direction de la source de lumière et se dirigea vers le passage étroit. Brother XII avait-il emprunté ce passage des années avant elle ? La rumeur voulait que ses bocaux d'or fussent cachés sur l'île, mais pourquoi pas ici ? C'était l'endroit parfait.

Plus Kat s'avançait dans le passage, plus la lumière s'estompait. Après quelques minutes, elle se retrouva dans le noir complet, et dut de nouveau marcher à tâtons, la main posée sur les parois humides. La mousse et le lichen la chatouillaient, elle glissait sur la surface et essayait ne pas penser à ce qui se trouvait sous sa main.

— Aïe !

Le sol descendit brusquement. Elle tomba dans l'eau et se mit à paniquer. L'eau glacée pénétra dans ses poumons et dans son nez alors qu'elle sombrait sous la surface. Elle se débâtait violemment, furieuse de ne pas pouvoir distinguer le haut du bas.

Une de ses claquettes lui frôla la tête et remonta à la surface. Elle se calma lorsqu'elle réalisa que sa sandale était remontée à la surface. Elle se lança dans la même direction et sortit la tête de l'eau. Elle prit une grande bouffée d'air en se redressant et toussa pour évacuer l'eau de sa gorge. Kat fut surprise en réalisant que l'eau ne lui arrivait qu'à la poitrine. Elle était dans de beaux draps, mais patauger lui semblait être la meilleure option.

Elle avait dû se tourner plusieurs fois en voulant se mettre droite et elle ne savait plus dans quelle direction aller. Ses pensées s'effondrèrent en tâtant les murs, elle ne voyait plus le passage, ni aucune autre ouverture.

Tout se ressemblait dans l'obscurité.

Son exploration impromptue allait peut-être lui coûter la vie.

CHAPITRE 11

*L*es victimes paniquent, les survivants gardent leur calme, c'était le mantra que Kat se répétait pour se forcer à ne pas perdre son sang froid. Elle avait lu un jour que les victimes d'incendie n'étaient qu'à quelques mètres d'une sortie avant de mourir. Ils étaient désorientés et avaient pris la mauvaise direction. Elle était dans la même situation, excepté qu'elle ne manquait pas d'air, et qu'elle n'était pas en danger immédiat.

Elle était perdue, mais ne devait pas être très loin. Elle devait simplement trouver le rebord afin de se hisser sur la terre ferme, puis rebrousser chemin pour ne pas risquer de se perdre davantage.

La jeune femme jurait dans sa barbe. Elle s'était tirée des ennuis quelques minutes avant, uniquement pour se mettre dans une situation plus désastreuse encore. Peu importe le nombre de trésors qu'elle pouvait trouver, cette fois elle faisait demi-tour. S'aventurer dans une grotte sans lampe était synonyme de désastre assuré.

Elle se l'était juré, plus d'exploration solo pour elle.

Elle prit ses sandales à la main et se décala vers la droite. Elle fit douze pas, mais était encore dans l'eau. Elle fit marche arrière, compta quatorze pas et buta contre une corniche. Elle sourit. Cela ressemblait à l'endroit où elle était tombée.

Elle poussa avec ses bras et se dit qu'il pouvait y avoir plusieurs rebords comme celui-là. Elle devait être certaine d'aller dans la bonne direction.

Kat se glissa dans l'eau et retourna sur ses pas. Elle compta quatorze pas, puis huit pas de plus pour un total de vingt-deux pas. Elle arriva à un nouveau rebord, à hauteur de genoux cette fois. Elle y posa une sandale comme repère et monta dessus.

Elle arriva dans une impasse à peine six mètres plus loin. La source de lumière provenait d'une ouverture dans le plafond de la grotte. C'était trop petit et trop loin pour apercevoir quoi que ce soit. Elle devait être très profond et cela ne fit qu'augmenter son inquiétude.

Elle savait où elle en était. En se tournant, elle sentit une douleur aigüe dans le genou et se baissa pour le toucher, il était enflé. Elle devait rejoindre le bateau au plus vite, mais ce ne serait pas facile. Jace devait être mort d'inquiétude.

Elle retourna sur ses pas une nouvelle fois pour atteindre la corniche. Elle chercha sa sandale… rien !

C'était ce qu'elle craignait. Elle n'avait pas marché droit et était arrivée à un autre endroit de la corniche. La sandale manquante en était la preuve. Voilà qu'elle se mit à douter de toutes ses directions. Elle était peut-être à l'opposé et elle n'en savait rien. Pire encore, il ne lui restait qu'une sandale.

Elle soupira et entra de nouveau dans l'eau. Cette dernière lui arrivait au niveau de la poitrine, c'était bien plus haut que l'endroit où elle avait posé son repère. Elle se glissait le long du rebord à la recherche de son nu-pied. Rien. Son pouls s'accéléra.

Les survivants restent calmes.

Soudainement, elle heurta un mur qui bloquait son chemin et qui n'était pas là avant !

Elle avait pris un mauvais chemin, mais où ? Jusqu'à la cascade, elle avait été très prudente et avait gardé sa main sur le mur. Elle devait retourner dans la bonne direction.

Elle avait dû perdre son chemin en tombant dans l'eau et en se blessant la jambe. Et, dans l'excitation, elle avait sans doute oublié de marquer son chemin depuis la cascade.

Kat réalisa avec effroi qu'elle était perdue, et seule. La famille de marcheurs n'était jamais entrée dans la grotte, ou elle les aurait croisés. Jace et les autres allaient partir à sa recherche, mais est-ce qu'ils s'aventureraient si loin ? Est-ce qu'ils chercheraient dans la grotte tout court ? Aucun d'eux ne savait qu'elle était partie dans cette direction. Et puis, elle avait pris un mauvais détour. Jamais ils ne la trouveraient.

Son seul espoir, c'était Pete. Une fois qu'ils réaliseraient qu'elle avait disparu, il leur dirait de fouiller la grotte. Cette pensée la rassura.

— Il y a quelqu'un ?

Sa voix résonna à travers la caverne.

Et si Pete ne disait rien ? Il n'avait pas aimé ses questions et s'il avait quelque chose à cacher, il ne l'aiderait pas. Kat était hors de son chemin. Mais Pete ne serait pas si cruel, il ne la laisserait pas piégée dans une grotte.

Ou peut-être que si ?

Et si c'était le cas ? Comment allait-elle pouvoir joindre qui que ce soit d'ici ? Son portable ne fonctionnait pas dans la grotte.

Mais bien sûr ! Son téléphone ne captait pas, mais il avait une lumière intégrée ! Pourquoi n'y avait-elle pas pensé avant ? Dans son cas, il valait mieux tard que jamais. Elle le sortit de sa poche, heureusement elle avait pensé à le mettre dans une pochette en plastique. Elle appuya sur un bouton et il s'alluma. Un instant plus tard, sa torche illuminait à quelques mètres autour d'elle.

L'ouverture de la petite chambre était à seulement un mètre d'elle. Elle pataugea jusqu'à l'entrée et se hissa sur le rebord. Elle ramassa sa sandale, mais cette fois, il lui fallut plus de temps, son genou et sa cheville étaient raides et enflés. Elle lança des jurons en se levant. Elle boita vers l'ouverture et s'engouffra dans le tunnel.

Elle reprit espoir en entendant des bruits d'animaux, ou d'oiseaux peut-être. Cela signifiait qu'elle n'était plus très loin de la sortie. Elle trouva étrange de n'entendre les bruits que maintenant.

La torche de son téléphone lui avait sauvé la vie, mais n'avait fait qu'accentuer sa claustrophobie. Pour la première fois, elle vit ce qui l'entourait. Elle sentit un battement d'ailes au-dessus de sa tête. Elle grimaça et réalisa qu'il s'agissait d'une chauve-souris. L'animal la suivit et vint s'accrocher dans une alcôve devant elle.

En la regardant, elle réalisa que tout le plafond bougeait. Des centaines de chauves-souris étaient perchées, la tête à l'envers, au-dessus d'elle. Elle se mit à trembler, se demandant comment elle avait pu confondre le bruit des oiseaux avec le cri des chauves-souris. Le calme qui l'avait envahi un instant plus tôt se transforma en angoisse. Dans quelques minutes, elle serait au soleil, ou du moins sur le sentier. En tout cas, c'était ce qu'elle aimait se dire.

Détends-toi.

Sa petite virée avait presque duré une heure, mais la sortie devait se trouver à moins de dix minutes. Ou peut-être plus, étant donné que sa jambe lui faisait mal.

Elle se souciait peu du temps que cela prendrait. Elle était de retour dans un environnement familier, elle n'avait qu'à suivre le chemin. Elle reprit espoir en apercevant la cascade. Elle marcha péniblement de l'autre côté de la piscine et vers l'ouverture de la prochaine chambre.

Bientôt, elle se retrouva dans la chambre la plus à l'extérieur.

Elle avait juste à localiser le rocher qui se croisait avec un autre rocher entaillé afin de trouver la sortie. Elle n'avait jamais vu l'entaille auparavant, elle l'avait seulement touchée, alors elle glissa sa main le long du mur et la trouva. Elle serait sur le sentier de marche en quelques minutes.

Ce furent ses dernières pensées avant de tomber.

CHAPITRE 12

*L*a jambe de Kat fut prise d'un spasme de douleur qui lui coupa le souffle.

Elle venait de trébucher sur le sol instable et s'était effondrée sur le chemin. Elle était tellement occupée à chercher l'entaille qu'elle ne fit pas attention à la descente abrupte devant elle. Son genou enflé et sa cheville foulée ne lui facilitaient pas la marche, et elle avait du mal à garder l'équilibre. En utilisant son autre jambe, elle avait trop forcé sur sa cheville et avait trébuché en marchant dans un trou.

C'était le dernier de ses soucis. Elle était maintenant coincée entre un rocher et le sol.

Littéralement.

Dans sa chute, Kat avait fait tomber des rochers qui avaient atterri sur son bras. Elle grogna dans sa barbe en pensant qu'elle venait de se blesser trois fois en moins d'une heure. Était-elle si maladroite ?

Non, juste stupide !

À quoi pensait-elle en mettant des sandales pour aller randonner seule ? Mais elle n'avait pas commencé seule.

Elle soupira et sortit son téléphone pour éclairer les alentours. Elle n'était qu'à quelques mètres de l'entrée de la grotte, elle pouvait même sentir l'air frais. Son cerveau lui jouait peut-être des tours, mais pas lorsqu'elle se rendit compte que son téléphone avait du réseau. Elle appela Jace sur le champ.

— Kat, où es-tu ? On te cherche partout !

Sa voix coupait.

— Coincée dans la grotte.

Pete savait qu'elle était là-bas. Il avait forcément entendu le raffut sur le bateau lorsque Jace avait découvert que Kat avait disparu. Ou alors ils n'avaient même pas remarqué sa disparition. Mais elle ne voulait pas y penser.

— Comment c'est possible ? La grotte n'est profonde que de quelques mètres.

— Non ! J'ai trouvé une ouverture plus grande par hasard. Viens me sortir de là, je suis coincée !

— Coincée comment ?

Elle décrivit brièvement sa situation.

— Les détails ne sont pas importants et je ne veux pas gaspiller ma batterie. Je suis tombée plusieurs fois, tu pourrais me porter une canne. Et des chaussures.

Après un long silence, elle entendit un « O.K. ».

— Demande à Pete pour la grotte, il la connaît.

— C'est qui Pete ?

— Un des employés de Raphaël. Tu as dû le voir sur le sentier, il y était en même temps que nous.

— J'ai vu personne. Par contre, il y a un type sur la plage, dit Jace en le décrivant. Maintenant que tu le dis, il a parlé plusieurs fois à Raphaël avant qu'on remonte sur le bateau.

— C'est lui ! Il est un peu bourru.

Elle était surprise, Jace aurait dû le remarquer à bord. Après tout, il était resté scotché au bar et à Raphaël pour tout le trajet.

— Il a dit à Raphaël que tu revenais avec lui. C'est pour ça qu'on est revenus sur le yacht.

— C'est ridicule ! Pete est venu sur l'île à la nage.

En tout cas, c'était ce que Pete lui avait dit.

— Pourquoi est-ce qu'il aurait nagé alors qu'on avait le canot pneumatique ?

— Je ne sais pas ! Mais ce n'est pas la question. Tu ne te demandes même pas si je vais bien et maintenant tu es du côté de Raphaël ! dit-elle en rougissant. Et si c'est un criminel ?

— Je n'ai pas réfléchi, je pensais qu'il connaissait Raphaël donc qu'il n'y avait pas de problème.

On sentait une pointe de doute dans la voix de Jace.

— Il est Italien, on visite une île sur laquelle il n'est jamais allé et il connaît des adeptes de la bronzette complètement débraillés.

Si cela n'était pas la preuve que Raphaël mentait, alors elle ne savait plus quoi dire.

— Ne sois pas en colère. Tu viens de me dire qu'il fait partie de l'équipage, alors tout va bien.

— Encore une fois, ce n'est pas ça la question ! C'est Pete qui te l'a dit ?

Cela ne servirait à rien de se disputer, elle avait seulement besoin qu'on vienne la secourir.

— Non, c'est Raphaël, admit-il.

— Pete savait que j'essayais de vous rattraper, pourquoi est-ce qu'il mentirait ? Comment est-ce que j'étais supposée revenir au yacht alors que vous aviez le canot ?

Pete n'avait pas menti, mais Raphaël oui. Jace était tellement obnubilé par le bel Italien qu'il ne voulait rien entendre de négatif sur lui. Il avait fait cela pour se débarrasser d'elle. Elle était envahie par la colère.

— Pete a dit qu'il te ramènerait sur son bateau.

— C'est aussi Raphaël qui te l'a dit, je suppose ?

Après un silence, elle reprit :

— Raphaël savait qu'il n'y avait qu'un canot.

Pete aurait offert de l'aider, mais le capitaine s'était-il aussi débarrassé de lui ?

— Oh !

— C'est tout ce que tu trouves à dire ?

— Je suis désolé. J'ai supposé que tu irais bien avec Pete, après tout c'est une petite île.

— Viens me chercher et sors-moi d'ici.

— Oui, dès que je trouve Raphaël, je ne sais pas où est le canot.

Le téléphone de Kat se mit à biper, sa batterie n'allait pas tenir longtemps.

— Je n'ai plus de batterie, dépêche-toi. Dis à Pete de venir avec toi, il connaît la grotte.

Elle lui parlerait en rentrant pour avoir sa version des faits, même si elle la savait déjà.

— Ne t'inquiète pas ! On va te sortir de là, je suis sûr que Raphaël a plein d'outils sur le bateau.

— Viens le plus vite possible.

Kat réalisa que l'heure du dîner approchait, tout comme la tombée de la nuit. Le noir rendrait l'intervention plus difficile. La dernière chose qu'elle voulait, c'était passer la nuit dans une grotte sombre et humide. Comment arrivait-elle à se fourrer dans de tels bourbiers ? Parce que la curiosité était un vilain défaut.

Elle repensa à Brother XII et sa secte. Les colons l'avaient suivi les yeux fermés et beaucoup d'entre eux avaient disparu sans laisser de trace. Elle frémit à l'idée que certains étaient encore entre les murs de cette grotte, tout comme elle en ce moment.

Les disciples de Brother XII avaient donné tout leur argent, travaillé d'arrache-pied, pour réaliser plus tard qu'ils s'étaient fait rouler. Certains d'entre eux s'étaient peut-être aventurés dans cette grotte, espérant trouver une issue ou un trésor.

En réalité, le trésor de Brother XII était le leur, puisqu'il s'agissait de l'argent qu'ils avaient investi. Ils regrettaient certainement d'avoir tout donné à leur gourou et venaient chercher leurs dus. Mais une fois sans argent, ils ne pouvaient plus retourner chez eux.

Les âmes perdues au service de Brother XII durent chercher leur propre échappatoire. Personne ne les avait cherchées et personne n'avait alerté les autorités. C'était des oubliés de la civilisation. En se donnant corps et âme à l'Aquarian Foundation, ils avaient disparu dans le temps.

Elle frissonna à cette idée. Elle aussi aurait pu disparaître à jamais sans son portable. Elle fut tirée de ses pensées par la voix d'un homme.

— Kat, tu m'entends ?

La voix de Raphaël résonna depuis l'entrée, mais elle était étouffée par la mauvaise acoustique de l'endroit.

— Par ici. Tout droit vers le mur puis à gauche. Où est Jace ?

— Quoi ? Je ne t'entends pas.

— Marche vers le mur et suis-le sur la gauche.

Pourquoi ne pouvait-il pas l'entendre ? Même si ça voix était brouillée, elle l'entendait bien même sans crier.

D'un coup, elle entendit un bruit sourd, comme celui d'un rocher qui se détachait.

Le faible pinceau de lumière disparut. La petite ouverture était maintenant fermée et Kat fut plongée dans le noir.

Quelque chose avait bloqué l'entrée.

Quelque chose ou quelqu'un…

CHAPITRE 13

Le rocher vint s'écraser contre l'ouverture, bloquant la seule sortie de Kat. La seule voix qu'elle avait entendue à l'extérieur était celle de Raphaël. Elle n'avait même pas entendu celle de Jace.

— Jace, tu es là ?

Pourquoi est-ce qu'il n'y avait que Raphaël qui parlait ?

Silence.

— Où est Jace ? Qui est avec toi ?

Elle se souvint de la réflexion de Jace à propos du canot. Il disait qu'il ne pouvait pas le trouver. Pourtant Raphaël était là. Était-il revenu seul sur l'île ?

Pas de réponse.

— Laisse-moi sortir !

Elle était certaine qu'il ne l'appréciait pas, mais de là à l'enfermer dans une grotte, ça équivalait à un meurtre. Son cœur s'accéléra en pensant à Jace, Harry et Gia. Chacun d'eux se plierait en quatre pour la sauver. Jace savait qu'elle était coincée, alors pourquoi n'était-il pas déjà ici ? Elle se laissa envahir par la panique.

Quelque chose leur était peut-être arrivé aussi.

À tous les coups, elle devenait parano, mais alors pourquoi Raphaël ne répondait-il pas ? Elle était sûre de deux choses : elle avait reconnu la voix de Raphaël à l'extérieur de la grotte, et le rocher qui lui bloquait le chemin n'était pas arrivé là tout seul. Le bel Italien l'avait enfermée dans la grotte au lieu de la secourir.

C'était absurde ! Ou alors, Raphaël cachait un secret plus sinistre que de l'escroquerie. Même si elle était persuadée que Raphaël soudoyait tout l'argent de Gia, son amie n'était pas non plus milliardaire. Il aurait pu aisément couvrir ses traces et fuir avec son butin. Il n'avait pas besoin de commettre un meurtre pour s'en tirer.

Il y avait anguille sous roche, mais elle n'avait que des suspicions et aucune preuve pour expliquer son comportement. Qu'est-ce qui pouvait le faire aller jusque là ?

Jace s'était trompé sur toute la ligne, et à moins qu'il ne redescende sur terre, il ne pouvait pas se douter de ce que préparait Raphaël. Il aurait très bien pu lui faire confiance pour la sauver. Elle se remémora leur conversation téléphonique, Jace était dans le noir complet.

Elle entendit des pas dehors.

— Que se passe-t-il ?

Sa seule réponse fut le silence. Son cœur s'accéléra de nouveau et elle sentit une vague de claustrophobie monter en elle. La grotte paraissait plus sombre encore et l'air plus étouffant.

L'esprit était plus fort.

Jace allait la sortir de là en un rien de temps.

S'il pouvait…

Sa poitrine se compressa alors qu'elle se laissa engloutir par la panique. Est-ce que quelque chose lui était arrivé ? Peu importe ce que cachait Raphaël, il pensait que ça justifiait de l'enfermer dans une grotte. S'il pouvait, il la laisserait mourir.

Arrête !

Les survivants gardent leur calme.

Quelques douzaines de respirations plus tard, elle arriva à une conclusion inévitable. Elle ne s'en sortirait pas en attendant passivement que l'on vienne la chercher. Pour commencer, elle devait libérer son bras. Elle tressaillit de douleur alors que son bras gigotait dans tous les sens. Après plusieurs minutes de lutte, elle réussit à le dégager. Elle poussa un soupir de soulagement, elle n'était pas passée loin. Maintenant, elle devait retourner sur le chemin. Elle fit glisser la pierre de sur son ventre et s'assit. Elle escalada jusqu'à hauteur du sol et claudiqua jusqu'à l'entrée de la grotte.

Elle poussa contre le rocher, sachant que c'était perdu d'avance. Il ne bougea pas.

Vaincue, elle s'adossa contre la paroi. Elle était déshydratée. Ils n'avaient prévu qu'une petite marche, alors elle n'avait même pas pensé à prendre une bouteille d'eau. Comme s'ils s'étaient donné le mot, son estomac se mit à gargouiller.

Elle avait utilisé presque toute sa batterie avec la lampe torche. Il ne marcherait sûrement même plus maintenant que la grotte était fermée.

C'était tout ce qu'elle possédait. Elle composa le numéro de Jace et ressentit une vague de joie lorsqu'elle entendit sonner. Elle serait tirée d'affaire dans quelques minutes, au plus tard, une heure.

Elle tomba directement sur le répondeur, ça lui mit un coup au moral, et surtout, ça l'inquiétait. Jace n'éteignait jamais son téléphone.

Elle entendit le bip de sa batterie, alors elle lui laissa un message. Elle parla rapidement et donna les instructions pour trouver l'entrée cachée par le rocher. Elle ne parla pas de Raphaël, pensant que peut-être il avait le téléphone de Jace.

Oncle Harry représentait son dernier espoir. Elle pria pour

avoir assez de batterie pour lui passer un coup de fil. Il y avait de grandes chances qu'il n'eût pas apporté son téléphone. Et, même s'il l'avait, il ne l'entendrait probablement pas. Elle composa son numéro et attendit.

Une, deux, trois sonneries, rien.

— Kat ! Mais où es-tu bon sang ? Ça fait des heures qu'on t'attend, dit l'oncle en répondant à la quatrième sonnerie.

— Je suis dans une grotte sur l'île.

— Tu es où ?! Je t'entends à peine. Tu devrais rappeler…

— Non ! ne raccroche pas. Écoute-moi bien oncle Harry. Elle se pencha vers l'ouverture en espérant mieux capter. Trouve Pete et dis-lui que je prise au piège dans la grotte.

— Quelle grotte ? Et qu'est-ce que Pete vient faire là-dedans ?

— On s'en fiche pour l'instant. Trouve-le et venez me chercher.

— Mais c'est Raphaël qui a le canot…

La voix d'Harry s'affaiblit puis se coupa brutalement. Son téléphone s'était éteint.

Elle fixa l'appareil. Au moins, elle avait pu appeler et Harry savait qu'elle était dans la grotte. C'était une maigre consolation, mais quelqu'un viendrait la chercher. Elle pouvait compter sur son oncle pour ça. Par contre, elle ne pouvait pas compter sur sa discrétion. Il en parlerait à Raphaël avant d'en parler à Pete.

C'était un problème. Mais, même si c'était gênant, son oncle ne lâcherait pas avant de l'avoir trouvée. Elle s'occuperait de Raphaël une fois sortie d'affaire.

Elle se laissa glisser le long du mur, s'assit et se mit à trembler. Peu de personnes connaissaient l'existence de cette grotte, et à en croire ce que disait Pete, encore moins connaissaient les couloirs, un peu particuliers, de cette caverne. À cause du rocher, toute personne ignorant son existence pouvait passer à côté. Elle pouvait mourir ici, mourir de faim alors que d'autres visiteurs s'aventuraient dans les couloirs adjacents. Elle frissonna et mis ses bras autour de ses genoux.

Une pensée lui traversa l'esprit, personne, ni d'elle ou de ses compagnons, n'avait pensé prévenir quelqu'un de leur petite escapade. Personne n'était au courant qu'ils étaient partis. Raphaël pouvait se débarrasser d'eux sans soucis. Tout ça dépassait l'entendement.

Quand, et si, elle était découverte, ne serait-elle plus qu'une relique ?

CHAPITRE 14

Kat se réveilla avec un soubresaut. Quelqu'un, ou quelque chose, était dans la grotte avec elle. Elle retint sa respiration et tendit l'oreille. Le bruit était proche, à juste quelques mètres de l'entrée. Elle secoua les épaules en se souvenant des chauves-souris. Elle était loin d'être le seul être vivant ici.

Elle tendit à nouveau l'oreille, ce n'était pas un animal ! Elle regagna espoir en entendant un bruit de métal sur la roche. Quelqu'un était dehors.

— Aidez-moi ! Je suis coincée dans la grotte !

Elle sauta partout et se tordit de douleur. Dans l'excitation, elle avait oublié sa cheville et son genou blessés. Elle trébucha vers l'arrière.

Pas de réponse.

Elle avait dû s'assoupir et la batterie de sa montre était à plat elle aussi. Il faisait maintenant trop sombre pour voir quoi que ce fût. Elle n'avait aucune idée du temps qui s'était écoulé. Elle avait faim, mais n'était pas affamée. Son dernier repas avait été le midi sur le bateau.

— Je suis là !

Silence.

L'exultation du moment avait laissé place à la déception. Son cerveau lui jouait des tours. Il n'y avait personne dehors. Peut-être l'avait-elle rêvé ?

— Est-ce que quelqu'un m'entend ?

Silence.

Il faisait de plus en plus noir à cause du rocher, et la nuit devait commencer à tomber.

Le bruit se fit de nouveau entendre.

Ses espoirs s'envolèrent, il s'agissait certainement d'un animal qui grattait ou qui creusait dehors. Il ne lui serait pas d'une grande aide.

Mais le son s'intensifia, et elle entendit encore le bruit métallique. À part s'il y avait des animaux capables de manier des outils, c'était bon signe.

C'était même mieux que ça, c'était comme une douce mélodie au creux de ses oreilles.

Elle se concentra sur le bruit afin de l'identifier.

— Tu es là ?

Elle reconnut de suite la voix de Jace. Il ne devait pas être à plus de trois mètres d'elle.

— Oui ! Sors-moi d'ici, Jace ! Tu m'entends bien ?

Elle espérait de tout son cœur ne pas avoir rêvé cette voix.

— Ouais. Tu vas bien ?

— À peu près, oui, dit-elle submergée par le soulagement d'être bientôt libre.

— Dieu merci ! intervint oncle Harry. On va te sortir de là Kat, tiens bon !

Elle ne s'était jamais sentie si chanceuse de toute sa vie.

— Ça fait tellement du bien d'entendre vos voix. Je suis si heureuse que vous m'ayez trouvée ! Quelle heure est-il ?

— Sept heures passées. On s'est inquiétés en te voyant pas rentrer, répondit Jace.

Sa voix laissait entendre un effort physique important. Ça expliquait le bruit de pelle métallique.

— J'étais avec Raphaël et toi, pourquoi vous ne m'avez pas attendue ?

Elle ne savait pas si Raphaël était dehors, elle ne pouvait plus attendre.

— C'est toi qui nous as dit de continuer.

— Certainement pas, répondit Kat.

— Mais si. Tu as dit à Raphaël que tu rentrais avec Pete. J'ai vérifié.

— Je n'ai jamais dit ça et je n'ai jamais parlé à Raphaël.

Sa parole devait plus compter que celle du bel Italien.

— C'est sûrement un malentendu, grogna Jace. Ce rocher est bloqué. Je n'ai pas les bons outils.

— Un pied-de-biche devrait faire l'affaire, dit l'oncle Harry, mais nous n'avons pas d'outils comme ça sur le bateau.

Le cœur de Kat flancha, elle qui espérait être secourue en quelques minutes, ça n'allait pas se passer comme ça.

— Je veux dire que c'est Pete qui l'a dit à Raphaël. C'est pour ça qu'on est parti.

— Et tu as vérifié avec Pete ?

— Non, j'aurais peut-être dû, Raphaël s'est trompé. Mais tu es partiellement responsable d'être partie seule. On ne pouvait pas savoir où tu étais, répondit Jace dont les phrases étaient saccadées.

Ou même remarquer que je n'étais plus là, se dit Kat. Son euphorie retomba quand elle se souvint que Jace n'avait même pas remarqué qu'elle n'était plus là.

— Et quand on a réalisé que tu étais encore là, Pete nous a enfin dit que tu n'étais pas rentrée avec lui. Il a la mémoire courte, si tu veux mon avis, dit l'oncle Harry.

L'avis qu'elle avait sur Pete était diamétralement opposé de celui de l'oncle Harry. Mais ce n'était ni l'endroit ni le moment d'en parler. Elle attendrait d'être rentrée sur le yacht. Est-ce qu'elle serait plus en sécurité là-bas ? C'était moins sûr.

— Dans combien temps est-ce que je vais pouvoir sortir ?

— Ça dépend, répondit Jace. On va devoir improviser étant donné qu'on a que des pelles, et elles ne sont pas franchement solides. Mais notre plan avance doucement.

— On fait comme dans l'Égypte ancienne, on creuse sous le rocher, dit Harry, on espère qu'il va finir par rouler.

— C'est ingénieux.

Elle se souvenait vaguement d'un documentaire qu'elle avait vu avec Jace. Même si ça semblait être une bonne solution, ça semblait tout autant dangereux. Un faux mouvement et la pierre pouvait leur rouler dessus.

— Prévenez-moi avant.

— Oh ! y en a pour un moment encore, répondit Harry.

Elle n'entendait qu'une pelle et soupçonnait son oncle de ne pas trop aider.

— Ce que je ne comprends pas, c'est comment tu as pu rester coincée derrière un rocher si gros, demanda Jace à bout de souffle.

— Il n'y était pas quand je suis rentrée.

Pour tout dire, Kat ne se souvenait pas d'avoir vu des tels rochers aux alentours. Elle ne les avait pas cherchés non plus. Elle avait été trop captivée par le trésor qui l'attendait. Comment Raphaël s'était débrouillé seul ?

— Vous en avez encore pour longtemps ?

— Encore une vingtaine de minutes si tout se passe comme prévu.

— Waouh ! cria l'oncle Harry.

Le rocher bougea et un maigre rayon de lumière entra dans la grotte. Kat n'avait jamais été si heureuse de voir le ciel. L'ouverture triangulaire était plus large du côté le plus loin d'elle. Le rocher devait être en équilibre sur le sol.

— Tu l'as échappé belle, Jace, enchaîna Harry. Faut qu'on fasse gaffe !

— Oui, Harry va chercher des morceaux de bois assez long. On va faire levier pendant qu'on creuse, puis les retirer dès qu'on est prêts. Le rocher devrait rouler vers le bas avec le mouvement.

— O.K., dit l'oncle Harry.

Jace creusait pendant qu'Harry mettait les rondins, les bûches et les morceaux de bois en place. À en juger par les grognements et les jurons, ça devait être un travail épuisant. Kat aurait aimé pouvoir les aider, mais elle attendit patiemment en silence.

Après une éternité, ils étaient fin prêts. C'était une bonne chose car le ciel changeait de couleur. La nuit était en train de tomber alors leur plan avait intérêt à fonctionner du premier coup.

— Allons-y, dit Jace. Kat, recule-toi au cas où quelque chose d'autre tomberait. Harry, mets-toi de l'autre côté et tire les premiers rondins à mon signal. Je vais faire la même chose de l'autre côté.

— C'est bon.

— Maintenant ! cria Jace.

Le rocher vacilla vers l'avant et laissa apparaître une ouverture plus grande. Mais, les côtés de l'énorme pierre étaient toujours fermement attachés à la paroi de la grotte.

— Kat, est-ce tu peux grimper par-dessus ? demanda Jace.

— Je pense pas non, je n'ai plus de chaussures. Je ne sais pas comment me propulser.

Kat désespéra de nouveau, elle pensait être sortie avant la tombée de la nuit, mais ça semblait compromis. Et, pendant ce temps, Raphaël était en train d'arnaquer Gia un peu plus.

— J'ai une idée ! Et si j'avais une corde ?

— Ça pourrait marcher.

Elle avait déjà fait de l'escalade en salle une fois, elle pourrait s'en sortir. Elle eut une nouvelle lueur d'espoir et pensa à son lit.

— O.K., on a juste besoin d'une corde. Harry, tu peux prendre le canot et retourner au bateau ? Il doit y avoir de la corde à bord.

— On n'a pas le temps, Jace. Vous avez des ceintures ?

Raphaël les aurait intentionnellement retardés. Après tout, c'était ce qui l'avait piégée dans la grotte.

— Ouais, répondit Harry.

— Oui, pourquoi ? demanda Jace.

— Une ceinture ne sera pas assez longue, mais deux peut-être.

— Ça se tente. Mais est-ce qu'elles vont tenir ?

— Il n'y a qu'une solution pour le savoir, répondit Kat.

Est-ce que ça allait marcher ? Elle l'espérait.

Une ceinture en cuir glissa contre le rocher. Elle tendit le bras vers le haut et l'attrapa. Elle tira et sentit une tension de l'autre côté. Elle se recula et monta sur le rocher mais n'arriva pas à se propulser vers le haut. L'extrémité de la ceinture était encore trop haute et elle n'était pas assez forte pour l'atteindre.

La ceinture devait être plus grande, ou Kat devait être plus haute. Elle regarda autour d'elle et chercha une petite pierre qu'elle pourrait déplacer, et sur laquelle elle pourrait monter.

Mais toutes les pierres qui se trouvaient autour d'elle étaient trop petites. Elle en rassembla plusieurs pour former une sorte de plateforme. Elle testa la stabilité de sa création avec un pied. C'était dangereux même sans ses blessures, mais c'était sa seule option.

Voilà Kat de nouveau dans ses sandales, prête pour un nouvel incident. Elle jura sous sa barbe. Elle n'avait pas d'autre choix, se disait-elle en montant sur la petite butte.

— C'est bon, je suis prête.

Kat tira sur la ceinture jusqu'à sentir une tension à l'autre bout.

— O.K. Tu as bien compris, Harry ? demanda Jace.

— Ouais. Vas-y Kat ! répondit Harry.

— Me voilà !

Elle se remémora son unique expérience en escalade au centre de sport. Elle mit un pied contre le rocher et se pencha à quarante-cinq degrés. Les ceintures tenaient. Elle respira à pleins poumons, descendit du monticule et se concentra sur ses pieds.

— Tout va bien ! cria Jace Continue.

Elle était à quelques centimètres de l'ouverture mais ses muscles brûlaient.

Kat ne savait pas si les garçons tenaient les ceintures ou si elles étaient attachées ailleurs. Elle se mit à transpirer. Elle ne devait pas s'y prendre comme il fallait, ça lui faisait trop mal, ses mains transpirantes glissaient sur le cuir et sa peau commençait à brûler.

Elle serra le cuir de toutes ses forces mais ça ne servit à rien. Elle tomba de la paroi et atterrit, dos en premier, sur l'amas de pierres. Elle hurla de douleur.

— Qu'est-ce qu'il y a ?! demanda Jace.

— J'ai lâché. Donne-moi une minute et c'est bon.

Kat roula sur son flanc et grimaça de douleur alors que des spasmes lui traversaient le corps, du dos au genou.

— Crie quand tu es prête, dit Harry.

Douleur ou pas, elle allait sortir de ce trou !

Dix minutes plus tard, elle atteignit le haut du rocher. Elle s'arrêta et prit une grande bouffée d'air, il était si frais et pur qu'elle en était intoxiquée. Elle sourit à Jace et Harry qui se trouvaient trois mètres plus bas.

— Comme ça fait plaisir de te voir ! lui dit Harry.

— C'est réciproque !

Elle sourit et tourna ses jambes vers le bord. Elle s'apprêtait à sauter lorsqu'elle se rappela sa jambe et sa cheville.

— Qu'est-ce qui ne va pas ? demanda Harry.

— Rien, répondit-elle.

C'était plutôt : « rien n'allait », mais elle ne pouvait rien y faire, pas encore tout du moins. Elle prit son courage à deux mains et sauta. Elle poussa un cri violent en tombant. Elle se mit sur les fesses et tendit la main.

— Je ne te laisserais plus jamais, lui dit Jace.

Elle pourrait se faire à cette idée !

CHAPITRE 15

Kat était assise sur le lit, le dos posé contre le mur et la jambe surélevée enveloppée de glace pour calmer son genou et sa cheville enflée. Le temps de rentrer sur le yacht, sa jambe s'était transformée en une énorme masse sans forme. Elle était épuisée, d'abord par son expérience désastreuse dans la grotte, et aussi par le retour boiteux qui avait duré une heure.

— On dirait une blessée de guerre ! Comment tu te débrouilles toujours pour trouver les ennuis ? On était juste partis faire une balade dans les bois, dit Jace en tapant sur son clavier.

C'était plutôt les ennuis qui la trouvaient. Comment allait-elle pouvoir aborder le sujet « Raphaël » sans passer pour une folle ? Jace savait déjà qu'elle ne le portait pas dans son cœur. Elle allait devoir demander à Pete sa version des faits, mais ça ne ce ferait pas en restant sur le lit.

Elle s'assit sur le bord du lit et grimaça en se levant. Elle ne savait même pas où trouver Pete. Avec un peu de chance, elle n'aurait pas à faire un semi-marathon pour le trouver.

Jace leva les yeux par-dessus son ordinateur et dit :

— Tu n'iras nulle part ! Dis-moi ce que tu veux et j'irai te le chercher.

— Je veux juste tester ma jambe pour voir si ça va mieux, répondit Kat en secouant la tête.

— On est rentrés depuis à peine une heure ! Ça n'est pas assez pour que ta jambe se remette. Elle va encore enfler si tu ne la surélèves pas. Qu'est-ce que tu veux ?

— De l'air frais. Je lèverai ma jambe une fois dehors.

— Je ne crois pas, non !

— Mais si, je te le promets. Elle va se raidir si je ne bouge pas, dit-elle en espérant marcher normalement.

— Je ne peux pas t'aider si tu ne t'aides pas toi-même ! répondit Jace en levant les sourcils.

— Ça va me faire du bien de marcher.

Elle ne pouvait pas lui dire qu'elle cherchait Pete.

— Tu ne vas pas m'écouter ? dit-il en mettant le bras de Kat sur son épaule. Tu ne devrais pas te lever, et encore moins sans béquilles. Je doute qu'il y en ait à bord, tu ne veux pas attendre demain ?

Elle se creusa les méninges pour trouver une excuse.

— J'ai besoin de prendre l'air, je crois que j'ai le mal de mer.

— C'est bizarre, on ne bouge pas.

— Je me sens encore un peu claustrophobe, dit-elle en glissant dans ses chaussures. Luxueuse ou pas, la cabine n'en reste pas moins petite.

— Attends, je vais te chercher de la glace.

Jace prit la poche et la suivit jusqu'à la porte. Il avait raison sur un point, elle ne pouvait pas assez bien marcher pour partir à la recherche de Pete. Mais, si elle s'asseyait sur le pont, elle avait des chances de le croiser. Elle avait autant de chance de croiser Raphaël, elle frémit à cette idée.

Elle passa dans le corridor en boitant, puis à travers la

cambuse. Son genou lui faisait mal en montant les escaliers du pont. Elle s'appuya sur la rambarde et étouffa un gémissement. Elle ne pouvait pas laisser Jace voir sa souffrance ou il insisterait pour qu'elle revienne dans sa cabine.

Jace lui passa devant et lui ouvrit la porte. Une bourrasque pénétra la pièce. *Rafraîchissant,* se dit-elle en sortant.

— Tu as besoin d'autre chose ?

C'était sa chance.

— Un livre peut-être.

— Dis-moi où il est et j'irai.

— J'ai déjà fini ceux que j'ai apportés, mais peut-être qu'il y en a d'autres à bord. Dans le salon ? Trouve-moi un bon roman policier par exemple.

Ça allait lui prendre un bon moment, assez pour qu'elle pût chercher Pete. Jace fronça les sourcils.

— Je suis sûr que Raphaël en a, mais pas à ton goût je pense. Tu n'aimeras peut-être pas ce que je choisis.

— Je prends le risque !

Elle se sentait coupable, mais ça lui laissait du temps. Peut-être qu'elle n'aurait qu'à marcher jusqu'à l'angle et voir si Pete était là. Elle avait besoin de savoir la vérité avant de proférer des accusations.

— Soit !

Il disparut vers le pont inférieur et Kat mit en place sa stratégie. Elle avait dix minutes au plus, par où allait-elle commencer ? Par le pont. Et, même si Pete ne s'y trouvait pas, un autre membre de l'équipage saurait probablement où il se cachait.

Kat avait pris la bonne décision.

Pete était à l'intérieur, assis devant les commandes, avec un autre employé dont elle ne vit que le dos. Elle devina à son allure qu'il venait du même monde que Pete. Il avait l'air d'un rat d'égout qui enchaînait les petits boulots pour payer la nourriture, le logement et amasser de l'argent au noir. L'équipage très hétéroclite de Raphaël ne devait être que temporaire. C'était le pire groupe de marins qu'elle avait rencontré.

Pete s'arrêta de parler et dit :

— On dirait qu'vous avez eu un accident.

— On peut dire ça. Je peux vous parler en privé ?

Il fit un signe de tête à l'autre homme qui se leva et partit. *Avec un peu trop d'enthousiasme*, pensa Kat. Il y avait une chose que les employés de Raphaël savaient faire, c'était profil bas.

— Je suis tombée, mais ce n'est pas pour ça que je suis là. Pourquoi avez-vous dit à Raphaël que j'étais rentrée au bateau avec vous ?

— J'ai jamais dit ça, dit-il en trébuchant légèrement. Vous parlez d'quoi ?

— Vous avez laissé Jace et Raphaël partir sans moi et quelqu'un m'a enfermée dans la grotte.

— Ah ! Vous avez trouvé la grotte ! dit-il en laissant apparaître ses dents jaunies.

Il empestait l'alcool. La fausse nausée de Kat ne l'était plus.

— C'est de ça dont je voulais vous parler.

Pete aboya quelque chose à son collègue qui réapparut dans la timonerie.

— J'reviens dans cinq minutes, lui dit-il avant de se tourner vers Kat. Allons sur le pont.

Elle le suivit, remarquant que sa démarche d'ivrogne n'était pas mieux que la sienne. Elle n'avait pas de mal à le suivre, et pensa qu'ils auraient pu être sobres au moins pendant leurs heures de travail.

Ils se dirigèrent vers le pont principal. Pete tourna à l'angle dans une petite alcôve que Kat n'avait jamais remarquée. Il sortit une chaise crasseuse sur laquelle elle s'assit. Pete se posa sur un tabouret en face d'elle.

— Si vous préparez un mauvais coup, j'veux pas en faire partie.

Le Pete saoul était loin d'être aussi agréable que le Pete sobre.

— Je ne prépare rien, mais je sais que quelqu'un m'a enfermée dans cette grotte, et je suis persuadée que ce quelqu'un, c'est Raphaël.

— C'est ent' vous et lui… pas mes affaires, dit-il en chancelant sur son tabouret.

Kat se leva et lui barra le passage.

— Raphaël a dit que vous lui aviez dit que j'étais restée sur l'île avec vous.

— C'est des conn'ries ! J'ai jamais dit ça, répondit-il en croisant les bras et en rougissant. On s'est à peine parlé. Y m'a juste dit de r'tourner su' l'bateau.

— Et comment êtes-vous allé sur l'île ? Je n'ai pas vu d'autre canot pneumatique.

Pete fit une pause.

— D'là même façon que j'suis arrivé ici, en nageant.

— À la nage ? dit-elle en levant les sourcils. Pourquoi ne pas avoir pris le canot avec nous ?

— Pt'être que j'ai b'soin d'faire de l'exercice, lui répondit-il en secouant les épaules. J'dois y aller.

— Pas si vite ! Pourquoi est-ce que Raphaël mentirait ? Il savait que vous n'aviez pas de bateau.

Il n'y avait qu'un canot. Jace n'avait pas entendu la conversation ou il aurait trouvé à redire. Elle n'avait pas de maillot de bain et, de toute façon, elle était une piètre nageuse. En réalité, elle n'arrivait même pas à flotter !

— Qu'est c'que j'en sais ! J'lai rencontré aujourd'hui.

— Oh !

D'un coup Pete ne semblait plus sûr de lui et son expression se radoucit.

— J'veux dire qu'je l'connais pas plus que vous et j'ai besoin d'ce boulot. J'peux pas vous aider.

Il fit demi-tour pour lui passer à côte.

— Vous ne me laissez pas le choix alors…

Kat changea de pied et grinça des dents lorsque son poids se porta sur sa jambe blessée. Pete s'arrêta net et recula de quelques centimètres.

— D'quoi vous parlez ?

— Je vais devoir appeler la police.

Kat avait le sentiment que Pete n'aurait pas envie d'avoir affaire à la police, alors elle bluffa. Il cachait quelque chose, et elle voulait être de la partie. Elle devait savoir quel pacte Raphaël et Pete avaient passé afin de savoir ce que Raphaël cachait. Elle n'avait aucune idée quant à la localisation du poste de police le plus proche, mais son téléphone captait.

— Et pourquoi ? demanda Pete.

— Je leur dirais que quelqu'un m'a enfermée dans une grotte et a essayé de me tuer. Il y avait trois hommes sur l'île et un d'eux aurait pu être responsable. Je laisserais la police se faire sa propre opinion.

Bien sûr, Jace n'avait pas commis ce crime, et pas besoin de parler de la famille non plus. Et même si elle savait qui était le coupable, Pete, lui, n'en avait aucune idée. Elle décida de le faire mijoter un peu. C'était la seule façon de lui soutirer des informations.

— Mauvaise idée, dit-il en secouant la tête.

— Vous pensez que c'est mieux de rester sur un bateau avec un homme qui a essayé de me tuer ?

— J'n'ai pas dit ça, mais ça empir'ra les choses.

— Et empirer à quel point ? dit-elle en jetant ses bras dans les airs.

— Ne l'faite pas, c'est tout !

Kat sortit son portable de sa poche.

— Dites-moi pourquoi…

— D'accord, d'accord ! dit-il en faisant une longue pause.

C'bateau est américain. On est v'nu de Friday Harbor, mais on n'est pas passés par les douanes canadiennes.

Friday Harbor était un petit port des îles San Juan, au nord de Seattle.

— Vous êtes passés illégalement ?

— C'est pas si grave qu'vous l'pensez, mais oui ! On aurait dû passer par les douanes d'Vancouver, mais on l'a pas fait, alors on est là illégalement.

— Ce n'est pas votre faute, dit-elle en composant les numéros sur son téléphone. Ça sonne.

Pete attrapa son téléphone et le lança sur le pont.

— J'travaille juste ici, j'prends pas les décisions, c'est Raphaël. Mais je suis sur le bateau et j'vais avoir des ennuis aussi.

— Non, comme vous l'avez dit, ce n'était pas votre décision.

Pete avait des raisons d'éviter la police, mais elle était persuadée que ça n'avait rien avoir avec Raphaël. Des impayés peut-être, mais elle avait le pressentiment que ce n'était pas le problème.

Elle se tourna pour aller récupérer son téléphone. Pete la fixa.

— J'vais aller le chercher, dit-il en se dirigeant vers le mobile. Désolé, j'aurais pas dû faire ça. N'app'lez pas la police. On s'ra parti dans quelques jours et ce s'ra plus un problème, expliqua-t-il en lui rendant son téléphone.

C'est exactement ce qu'elle voulait savoir.

— Où allez-vous ?

— Nulle part qui puisse vous intéresser.

— Pourquoi ne pas le vendre ici ?

— Vendre quoi ?

— Le yacht, répondit Kat.

Il y eut un silence.

— *Le Financier* n'est pas réellement le yacht de Raphaël, n'est-ce pas ?

C'était une supposition étant donné que le jeune italien n'avait pas l'air très intéressé par la navigation.

Pete secoua les épaules, mais son front laissa apparaître une goutte de sueur.

— Bien sûr qu'si. Il était déjà su' l'bateau quand j'suis monté à bord. Il nous a alors embauchés.

— Vous ne trouvez pas ça bizarre qu'il n'ait pas déjà son équipage ?

— Il nous a dit qu'il était en mer d'puis plusieurs mois et qu'il avait laissé partir ses employés.

— Pourquoi ?

— L'équipage s'est pas pointé. Raphaël pense qu'y a eu un mélange dans les dates et qu'il changerait au Costa Rica. On d'vait partir aujourd'hui, mais le p'tit détour pour vous et vos amis nous a r'tardé.

— Qu'est-ce qu'il se passe au Costa Rica ? dit-elle en grattant son front. Laissez-moi deviner. Vous allez laisser le bateau là-bas !

Un yacht de cette taille serait dur à dissimuler. Mais personne ne poserait de questions en Amérique Centrale ! *Le Financier* ne serait qu'un bateau de plus accosté le long des côtes costaricaines. Il pourrait être transformé dans une échoppe et vendu.

— Y m'dit pas, j'demande pas !

— Combien de temps allez-vous rester là-bas ?

Il n'y avait pas que les plages de sable fin et les vacances au Costa Rica. On pouvait aussi se cacher des autorités canadiennes.

Maintenant, elle était certaine des intentions de Raphaël, mais c'était beaucoup d'efforts pour voler l'argent de Gia. Il se tramait quelque chose d'autre, et il n'était probablement pas un milliardaire italien. Une fois au Costa Rica, il disparaîtrait pour toujours.

— Comment allez-vous revenir ?

Pete ne répondit pas.

— Vous ne reviendrez pas, n'est-ce pas ? enchaîna-t-elle.

Pete n'avait pas envie de divulguer ses secrets.

— J'dois retourner au travail.

Pete secoua la tête et fit un signe de main à Kat, puis il disparut sans dire mot.

CHAPITRE 16

*K*at retourna à sa cabine pour y retrouver Jace, assis sur une chaise avec un tas de livres. Il lui tendit un Agatha Christie et la regarda d'un air mécontent.

Elle n'arrivait pas à imaginer Raphaël lire la reine du mystère, en réalité elle ne connaissait pas ses goûts littéraires.

Jace secoua la tête et dit :

— Je n'aurais pas dû te laisser seule. Pourquoi est-ce que tu te balades ? Le gonflement ne passera pas si tu ne laisses pas ta jambe en l'air.

— Tu as raison.

Au moins, Jace n'avait pas demandé pourquoi elle était partie. Elle ne pouvait pas accuser Raphaël de l'avoir enfermée dans la grotte sans avoir de preuve. C'était un manipulateur rusé et charmeur et il ne ferait que retourner la situation.

Le scepticisme professionnel de Jace s'était transformé en admiration et il trouverait les déclarations de Kat honteuses. Au lieu de remettre en cause les affirmations de Raphaël, Jace s'était lui aussi laissé duper. Elle allait devoir agir vite, car il allait bientôt fuir, mais elle ne savait pas par où commencer.

— Ça aurait pu être pire, tu t'en es bien sortie. Il ne faut jamais explorer une grotte seule, en plus, personne ne savait où tu étais.

Faux ! Raphaël, lui, le savait. Non seulement il était au courant de ses faits et gestes, mais en plus, il l'avait empêchée de sortir.

— Je sais, c'était idiot.

Lorsque Harry et Jace l'avaient libérée, ils avaient exploré l'entrée de la grotte avec une lampe. Sans le savoir, Kat s'était tenue à quelques mètres d'un précipice sans fond. Elle frissonna en y repensant.

— La prochaine fois, dis-moi où tu vas, lui dit son compagnon.

Les erreurs d'inattention agaçaient particulièrement Jace, car elles pouvaient être évitées. En tant que volontaire pour une unité de sauvetage, il avait été témoin de nombreuses tragédies résultant d'une mauvaise préparation. Ça l'irritait que sa petite-amie fût partie seule sur un terrain inconnu.

— Je te le promets.

Il était regrettable que Jace ne vît pas sous le voile charisma-tique de son hôte. Elle avait besoin de preuves, c'était la parole de Kat contre celle de Raphaël.

Mais, Kat avait des soucis plus importants pour le moment. Si Pete disait vrai, pourquoi Raphaël n'était-il pas encore en route pour le Costa Rica ? Il avait déjà l'argent de Gia. Avait-il trouvé une autre opportunité ? Et, pourquoi leur avait-il proposé de les accompagner sur l'île De Courcy ?

Jace lisait dans les pensées de Kat.

— Tu sais, Raphaël est un type intelligent. Il nous fait une fleur en nous parlant de son investissement. Tu n'as pas changé d'avis ?

— Il ne faut pas mélanger argent et plaisir, Jace. *Et encore moins l'argent et les ennemis,* pensa-t-elle.

— C'est différent, c'est une opportunité unique qui ne se représentera sûrement jamais. Si on refuse, on loupe un gros coup.

— Si c'est si fabuleux, on pourra investir demain. L'entreprise aura besoin de plus d'argent en s'agrandissant.

— Peut-être, peut-être pas. On devrait s'y intéresser, Gia est intelligente et elle a investi, répondit Jace en proie au doute.

— Non ! Il ne peut même pas nous montrer ses produits, et je te parle même pas de ses comptes de produits et financiers, s'exclama Kat.

— Ça a suffi à Gia, elle sait ce qu'elle fait.

— À en croire ce qu'elle dit, elle ne sait pas du tout ce qu'elle fait.

Gia était aveuglée par l'amour et Jace par l'argent. Ce dernier soupira.

— Tout le temps que tu passes à réfléchir, tu pourrais le passer à investir.

— Peut-être. Mais il ne nous explique pas comment marche son produit, je ne peux pas investir dans quelque chose que je ne comprends pas.

— Tu pourras lui demander pendant le repas, dit Jace en lui tendant la main. Viens !

— Quoi ? Mais vous n'avez pas encore mangé ?

— Bien sûr que non. Tout le monde te cherchait. Viens, je suis affamé.

Jace était déçu.

— Je me sens un peu nauséeuse, et ma jambe me fait encore mal.

Un mauvais pressentiment lui avait coupé l'appétit. Elle était malade de savoir que Gia était amoureuse d'un homme que ça ne dérangeait pas de laisser un être humain mourir dans une grotte. Qu'est-ce qu'il lui réservait ? Elle ne pouvait pas se confronter à Raphaël sans un plan d'attaque.

Le regard de Jace criait « je te l'avais dit ! ».

— Je te rapporterai un encas.

Il partit avant qu'elle ne pût répondre.

Super ! Jace était de nouveau en colère contre elle, comme tout le monde à bord, et elle n'avait rien pour les faire changer d'avis. Elle avait du pain sur la planche si elle voulait révéler au grand jour les intentions de Raphaël. Selon Pete, il allait prendre l'argent et fuir. Il allait mettre son plan à exécution, et elle seule pouvait l'arrêter.

CHAPITRE 17

Kat s'assit droite sur son bureau, l'ordinateur à côté d'elle. Heureusement, elle avait une connexion Internet, mais les recherches sur Raphaël et *Le Financier* ne donnèrent rien. Un yacht comme celui-là devait apparaître sur la toile, sur une photo ou sur le site du fabricant. Sa conversation avec Pete lui avait donné une idée.

Seulement une poignée d'entreprises construisaient des yachts aussi luxueux que celui de Raphaël. Elle réussit à se procurer une liste de six entreprises. La plupart du temps, ces bateaux étaient construits à la main et prenaient plus d'un an à finir. En trouvant le fabricant, elle trouverait sans doute le propriétaire. D'une façon ou d'une autre, elle allait prouver à tout le monde que Raphaël était un escroc.

Qui entrerait illégalement au Canada au risque de se faire saisir son yacht de plusieurs millions de dollars ? Un voleur, mais assurément pas un milliardaire.

Elle examina la liste et cliqua sur le premier nom, Prima Yachts.

Rien.

Ses espoirs déjà diminués, elle vérifia la deuxième entrée. Majestic Yachts, une compagnie basée à Seattle, dans l'état de Washington, avait une liste de yachts neufs et d'occasion. Kat sourit à l'idée de voir des milliardaires échanger leur yacht contre de nouveaux modèles, comme elle avait fait avec sa voiture ! Elle, par contre, n'attendrait pas dix ans.

Un coup de chance ! Un bateau ressemblant au *Financier* était inscrit, mais sous un nom différent. *Le Catalyst* avait quatre ans, et le prix demandé était de six millions neuf cent mille dollars.

Le yacht de quarante-cinq mètres était constitué de quatre cabines doubles et des quartiers pour six employés. Il n'y avait que quatre employés à bord du *Financier*, en comptant Pete, ils devaient avoir beaucoup de travail pour faire fonctionner un bateau construit pour six employés. Raphaël ne participait pas, et Kat n'avait pas aperçu de chef de cuisine à bord.

Un personnel réduit était peut-être approprié pour de courts trajets dans des eaux calmes ; mais personne ne pouvait lésiner sur le personnel et risquer d'échouer un yacht si cher.

Elle fit défiler les photos du *Catalyst*, en zoomant pour ne manquer aucun détail. Le navire ressemblait, traits pour traits, au *Financier*, jusque dans les couleurs et l'ameublement. Kat trouva ça louche qu'un yacht fait sur-mesure eût un jumeau.

Elle se concentra un instant sur ce qu'elle savait de Raphaël.

Le fait qu'elle ne trouvât aucune information sur lui prouvait sa fausse identité. Mais il lui fallait des preuves plus solides pour convaincre ses amis, surtout Gia. Jamais elle ne croirait que l'homme qu'elle aimait, et à qui elle avait donné tout son argent, l'avait trahie.

Jace avait peut-être raison, son métier l'empêchait de faire confiance aux gens. C'était à tort et à raison qu'elle intervenait dans la vie de Gia. Qu'est-ce que cette dernière penserait si elle savait que son amie cherchait des raisons à leur rupture ? Gia lui dirait de se mêler de ses affaires.

Mais garder ses découvertes pour elle ne ferait que faire du mal à Gia, parfois un ami savait ce qui était mieux.

Malgré ses doutes, sa recherche en ligne sur Raphaël n'avait rien donné. Elle aurait dû trouver quelques informations sur une personne qui disait être milliardaire. Pourtant il n'y avait rien sur lui ni sur son entreprise. Rien que ça aurait dû l'alerter.

Kat avait fouillé dans tous les magazines beauté, commerces et même dans les sites des entreprises, et avait fait chou blanc. Puis, il y avait le yacht. Pete n'avait pas confirmé qu'il s'agissait d'un bateau volé, mais il ne l'avait pas nié non plus. *Le Financier* était soit l'invraisemblable jumeau du *Catalyst*, soit c'était *Le Catalyst*.

Une autre chose étrange concernant Raphaël était qu'il avait étonnement beaucoup de temps libre. Kat avait rencontré beaucoup de millionnaires et de milliardaires lorsqu'elle était consultante financière. Mais elle n'avait encore jamais rencontré de magnats qui ne prévoyaient pas leurs journées des semaines à l'avance, et au millième de seconde près. Ils avaient rarement le temps pour faire des voyages spontanés comme venait de le faire Raphaël. Il était donc soit unique en son genre, soit un terrible menteur.

Peu importe qui Raphaël était, il était très doué pour couvrir ses traces. Et il allait bientôt disparaître à jamais.

Kat ferma son ordinateur. Raphaël était la dernière personne qu'elle voulait voir, mais elle devait monter. C'était une erreur de rester dans sa cabine loin des autres. Hormis l'escroc lui-même, Gia était sa possibilité d'en savoir plus sur le « problème Raphaël ». Elle allait devoir passer tout son temps avec le jeune couple pour pouvoir le démasquer, et éviter que Gia se fît arnaquer.

Elle vérifia sa montre. Jace n'était parti que depuis une ving-taine de minutes, ce n'était pas trop tard pour manger. Elle se glissa dans ses chaussures. Elle pouvait bien être agréable pendant une heure ou deux !

Kat sortit de sa cabine et remarqua que la porte de la suite principale était ouverte. Gia avait dû y revenir pour se repoudrer le nez. C'était le bon moment pour parler à Gia en privé, et découvrir tout ce qu'elle savait sur Raphaël.

Elle toqua doucement.

Pas de réponse.

— Gia ?

Elle jeta un œil à travers l'ouverture et ne vit rien. Devait-elle entrer ?

Elle pensa toquer plus fort, mais ne voulait pas que quelqu'un entendît.

C'était peut-être sa seule chance de parler seule à seule avec Gia. Elle poussa la porte et entra.

La cabine était vide. Elle se tourna pour partir, mais hésita. Elle n'était pas entrée par effraction et c'était l'excuse parfaite pour fouiller. Elle pourrait trouver un indice.

Et si elle tombait sur Raphaël ? Comment expliquerait-elle sa présence ici ?

Elle lui dirait que Gia lui avait demandé de lui rapporter quelque chose.

Elle analysa de nouveau la chambre et se dirigea vers la salle de bain. La cabine faisait deux fois la taille de la leur, et était plus luxueuse. La touche de Gia était partout, du dressing débordant d'habits aux parfums et bijoux éparpillés sur la commode. Elle avait presque emménagé avec Raphaël.

Kat claudiqua jusqu'à l'armoire, et manqua de trébucher sur un porte-monnaie de femme. Elle se baissa pour le ramasser pensant qu'il s'agissait de celui de Gia. Elle allait le reposer sur la commode lorsqu'elle remarqua les initiales *MB* estampillées sur le cuir noir. De nombreux porte-monnaie, et sacs, portaient des monogrammes de designers, mais celui-ci n'en était pas un. En

plus d'être vieux, il était basique et fonctionnel, donc diamétralement opposé aux goûts de Gia. Mais alors, à qui appartenait-il ?

Il n'y avait qu'une seule façon d'en être sûre. Son cœur s'accéléra et elle ouvrit le portefeuille. Elle n'avait aucune raison d'être
dans la cabine, et encore moins de fouiller dans leurs affaires.

Elle sortit un permis de conduire au nom d'Anne Bukowski.
Selon sa carte d'identité, elle avait trente ans et vivait à Vancouver. Gia et Raphaël l'avaient peut-être trouvé par hasard et
allaient le ramener à sa propriétaire.

Ou alors, Raphaël avait une autre petite-amie ! Kat aurait
parié sur la deuxième option.

— Qu'est-ce que tu fais là ?!

Raphaël était apparu sur le palier.

Surprise, Kat dissimula le porte-monnaie dans sa poche.

— Je cherche Gia, je devais la retrouver ici, répondit-elle.

— Elle est en haut, comme tout le monde, dit-il en tendant
son bras vers la porte. Après toi.

— Merci.

Kat se sentit rougir, ne sachant pas si Raphaël avait vu le
portefeuille. Il aurait probablement fait une réflexion si c'était
le cas.

Mais la question c'était plutôt de savoir ce que le portefeuille
d'une autre femme faisait dans sa chambre.

Il y avait des tonnes d'explications simples. Peut-être l'avait-il
trouvé, ou il avait été oublié par un invité. Cependant, la seule
explication plausible, aux yeux de Kat, était qu'Anne était une
ancienne petite-amie. Kat était certaine que Gia ne l'avait pas vu
ou elle aurait paniqué, et Kat en aurait entendu parler.

Gia ne le saurait jamais. Kat avait pris l'objet en question,
mais elle le ramènerait plus tard. Il valait mieux que Gia le
trouve elle-même et questionne directement son fiancé. Ce
n'était pas ses affaires, et elle ne s'en mêlerait pas.

Raphaël aurait beau lui expliquer, ça ne marcherait pas. Gia aurait temporairement le cœur brisé, mais elle romprait avec lui et lui demanderait son argent. Ce serait probablement une bonne chose. Mais Kat n'avait pas grand espoir.

Kat monta les escaliers, la tête remplie de pensées. Elle n'avait plus faim, et avec la découverte mystérieuse qu'elle venait faire, elle voulait simplement retourner au calme dans sa cabine.

Qui était Anne Bukowski dans le plan diabolique de Raphaël ?

CHAPITRE 18

Kat effleura Raphaël et se dirigea en haut des escaliers, un pas douloureux après l'autre. Il la suivit de près. En montant, le porte-monnaie sortit légèrement de la poche de Kat, elle passa sa main derrière et le renfonça dans sa cachette. Si Raphaël remarqua, il n'en dit rien.

Depuis combien de temps était-il en train de l'espionner derrière la porte ? Son pouls s'accéléra lorsqu'elle se souvint des caméras de surveillance. Il aurait très bien pu la voir entrer dans la cabine, mais il lui en aurait touché deux mots. Mais ça ne voulait pas dire qu'il n'allait pas regarder les vidéos plus tard. Kat n'était pas sortie d'affaire.

Ce qui était fait était fait, et elle ne pouvait rien y faire. Elle serait plus prudente la prochaine fois.

Après des efforts qui lui semblèrent insurmontables, Kat et sa jambe gonflée arrivèrent enfin sur le pont principal, et se dirigèrent vers la cambuse. C'était plutôt une salle à manger séparée où les autres étaient déjà assis.

— Il était temps ! dit Harry en se levant.

Il sortit une chaise pour Kat, qui accepta gentiment. Jace était assis à la droite de Kat et Harry à sa gauche, Gia et Raphaël étaient en face.

— On dirait que tu as retrouvé l'appétit ! Ça en fera moins pour moi, dit l'oncle Harry en arborant un large sourire.

— Il y en a assez pour tout le monde, répondit Gia. Contente que tu te sentes mieux, Kat.

Kat lui sourit en retour. Gia semblait lui avoir pardonné, pour l'instant. Elle poussa de nouveau l'épais portefeuille dans la poche de son pantalon. Ses poches de derrière étaient trop peu profondes pour l'y cacher. Kat remuait dans tous les sens, impatiente de retourner à sa cabine afin d'enquêter sur l'objet du crime.

— Je meurs d'envie de tout savoir de tes aventures ! Tu as trouvé de l'or ? demanda Gia.

— Non, mais j'ai trouvé un passage intriguant. Si l'on en croit la légende, il y aurait un tunnel reliant l'île De Courcy à l'île Valdes. Il s'étend à environ trente mètres sous terre. Sous l'eau pour dire vrai. Je crois que j'étais dedans.

Elle mentionna les paroles de Pete sur les reliques aborigènes.

— Super ! s'exclama Harry, tellement excité qu'il en renversa presque son verre. Tu es ressortie de l'autre côté ?

— Je ne suis pas allée aussi loin, il faisait noir et je n'avais pas de lampe, ou de chaussures appropriées, dit-elle en secouant la tête.

— L'or se trouve peut-être là-bas, dit Jace. Retournons-y demain !

Gia se tourna vers Raphaël, anormalement silencieux, et demanda :

— Kat est la seule à avoir trouvé quelque chose ?

— Je suppose que Jace et moi l'avons loupé. Pas de chance.

Il se leva et se dirigea vers le réfrigérateur, dans lequel il attrapa une bouteille de vinaigrette.

— Parle-nous de la légende, demanda encore Gia en fronçant des sourcils.

Kat répéta ce que Pete lui avait dit.

— La grotte servait de lieu de rituels aux Salish côtiers et autres tribus. Les hommes devaient porter des choses en bois le long du tunnel sous-marin, et les déposaient de l'autre côté comme preuve de leur épopée.

— Tu devais être dans le même tunnel, s'exclama Gia. Est-ce que tu as vu des reliques ?

— Je ne suis pas sûre.

Kat n'était pas sûre de vouloir parler de l'autel en pierre. Si c'était un lieu sacré, elle ne voulait pas qu'il soit dérangé par d'autres visiteurs. Elle n'avait pas vu de signe d'utilisation ; c'était juste un sentiment qu'elle avait eu en se tenant devant.

— Je n'ai pas vu d'objets en bois ou de masques, mais j'ai vu une cascade, continua-t-elle. C'était vraiment magnifique. Mais il faisait très noir et je n'ai pas bien vu. J'ai aperçu des graffitis, donc je ne dois pas être la seule au courant de l'existence de cette grotte.

— Tu es allée jusqu'où dans le tunnel ? demanda Raphaël.

— Environ un kilomètre et demi, j'aimerais y retourner, mais cette fois avec une lampe. Je pense avoir fait la moitié du chemin, mais c'est difficile à dire. Je ne suis jamais arrivée de l'autre côté.

— Ce n'est qu'une vieille légende ! Comme Brother XII et son or, dit Raphaël en se moquant. Ce n'est probablement qu'un tunnel sans issue. Il y en a plein ici.

Kat sentit la colère monter en elle quand elle réalisa que Raphaël venait de mentir !

— Je ne savais pas que tu étais déjà venu sur l'île.

— Quoi ?

— Tu connais les tunnels et les grottes.

— C'est Pete qui m'en a parlé, dit-il en riant nerveusement. Sûrement un tas de fabulations.

— Je voudrais voir la grotte, dit Jace, je ne comprends pas comment on a pu la louper. On pourrait y aller demain matin.

— Je suis de la partie cette fois, dit Harry en levant la main. Kat, tu devrais rester là à cause de ta jambe.

— Je me sens déjà mieux. Une bonne nuit de sommeil et je serais sur pieds, répondit-elle.

En vérité, elle souffrait le martyre mais ne voulait pas l'admettre devant Raphaël.

— Je voudrais voir de mes propres yeux, et parler à Pete aussi, dit Jace en se tournant vers Raphaël. Est-ce qu'il peut nous suivre ? Il a l'air d'en savoir beaucoup sur l'île.

— Pourquoi pas. Mais on se décidera demain, répondit-il en levant les épaules.

Jace acquiesça.

— Ça serait un gros plus à mon histoire, dit le journaliste. Ce voyage est super !

Raphaël leva son verre de vin et dit :

— Je voudrais porter un toast, à Gia, la femme de ma vie.

— On leur annonce la nouvelle ? dit Gia en rougissant.

— Quelle nouvelle ? demanda Kat.

— Si tu es prête bellissima, répondit Raphaël en mettant sa main sur celle de Gia.

Kat se prépara, ça pouvait se compliquer si Gia avait investi davantage.

— On va se marier ! s'exclama-t-elle en riant. C'est pas merveilleux ?

— Vous quoi ?!

Kat soupira, même si elle avait tort, et ce n'était pas le cas, Gia connaissait à peine ce type et elle était aveuglée par l'amour.

— Tu as bien entendu. Il me passe la bague au doigt, dit-elle en montrant sa main gauche ornée d'un énorme solitaire en diamant. Il paraissait gigantesque sur sa main potelée.

— C'est fantastique ! répondit Jace. On est très heureux pour vous, n'est-ce pas Kat ?

— C'est une excellente nouvelle, c'est pour quand ? dit Kat qui sentait la bile lui remonter dans la gorge.

— On n'a pas encore décidé, mais le plus tôt sera le mieux ! dit Raphaël en serrant la main de Gia. Je ne veux pas la laisser filer.

Son cœur battait la chamade, la seule chose que Raphaël ne voulait pas laisser filer c'était l'argent de la mariée.

— Oh Raphaël, ne sois pas stupide, je n'irai nulle part, répondit Gia en lui caressant le bras. Vous êtes tous invités au mariage bien sûr. Je l'épouserais demain si je pouvais !

— Pourquoi pas ? demanda Harry. Je peux vous marier. Je suis légalement qualifié, et Jace et Kat peuvent être vos témoins. Vous en dites quoi ?

Kat donna un coup de pied à Harry sous la table. Curé était un emploi à mi-temps pour son oncle, et elle aurait préféré que ça ne soit pas le cas.

— Ça va pas ! Ça fait mal, dit Harry en frottant son genou.

— Vraiment ? Je ne savais pas que tu mariais les gens. Ce serait génial ! cria la jeune femme.

Kat observait Raphaël, et pour la première fois, elle vit une lueur de peur dans ses yeux. Est-ce qu'un vrai mariage le ferait fuir ? Il ne pouvait pas aller loin sur un bateau. Mais ça ne durerait pas.

— On va voir la grotte demain, dit Kat.

— On peut y aller le matin et faire le mariage l'après-midi, répondit Harry en se tournant vers Gia. Du moment que ça te convient.

— Bien sûr ! Gia applaudissait avec enthousiasme.

— Mais tu n'as pas de robe.

Tout le monde ignorait Kat et se concentrait sur l'oncle Harry qui décrivait les étapes d'un mariage flottant.

Ils passèrent l'heure suivante à faire des plans en dévorant le saumon fraîchement péché, les accompagnements et le plateau de desserts où s'entassaient cookies et tartes. Le yacht était bien rempli pour un si court voyage.

Kat se leva.

— Je suis épuisée. Je m'excuse, mais je vais redescendre à ma cabine.

— Tu ne peux pas rester encore un petit moment ? lui dit Gia en boudant.

— Pas si je veux être en forme pour ton mariage, lui répondit-elle en souriant.

— Je vais pas tarder, dit Jace.

— Prends ton temps.

Kat avait besoin de rester seule afin de fouiller dans le porte-monnaie, et d'en apprendre plus sur la mystérieuse Anne Bukowski. Elle se dirigea vers le pont, il faisait noir et la chaleur de l'été disparaissait. Une douce brise flottait dans les airs et rappela à Kat à quel point elle était chanceuse de ne plus être dans la grotte.

Si seulement elle pouvait libérer Gia de l'emprise de Raphaël.

CHAPITRE 19

Kat venait d'allumer son ordinateur lorsque la porte de la cabine trembla. Elle avait fermé à clé par sécurité, elle ne voulait pas être interrompue dans ses fouilles. Elle ne pensait pas que Jace reviendrait si tôt. Elle fourra le contenu du portefeuille sous son oreiller et alla ouvrir la porte.

Elle ne trouva pas Jace, mais Gia.

Kat se pétrifia. Elle avait caché le contenu, mais le contenant était encore sur le lit, à la vue de tous. Elle boita jusqu'au lit et l'attrapa.

— Désolée de te faire lever. Je voulais savoir comment tu allais, dit-elle en baissant les yeux. Où est-ce que tu as trouvé ce vieux machin ? Ton porte-monnaie est rouge, non ?

— Ce n'est pas le mien, je l'ai trouvé.

Kat le retourna dans sa main.

— Sur l'île De Courcy ? Tu as de la chance Kat, tu dois avoir des yeux d'aigle. Moi, je ne trouve jamais un centime, dit-elle en s'asseyant près de son amie.

Kat ne prit pas la peine de la corriger. Elle ne pouvait pas lui expliquer qu'elle avait trouvé le portefeuille dans la cabine de son futur mari. Pas avant d'en savoir plus.

— Il faut que je trouve la propriétaire, dit Kat en tapant le nom d'Anne Bukowski dans la barre de recherche de son ordinateur. Je me sens mieux maintenant.

Elle regarda l'écran, elle avait besoin d'un peu de temps seule pour parcourir la dizaine de pages de résultats.

— Tu devrais retourner avec les autres, je ne veux pas gâcher ta soirée.

— Mais n'importe quoi ! Je n'aime pas comment on s'est quittées. Je sais que tu penses que Raphaël n'est pas pour moi, et que tu fais ton travail d'amie. Mais je n'ai jamais ressenti ça pour personne. Je l'aime et je l'épouserai quoi qu'il arrive. Tu peux essayer d'arrêter ?

— Je vais essayer.

Kat ne s'était pas convaincue elle-même. Mais que pouvait-elle dire de plus ? Elle analysa les résultats de la recherche, ne vit rien et passa à la deuxième page.

— Je suis sûre que tu es éreintée après ce qu'il t'est arrivé, dit Gia en regardant l'écran. Peut-être que la propriétaire est toujours sur l'île. Raphaël et moi pourrons la chercher demain et le lui rendre.

— Peut-être. Laisse-moi regarder ce que je trouve d'abord. Rends-moi un service et ne le dis à personne. Pas avant que je n'aie trouvé son propriétaire.

— Pourquoi ? C'est si important ?

— Je n'ai pas dit toute la vérité, mentit-elle. Je ne me suis pas perdue que dans la grotte. J'ai pris un autre détour, mais Jace me tuerait s'il était au courant. Promets-moi que tu ne diras rien à personne, même pas à Raphaël.

— Bien sûr Kat, qu'est-ce que je peux faire d'autre pour toi ?

Gia s'assit sur le lit et soupira en s'appuyant conte la tête de lit. Elle leva sa main et admira sa bague une nouvelle fois.

Largue l'imposteur qui te sert de petit ami.

— Rien c'est bon. Je vais me reposer un peu pour être prête pour ton grand jour.

— Je suis tout excitée ! Je dois me pincer pour réaliser que je ne suis pas dans un rêve.

Le seul moyen d'arrêter le mariage, c'était de convaincre l'oncle Harry de le retarder.

— Je pourrais venir sur l'île avec vous demain, et vous montrer la grotte, dit Kat.

— On fait comme ça ! répondit Gia en la prenant dans ses bras. Mais ne reste pas coincée cette fois, d'accord ?!

— Ne t'inquiète pas ! Je suis soulagée d'être de retour ici, dit Kat en riant.

Gia se leva et dit :

— Je suis heureuse que tu ailles mieux. Et merci de bien vouloir faire des efforts avec Raphaël. Je sais que ce n'est pas ton grand ami, mais ça le deviendra. Vous vous ressemblez beaucoup.

— Pas du tout !

— Si, mais tu ne le vois pas encore. Vous êtes tous les deux dans la finance, tu es comptable et c'est un expert en finance. Il gagne tellement d'argent qu'il a du mal à suivre.

Kat doutait que Raphaël suivît ses comptes, et il était expert dans l'exploitation des gens plus que dans l'entrepreneuriat.

— Je pense juste que tu vas trop vite. Tu le connais à peine, c'est trop tôt pour se marier.

— Je vais me marier Kat. Ce n'est pas parce que tu es une phobique du mariage que je ne dois pas suivre mon cœur.

— Je ne suis pas une phobique, mais rien ne presse.

— Tu es avec Jace depuis longtemps, rendez ça officiel une bonne fois pour toutes. Pourquoi pas demain ? On fera un double mariage ! dit Gia en tapant des mains.

— Non ! Suivre ton cœur ne veut pas dire ignorer tout le reste.

Kat se marierait en temps voulu. Elle ne voulait pas que son mariage fût gâché par les déceptions de Gia.

— Tu veux dire que je ne dois pas faire confiance à Raphaël ? répondit Gia en fronçant les sourcils. Ce n'est pas parce que tu ne l'aimes pas que moi je ne peux pas !

— Ce n'est pas la question ! S'il t'aime vraiment, il sera encore là la semaine prochaine, le mois prochain, ou même l'année prochaine. Tout ce que je dis, c'est que tu devrais ralentir et y réfléchir.

Kat grimaçait de douleur en suivant Gia jusqu'à la porte. Son genou ne guérissait pas.

La spontanéité de Gia était un trait attachant de son caractère, mais tout aussi dangereux.

— C'est lui qu'il me faut ! Je n'ai jamais été aussi sûre de moi.

— C'est bien. Tu as signé un contrat prénuptial ?

Gia n'en avait pas parlé, mais l'avocat d'un milliardaire l'obligerait à en signer un. Le problème, c'était que Gia n'était pas fauchée non plus. Avec son salon et ses économies, elle s'en sortait bien. Raphaël pouvait réclamer la moitié de ses biens, mais ça, elle n'avait pas dû y penser.

Gia éclata de rire.

— Bien sûr que non ! Raphaël ne le demanderait jamais. Il sait que je ne l'épouse pas pour son argent. Ce qui est à moi est à lui, et vice-versa.

— Si c'est le cas, pourquoi est-ce qu'il a besoin que tu investisses ? S'il est milliardaire, ce n'est pas un problème.

— Il n'en a pas besoin, il me fait une fleur en me laissant investir. Tout comme à Jace et Harry, répondit Gia en roulant les yeux.

Kat se pétrifia.

— Jace et Harry n'ont pas investi.

— Maintenant si, ils viennent de signer les papiers.

— Jace n'aurait pas investi sans m'en parler.

Gia devait se tromper, Jace et Kat parlaient de tout et prenaient les décisions ensemble.

— Apparemment si. C'est quoi le problème ? Ils sont assez grands.

Kat se mordit la lèvre. Elle s'en voulait d'avoir quitté la table. L'argent était un problème, mais le plus gros problème était que Jace savait ce qu'elle pensait de Raphaël. Il avait quand même investi sans le lui dire.

— Il lui a donné combien ?

— Le minimum, cent mille dollars.

Une petite fortune, un montant qu'aucun d'eux ne pouvait se permettre de perdre. Le cœur de Kat s'emballa. Est-ce qu'ils avaient mis chacun cent mille ou avaient-ils partagé ? Dans les deux cas, ça la rendait malade.

— Je leur ai dit de mettre plus, mais ils ne l'ont pas fait. Jace ne te l'a sûrement pas dit parce qu'il connaissait ta réaction.

— Il aurait dû m'en faire part, dit-elle en rougissant, elle ne voulait pas en parler avec Gia.

Jace lui avait caché parce qu'il savait qu'elle n'était pas d'accord. Le seul point positif se trouvait dans l'absence de banque aux alentours. L'oncle Harry était de la vieille école, il ne connaissait pas la banque en ligne. Jace s'y connaissait un peu plus. Avait-il trouvé une connexion assez puissante pour transférer tout son argent ?

— Tu verras Kat, Belle'issima vous le rendra. Mais en attendant, j'ai besoin de ton aide. Tu veux bien m'aider à me préparer pour demain ?

— Quoi ?

— Tu peux m'aider à me coiffer et à me maquiller. Je ne sais même pas ce que je vais porter. Tu vas m'aider, n'est-ce pas ?

— Oui, bien sûr. Mais pourquoi ne pas attendre d'être de retour à Vancouver ?

C'était la dernière chose qu'elle voulait faire. Elle allait devoir retarder ce mariage.

— Pourquoi attendre ? On veut un petit mariage sans chichis. Le bateau est l'endroit parfait.

Ce n'était pas ce à quoi elle s'attendait de la part de Gia, son amie aimait les chichis !

— Si c'est vraiment ce que tu veux.

Gia n'avait pas reconnu le portefeuille, mais Anne Bukowski avait un rôle à jouer. Si elle découvrait lequel, peut-être arriverait-elle à empêcher Gia de commettre une terrible erreur.

— À quelle heure est la cérémonie demain ?

Raphaël serait-il à l'heure ?

— À seize heures. On explorera la grotte le matin et on reviendra au bateau pour le repas du midi, comme ça on aura l'après-midi de libre. Il me tarde ! Je devrais remonter avant que Raphaël ne me cherche.

Kat attendit que Gia s'en allât, cliqua sur le premier lien de la recherche et n'en crut pas ses yeux.

Les gros titres d'un journal local disaient *La famille Bukowski volatilisée.* Elle cliqua sur le lien et se rendit compte qu'elle n'avait plus de connexion.

Sans l'article complet, impossible d'en savoir plus sur l'emplacement, la date ou les détails de la disparition. Bukowski était un nom assez commun, mais sans l'article elle ne pouvait pas vérifier les prénoms de chacun. Anne et son portefeuille faisaient-ils partie de l'histoire ?

Elle attrapa son téléphone, mais son écran était noir. Elle n'avait plus de batterie depuis son expédition ratée, et elle avait oublié de la recharger. Elle soupira. Les détails devraient attendre.

CHAPITRE 20

*K*at se tenait sur le pont arrière et brandissait une lampe torche en direction de la poupe du *Financier*. Il était très improbable que *Le Financier* et *Le Catalyst* eussent été jumeaux ; ce qui était plus probable en revanche, c'était que le yacht de Raphaël eût été un navire volé. Kat avait l'intention de le prouver.

La lampe diffusait une lumière irrégulière. Elle tendit le cou afin de mieux apercevoir le lettrage du yacht. Les images du *Catalyst* la hantaient, le navire de Raphaël avait l'air d'y être identique, pourtant, le site internet présentait *Le Catalyst* comme un bateau unique en son genre. Soit il s'agissait de deux bateaux identiques, soit *Le Financier* avait était renommé. Mais, Kat en était certaine, elle se trouvait à bord du *Catalyst* en ce moment même.

Elle se reconcentra sur le lettrage. Tout était normal, de loin. Mais de près, et même dans la pénombre, la peinture blanche qui entourait les lettres était légèrement plus claire que celle du reste de la coque. Avait-elle été repeinte ? Elle se pencha à nouveau pour voir.

Il n'y avait pas de trace, mais une chose attira son attention. Elle ne l'avait pas remarqué jusque-là, mais l'avant-dernière lettre *e* était imperceptiblement tordue. Kat doutait qu'un bateau fait sur mesure, et valant des millions, eût été bâclé.

La jeune enquêtrice se baissa pour atteindre la lettre *F*. Elle gratta avec ses ongles afin de vérifier qu'il n'y avait pas une deuxième couche. Mais le vernis était épais, caoutchouteux, et pas assez craquelé pour que Kat arrivât à l'effriter. La peinture était beaucoup trop fraîche pour un bateau construit il y a six ans. Évidemment, il avait pu être repeint récemment, ce n'était donc pas un argument admissible. Mais c'était louche !

Ensuite, elle étudia la plaque d'immatriculation du *Financier* et l'écrivit sur un bout de papier. Alors qu'elle glissait son calepin dans sa poche, elle entendit une voix profonde s'élever derrière elle.

— Qu'est-ce que tu fais ? dit Raphaël qui se tenait quelques mètres derrière elle, les bras croisés et en colère.

Kat fut tellement surprise qu'elle passa presque par-dessus bord ! Elle réussit à attraper la rambarde et à se redresser. En se retournant, elle se rendit compte qu'il était seul.

— Rien. Je regarde la poupe.

Le bloc-notes était en sécurité, mais elle ne pouvait pas cacher la lampe.

— Avec une lampe ? Ta curiosité est sans limites ! dit-il sur un ton dénué de toute politesse.

— Apparemment, dit Kat en cherchant ses mots.

Raphaël était si près qu'elle pouvait sentir l'odeur d'alcool qu'il dégageait.

— Gia et moi n'apprécions pas ta négativité. Si tu sais ce qui est bon pour toi, tu arrêteras de fouiner dans nos affaires.

— Gia sait penser toute seule. Elle est aussi mon amie et donc mes affaires. Je suis toujours là pour mes amis.

Depuis quand Gia laissait-elle un homme parler pour elle ?

Raphaël renforçait son contrôle d'heure en heure, et Kat ne pouvait en supporter davantage.

— Tu ferais mieux de surveiller tes arrières, si tu vois ce que je veux dire…

— Je protège mes amis quoi qu'il arrive. Si tu vois ce que je veux dire ! répondit Kat en ignorant sa menace.

Raphaël grogna et répondit :

— C'est de toi qu'elle doit être protégée. Je dois te le dire comment ? Gia est à moi, et je peux la retourner contre toi en un claquement de doigts.

— Ne me menace pas, dit-elle en se redressant. Gia à sa propre opinion.

Kat était plus grande que Raphaël de quelques centimètres, c'était son seul avantage sur lui à ce moment-là.

— Plus maintenant, elle est heureuse quand c'est moi qui prends toutes les décisions, répondit-il en ricanant.

— Ça ne durera pas, elle finira par découvrir ta vraie personnalité. Je ne suis pas dupe, et bientôt Gia ne le sera plus.

Il l'avait piégée dans la grotte intentionnellement. Elle n'allait pas encore révéler ce qu'elle savait, mais elle n'avait pas à être courtoise pour autant.

— Je t'aurais prévenue. Mêle-toi de c'qui t'regarde ! lui dit Raphaël en lui bloquant le passage. Fais gaffe à toi.

Kat le poussa pour passer. Il ne pouvait pas l'intimider, même si tout le monde était contre elle. Elle ne pouvait rien faire tant que ses amis ne verraient pas la vérité en face ; elle espérait juste que ce ne fût pas trop tard.

Dix minutes plus tard, de retour dans sa chambre, les soupçons de Kat se confirmèrent. Elle tapa les numéros de la plaque du *Financier* dans la base de données du gouvernement canadien. Cette dernière gardait une trace légale de tous les bateaux, y compris le nom du propriétaire.

Résultat invalide.

Cependant, ça ne prouvait rien, car Raphaël répondrait que son bateau était italien. Mais Kat était persuadée du contraire.

Elle se souvint alors de la réflexion de Pete. Ce dernier avait été engagé à Friday Harbor dans l'état de Washington, le yacht devait donc être américain. Elle se rendit sur le site d'enregistrement des États-Unis, et cette fois elle trouva un résultat.

Le résultat de sa recherche correspondait non pas au *Financier*, mais au *Catalyst*. Enfin, elle avait la preuve qu'elle cherchait désespérément. Étant donné que l'immatriculation était au nom du *Catalyst*, ça prouvait qu'il s'agissait d'un navire volé et renommé. Les histoires de navigation n'étaient que des bobards. Elle allait enfin pouvoir le dénoncer.

Kat retourna sur le site de Majestic Yachts afin de vérifier le numéro d'immatriculation, il n'avait pas changé, et le yacht était encore à vendre. Elle vérifierait ses informations demain matin avec la compagnie.

Elle se leva et posa son ordinateur sur le bureau. Jace entra en furie dans la pièce.

— Qu'est-ce que tu as dit à Raphaël ? Il est furieux et veut rentrer immédiatement.

— Enfin une bonne nouvelle ! répondit-elle en posant ses mains sur ses hanches. Gia m'a dit que tu avais investi. Comment est-ce que tu peux donner de l'argent à un escroc sans me le dire ?!

— J'allais te le dire, lui dit-il en évitant son regard.

— Et quand exactement ?

— Tu vois, c'est pour ça que je ne t'ai rien dit ! C'est pas un escroc Kat, il est honnête. Mais je savais que tu en ferais toute une histoire.

— Encore heureux ! Je suis la seule chose qui se tient entre toi et la faillite.

— Je savais que tu préparais quelque chose, lui répondit Jace.

— Jace, la seule personne qui prépare un coup, c'est Raphaël.

Si toi et les autres n'étiez pas aveuglés par les promesses d'argent, vous le verriez aussi.

— Je suis pas né de la dernière pluie ! Je sais reconnaître une opportunité quand j'en vois une, et je n'ai pas l'intention de la laisser filer.

— Et bien, tu viens de donner ton argent à un voleur, dit-elle en tournant son ordinateur vers lui. Le yacht de Raphaël est un bateau volé, en voilà la preuve. Le numéro d'immatriculation est au nom du *Catalyst*, pas du *Financier*.

Jace étudia l'écran un moment.

— Il doit y avoir une explication rationnelle. Si ça se trouve, il vient juste de l'acheter et n'a pas eu le temps de le changer.

— Il est enregistré dans l'état de Washington, pas en Italie. Comment est-ce qu'il a « juste » pu l'acheter s'il arrive d'Italie ?

— Peut-être qu'il l'enregistre dans un autre pays. Beaucoup de bateaux sont enregistrés à l'étranger, comme les bateaux de croisière immatriculés au Libéria, par exemple.

L'état de Washington n'était pas vraiment un paradis fiscal.

— Personne ne ferait ça !

— C'est vrai, dit-il en se grattant le menton, mais je suis sûr qu'il a une bonne raison. Allons lui demander.

— Non Jace ! Tu es à côté de la plaque. Il a menti à propos de son soi-disant yacht italien, et à propos de voyages à l'autre bout du monde. Il ne peut y avoir qu'une seule raison à ça.

Une lueur de doute éclaira le visage de Jace.

— Ça prouve que c'est un bateau volé ! reprit-elle.

— C'est absurde !

— Non, ce qui est absurde, c'est de lui donner ton argent !

Ça sentait le roussi à bord du *Financier*. Elle devrait exposer Raphaël le plus vite possible, mais ça n'allait être facile.

CHAPITRE 21

at et Jace avaient fini de prendre leur petit-déjeuner lorsque l'oncle Harry apparut sur le pont. Il sortait de la cambuse avec une assiette chargée d'œufs brouillés, de toasts et de saucisses, et une autre remplie de pancakes.

Il leur avait fallu se débrouiller seuls. Kat et Jace avaient cuisiné ensemble, mais s'adressaient à peine la parole. Kat était exaspérée par l'investissement de Jace, et Jace accusait Kat d'avoir entrepris une chasse aux sorcières.

— Tu vas manger tout ça ? demanda Jace à Harry. Ce n'est pas bon pour ton régime !

— J'ai besoin de prendre des forces, c'est un grand jour !

L'oncle Harry s'assit en face et glissa une serviette dans son t-shirt. La nourriture débordait de son assiette, prête à déclencher une crise cardiaque. Kat haussa les sourcils et dit :

— Ah oui l'exploration de la grotte.

Même si sa jambe lui faisait toujours mal, il lui tardait de retourner là-bas.

— Ça aussi, mais je parlais du mariage de Gia. Je n'ai jamais marié un milliardaire avant ! répondit Harry.

— Tu ne peux pas les marier oncle Harry, dit Kat en fronçant les sourcils.

— Bien sûr que si ! J'ai une licence, dit-il en tenant sa fourchette pleine d'œufs. Ce sera mon premier mariage en mer ! Ou devrais-je dire mes premières noces nautiques.

Il avala ses œufs et beurra sa tartine.

— Ce n'est pas ce que je veux dire. Je ne m'inquiète pas pour toi, je m'inquiète pour Gia.

— Gia va bien ! Je sais reconnaître un couple amoureux. Tu exagères, Kat. Si je te connaissais pas bien, je dirais que tu es un peu jalouse, répondit Harry en piquant une saucisse avec sa fourchette.

Kat jeta un regard vers Jace qui leva les sourcils.

— C'est ridicule, je ne suis pas jalouse. *Juste la seule qui voit la vérité.* Je veux que Gia soit heureuse, mais avec un homme bien.

Raphaël n'était pas l'élu, et son instinct lui disait qu'il n'était pas juste le mauvais partenaire pour Gia, il était le plus dangereux.

— Il est parfait pour elle ! Il est riche et ils s'aiment à la folie.

— Tu en es sûr ?

— Mais oui. N'importe quel idiot peut voir qu'ils sont amoureux. Je ne l'ai jamais vue si heureuse.

— Harry a raison, laissons Gia apprendre de ses erreurs, si c'en est une, dit Jace en se raclant la gorge.

— Gia est peut-être amoureuse, mais je ne suis pas certaine que Raphaël le soit, répondit Kat.

— Elle ne trouvera jamais mieux. Il est jeune, riche et talentueux.

L'oncle Harry était vieux jeu et Kat dut se mordre la langue pour ne pas répondre. Gia n'avait pas besoin de trouver quelqu'un.

— Ça ne t'est pas venu à l'esprit que c'est peut-être lui qui ne trouvera pas mieux ? dit-elle en avalant son café. Elle a tout créé de ses propres mains et elle réussit à merveille.

— Elle se débrouille très bien, mais il est dix mille fois plus riche qu'elle. Elle ne trouvera pas un autre milliardaire ! dit Harry en posant sa fourchette.

— On ne sait jamais. Et puis, s'ils sont bien ensemble, pourquoi vouloir précipiter les choses ? Ils ont toute leur vie devant eux.

Ses amis ne voyaient que le yacht et les habits de couturiers, mais il était évident que tout était faux.

— Je veux être celui qui les marie, Kat. S'ils le font ailleurs, je ne pourrais pas faire la cérémonie. Ils sont prêts, je suis prêt. C'est quoi le problème ? C'est mon métier, dit Harry en secouant la tête.

— Tu ne l'as fait qu'une fois Harry, et il ne s'agit pas de toi ici !

Kat comprenait, Harry voulait absolument célébrer ce mariage lui-même.

— D'accord, c'est peut-être qu'un temps partiel, mais c'est le meilleur boulot que j'ai eu. Être témoin du bonheur des gens, ça n'a pas de prix.

— Ton travail est important, mais il y a un moment pour tout. Gia est tellement prise dans son histoire qu'elle ne voit pas la situation clairement.

— C'est possible, répondit Harry en jouant, abattu, avec sa nourriture.

Kat avait besoin de plus de preuves afin de convaincre Jace et Harry. Sinon, elle ne pouvait rien faire de plus.

— Qu'est-ce qu'on sait vraiment de Raphaël ? On le connaît depuis un jour, il sort de nulle part et il a réussi à convaincre Gia de lui donner de l'argent !

— Quand tu le dis comme ça ! Mais regarde autour de toi,

répondit Harry en balayant les alentours de son bras. Est-ce que ce n'est pas la preuve de son succès ?

— Peut-être. Mais ce n'est pas ça qui fait un mariage heureux. Ils se sont rencontrés il y a deux semaines, est-ce que ça suffit pour connaître quelqu'un ?

— Je suppose que non, dit l'oncle Harry, déçu.

— Tu peux toujours les marier plus tard, oncle Harry. Je sais que Gia veut que se soit toi qui le fasses, mais essayons de les persuader de repousser l'échéance. S'ils sont faits l'un pour l'autre, ça ne peut pas leur faire de mal.

— Et s'ils voyagent ? C'est peut-être ma seule chance.

— Je suis sûre que Gia veut que se soit toi qui la maries, peu importe la situation. Tu crois que tu peux trouver une excuse pour reporter le mariage d'un jour ou deux ?

Harry s'arrêta en pleine bouchée et dit :

— D'accord, je vais essayer de lui parler.

— Non ! non, ne fais pas ça.

Kat se souvint du portefeuille qu'elle avait dans la poche. Il avait un lien avec Raphaël car elle l'avait trouvé dans sa cabine. Mais, quel que soit ce lien, ses tripes lui disaient que ça ne présageait rien de bon. Kat reprit :

— Je ne pense pas que Raphaël soit vraiment celui qu'il prétend être.

— Bon sang, Kat ! Tu as une dent contre ce type, répondit Jace en levant les bras. C'est quoi son problème ? Il est génial, il m'a laissé investir dans son affaire.

Le cœur de Kat s'emballa, Jace ne lui avait toujours pas dit combien il avait donné et ça l'effrayait.

— Tu es en train de faire une grave erreur, dit-elle.

— Non, Belle'issima va tous nous rendre riche, répondit Harry en se levant de table avec son assiette vide.

Kat lui attrapa le bras et dit :

— Rappelle-toi la dernière fois que tu as investi, tu as presque tout perdu.

L'oncle de Kat avait acheté des parts d'une mine de diamants alors qu'elle menait une enquête sur l'entreprise. Ça s'était transformé en escroquerie, et il avait eu de la chance de pouvoir tout récupérer.

— Va voir Raphaël maintenant et dis-lui de te rendre ton argent, sinon tu n'en reverras pas un centime.

Raphaël s'était débrouillé pour détrousser trois de ses passagers, et elle seule pouvait l'en empêcher.

— Pas question, je ne louperais pas le train cette fois.

— Tu vas faire plus que louper le train, répondit Kat. Où sont les papiers ? Je veux les voir.

Jace la regarda en silence. Elle mourait d'envie de lui demander la même chose, mais ne voulait pas lancer une dispute maintenant.

— Ils sont à Vancouver. Il me les enverra une fois de retour, dit Harry en détournant les yeux.

— Quoi ? Tu as investi sans voir les papiers ?

Raphaël ne renverrait jamais les documents à Harry.

— Je savais que tu dirais ça.

— Je croyais que c'était le yacht son bureau ? Pourquoi est-ce qu'il n'a pas les dossiers avec lui ?

— J'en sais rien moi ! Il parlait peut-être du bureau de son avocat.

— Tu as signé quelque chose ?

— Non.

— Tu as donné de l'argent ?

— Pas encore. Je ne peux pas aller à la banque avant lundi.

Kat poussa un soupir de soulagement. Heureusement que son oncle était de la vieille école.

— Ne t'engage à rien d'autre, pas avant que je n'aie fait quelques vérifications, répondit Kat.

— Dépêche-toi. Je ne veux pas rater ma chance, dit Harry en écartant les bras, je pourrais m'acheter un yacht.

— Tu as déjà de la chance, tu as une bonne pension et de l'argent sur compte, pourquoi tout risquer ?

— J'aimerais être sur un bon coup, juste une fois. Ne ruine pas mes chances, Kat.

Les probabilités d'une opportunité manquée étaient minces. Par contre, la ruine financière était certaine. La chance était avec Raphaël, mais elle avait l'intention de la faire tourner.

CHAPITRE 22

Kat en était déjà à son troisième café quand Gia et Raphaël arrivèrent sur le pont. Raphaël salua Jace et Harry, et ignora Kat. Gia lui jeta un regard et détourna les yeux presque aussitôt. Elle avait les yeux rouges et enflés. Elle avait dû pleurer et avait visiblement envie de recommencer.

Harry poussa sa chaise et se dirigea vers la cafetière. Il versa du café noir dans deux tasses et les donna au jeune couple.

— Vous avez bien dormi ?

Raphaël maugréa dans sa barbe et posa tasse sur la table.

— Hum.

Harry se rendit dans la cambuse et en ressortit avec deux chocolatines. Il en donna une à Gia qui refusa.

Kat était inquiète à cause de Jace. Il avait donné toutes ses économies pour un investissement qui n'existait pas. Et, même si c'était son argent, ça la concernait aussi et elle se sentait trahie.

Kat regarda Gia, cette apparence débraillée ne lui ressemblait pas. Elle semblait fatiguée et, au lieu d'admirer Raphaël, elle était assise loin de lui. Quelque chose clochait, elle ne le regardait même pas. Venait-elle de réaliser qu'il se servait d'elle ?

— Mange ! Il me tarde d'accoster et de trouver la grotte, dit Harry en dévorant la deuxième chocolatine, conscient de la tension qui régnait.

— Changement de programme Harry, répondit Raphaël, on va faire le mariage d'abord, et après on ira sur l'île.

Gia restait silencieuse, mais ses lèvres tremblaient.

Mauvaise nouvelle pour Kat, elle avait encore moins de temps pour le repousser.

— Super ! Je vais me changer, si seulement j'avais mon costard.

— Attends ! dit Jace en se tournant vers Gia. On a tout le temps, pourquoi ne pas le faire cette après-midi ?

— Tout ce que Raphaël veut, dit Gia en secouant les épaules.

Si son amie ne voulait pas changer d'avis, elle devait au moins tout faire pour repousser ce mariage. Kat trouva une excuse pour parler à Gia en privé.

— Alors, allons dans ta cabine te préparer.

Dix minutes plus tard, Kat était assise sur le lit de Gia, encore loin d'arriver à la convaincre. Sa meilleure amie, sociable et confiante, s'était transformée en une ombre docile et peu sûre de soi. Elle était sous les ordres de Raphaël.

— Ce n'est rien quelques heures de plus, c'est tellement mieux l'après-midi.

— Ce n'est pas l'idéal, mais Raphaël veut m'épouser maintenant, répondit Gia en se regardant dans le miroir.

Kat étudia la pièce à la recherche de nouveaux indices en relation avec le portefeuille. Elle ne vit rien, hormis les chaussures que Gia avait sorties du placard. Kat se leva du lit et fit les cent pas en s'étirant. Rien de suspect autour des tables de chevet.

Gia tira une demi-douzaine de robes de l'armoire et les posa sur le lit. La plupart étaient colorées et sans manches, similaires à celle qu'elle portait actuellement.

— C'est tout ce que j'ai. J'ai toujours rêvé d'un grand mariage où je porterais une belle robe vintage. Celles que j'ai n'ont rien de spécial. Tout est si précipité.

Kat acquiesça, mais ne dit rien.

Gia prit une robe fourreau pailletée et dit :

— Pourquoi pas celle-là ?

— On ne porte pas du noir pour son mariage ! répondit Kat en secouant la tête.

Même si un mariage avec Raphaël avait des airs d'enterrement.

— Ça peut attendre qu'on rentre à Vancouver, je t'aiderai à trouver la robe parfaite.

— Non, ça ne peut pas attendre, on part pour le Costa Rica demain.

Pete avait parlé du Costa Rica.

— Quoi ? Pourquoi ? Pour combien de temps ?

Si Raphaël quittait le pays, il ne reviendrait jamais. Kat ne pensait pas qu'il emmènerait Gia avec lui. En plus, elle n'avait sûrement pas son passeport avec elle.

— Je ne sais pas. Tout dépend de sa réunion. J'aurais aimé avoir du temps pour me préparer. C'est si soudain.

— Tu peux dire non, Gia ! Tu n'es pas obligée d'y aller.

Gia secoua la tête et dit :

— Bien sûr que je vais y aller. Je ne peux pas le perdre. Je ne retrouverais personne comme lui.

Kat n'attendait qu'une chose, c'était que Raphaël partît. Mais elle devait récupérer l'argent d'abord.

— Il ne reste pas à San Jose ; il va sur une île uniquement accessible en bateau.

Un endroit étrange pour assister à une réunion.

— S'il peut y aller, alors toi aussi. Ce n'est pas un problème.

Kat était allée au Costa Rica plusieurs fois, et même si les routes étaient désastreuses, on pouvait voyager partout, mais ça prenait plus de temps.

— Si, c'est un problème. Si je veux aider Raphaël, je dois le soutenir, répondit Gia en essuyant la larme qui coulait le long de sa joue. Je sais qu'il gagne plus que moi, mais pourquoi est-ce que c'est toujours tout ou rien ? Je dois quitter mon salon, ma maison et mes amis, en un claquement de doigts. Ce n'est pas juste.

— Tu as entièrement raison, tu ne devrais pas avoir à faire ça. Pourquoi le Costa Rica ? C'est un endroit atypique pour lancer un produit.

Kat ne reconnaissait plus Gia, son amie n'aurait jamais abandonné sa famille et ses clients sans les prévenir.

— Je n'y comprends rien non plus. Mais il sait toujours ce qu'il fait. J'aimerais seulement avoir une réponse honnête de sa part.

— Donne-toi au moins suffisamment de temps pour régler tes affaires, répondit Kat en mettant son bras autour de son amie. Tu dois fermer ton salon et prendre des dispositions en ton absence. Tu n'as pas à précipiter les choses.

— Je ne veux rien dire au cas où il changerait d'avis sur moi. Il est la meilleure chose qui me soit arrivée.

Plutôt la pire chose qui lui était arrivée.

— Si Raphaël ne tient pas compte de tes envies, il n'est pas fait pour toi, dit Kat.

Pour la première fois, Gia ne contesta pas.

— Je voudrais qu'il tienne compte de moi un peu.

— Dis-lui ! À commencer par le mariage. On va aller explorer l'île Valdes, et après on célèbrera votre union.

— Tu as raison, répondit Gia, il est temps que je m'impose ! On fera le mariage cette après-midi, comme prévu.

Gia était toujours déterminée à se marier avec Raphaël, mais au moins Kat avait gagné du temps. Elle repartit vers sa cabine, impatiente de continuer ses recherches sur *Le Catalyst,* et de découvrir comment il était devenu *Le Financier.*

CHAPITRE 23

Kat n'avait que quelques minutes avant le débarquement sur l'île Valdes, mais ça lui laissait assez de temps pour allumer son ordinateur. Elle tapa le nom d'Anne Bukowski dans la barre de recherche, et cliqua sur le premier résultat.

Cette fois, la connexion était parfaite et elle put examiner plusieurs liens. Rien ne sortait sur Anne, mais elle trouva des articles sur le tragique accident de bateau d'une famille Bukowski. L'accident mortel avait fait la une des journaux plusieurs mois auparavant. Kat s'en souvenait vaguement, alors elle parcourut rapidement les articles pour se rafraîchir la mémoire.

L'histoire datait du 1er juillet, il y avait donc deux mois. Le bateau de la famille Bukowski avait été retrouvé partiellement brûlé par un chalutier. L'embarcation avait été abandonnée et dérivait dans le détroit de Géorgie, entre Vancouver et Victoria. Les enquêteurs ne retrouvèrent aucune trace de la famille de trois, qui fut aussitôt portée disparue. Frank, Melinda et leur fille de quatre ans, Emily, faisaient route vers leur nouvelle demeure

159

à Victoria. Une tragédie, certes, mais sans rapport avec Anne Bukowski et le portefeuille trouvé dans la cabine.

Il s'agissait d'une simple coïncidence.

Une simple coïncidence... vraiment ? Quelles étaient les chances de trouver un portefeuille du même nom que la famille des disparus ? L'objet appartenait à quelqu'un, et les deux femmes pouvaient très bien avoir un lien.

Kat jonglait entre les différents articles, lorsque d'un coup, elle se figea.

Le vrai nom d'Anne Bukowski était en réalité Anne Melinda Bukowski, mais elle se faisait appeler Melinda. Comment le porte-monnaie de la défunte s'était-il retrouvé sur le bateau de Raphaël ? Quelle qu'en fût la raison, ce n'était rien de bon. Quoi qu'il en fût, c'était une pièce à conviction importante, et Raphaël aurait dû la donner à la police. Ça les aurait peut-être aidés à retrouver la famille.

Le porte-monnaie d'Anne Melinda avait refait surface, mais sa famille s'était volatilisée sans laisser de traces. Comment était-ce possible qu'elle eût disparu sans ses papiers ? Eh bien, ça ne l'était pas car ils étaient en plein déménagement à Victoria... Kat sentit un frisson lui parcourir la colonne.

Elle sortit l'objet du tiroir de sa table de chevet et l'étudia. Il était vieux, mais ne semblait pas avoir été abimé par l'eau ou les flammes. Comment s'était-il retrouvé sur le yacht de Raphaël ?

Kat ouvrit l'article suivant et y vit la photo d'une belle brune, dans la trentaine, cheveux mi-longs et yeux marron. Elle tenait un bébé dans les bras, certainement sa fille Emily quelques années plus tôt. La femme souriait, heureuse, devant l'objectif, mais ses yeux la trahissaient.

Kat devait agir. Elle ne pouvait pas le replacer dans la cabine de Gia, même si elle le voulait. Gia l'avait déjà vue avec et elle avait dû mentir sur sa provenance. Son amie serait furieuse si elle apprenait la vérité. Kat avait déjà accusée Raphaël de vol, mais elle était une voleuse elle aussi.

Kat devait garder sa trouvaille pour elle car elle savait que Gia rapporterait tout à Raphaël. Elle ne trouvait que des explications sinistres à la présence du portefeuille dans leur cabine. Elle avait l'intention de le porter à la police à leur retour à Vancouver.

Elle passa à la vitesse supérieure afin de chercher plus d'information sur le yacht. Elle regarda sa montre et réalisa qu'elle aurait déjà dû appeler Majestic Yachts. Tant pis, elle fit une note lui rappelant de le faire à son retour à Vancouver, lorsqu'elle serait seule. Jace pouvait surgir dans la cabine à tout moment et il serait exaspéré. Pendant ce temps, elle glanerait le plus d'informations possible. Elle cliqua sur le premier lien qui confirma ses suspicions.

Le Catalyst avait été volé deux mois plus tôt à la marina de Friday Harbor dans les îles San Juan, dans l'état de Washington. Tout ce que Kat avait à faire, c'était de prouver que *Le Catalyst* était en réalité *Le Financier*. Et, enfin, elle pourrait dénoncer Raphaël.

Son pouls s'accéléra en lisant l'article. Le yacht avait été amarré par une famille riche, qui ne l'avait plus utilisé depuis leur arrivée sur la côte est, plusieurs mois auparavant. Avec aucun équipage à bord, il était facile, pour quiconque passant du temps à la marina, de le repérer et de le voler.

Avec les révélations de Pete et ses propres recherches, Kat était certaine que les deux bateaux ne faisaient qu'un. Ça expliquait aussi l'équipage réduit et les réticences de Pete à parler.

Raphaël n'avait pas pu se risquer à engager des professionnels. Ils auraient été impossibles à recruter si rapidement, auraient signalé la présence du yacht volé et auraient refusé de travailler.

La porte du compartiment s'ouvrit et Jace entra.

— On y va, ils nous attendent sur le pont.

Il avait laissé son humeur massacrante derrière lui et avait embrassé Kat.

Gia avait tenu bon et le mariage allait avoir lieu l'après-midi. Enfin une bonne nouvelle.

— Viens voir ça d'abord.

Elle donna l'ordinateur à Jace sur lequel elle avait ouvert la page du fabricant de yachts. Il y avait vingt-quatre photos du yacht sous différents angles.

— Sympa. Prends tes affaires on va être en retard.

— Non Jace, regarde mieux. Tu reconnais cette chambre ? C'est le même mobilier que dans la nôtre.

— Il y a plusieurs modèles identiques.

— Non, il est fait sur mesure, dit-elle en cliquant sur la description. Tout, depuis le bois jusqu'à la configuration des chambres, est fait sur commande.

— Et alors ?

— Ce yacht est volé et je crois que je peux le prouver, répondit-elle en allant sur le site du gouvernement canadien. Tu vois tous ces chiffres ? Quand j'entre le numéro sur le site, il ne ressort pas. C'est parce que ce n'est pas un navire canadien.

Jace la regarda d'un air ahuri.

— Je sais à quoi tu penses, reprit-elle, il n'est pas Italien et Raphaël non plus. Je ne peux pas encore prouver qu'il mente sur son identité, mais il y a une chose que je peux prouver.

Elle tapa l'immatriculation sur le site du gouvernement américain et dit :

— Ce yacht est américain. *Le Financier* est en réalité *Le Catalyst*.

Jace fronça les sourcils en regardant l'écran.

— Tu es sûre que tu as entré les bons numéros ?

— J'ai vérifié trois fois ! Si j'ai raison, ce yacht est un bateau volé.

Elle lui raconta l'histoire des lettres fantômes et du *e* de travers.

— Et Raphaël ne serait pas un milliardaire ? C'est un peu tiré par les cheveux, non ?

— Un bateau volé ? Tiré par les cheveux ? Je ne crois pas non ! Une lueur de doute traversa Jace.

— Tu es certaine qu'il ne peut pas y en avoir deux ?

Kat acquiesça et dit :

— Même si c'était le cas, l'intérieur serait différent. Ils sont décorés selon les goûts du propriétaire. Regarde les peintures sur le mur, dit-elle en montrant les photos de la salle à manger. Elles sont identiques à celles qu'on a vues.

Jace s'avança vers le tableau accroché au mur et le parcourut de ses doigts.

— C'est un original. Il doit y avoir une explication logique.

— Oui, c'est un bateau volé, regarde, dit-elle en agrandissant la photo de la suite et du Dali accroché au-dessus du bureau. Ce tirage est le numéro trois sur cent vingt. Et le nôtre, c'est quoi ?

— Trois sur cent vingt. C'est peut-être un faux. Mais qui volerait un bateau ? C'est flagrant quand même.

— Pas vraiment. Du moment qu'il reste loin de l'endroit du vol, qui le reconnaîtrait ? Personne ne vérifie les plaques d'immatriculation. Il y a plus encore, lui dit-elle en lui racontant l'histoire du portefeuille. Il faut qu'on l'arrête Jace, avant qu'il ne soit trop tard.

CHAPITRE 24

Raphaël entra dans la cabine et s'arrêta net en voyant Gia. À son expression, il savait qu'il allait avoir des problèmes.

Gia, furieuse, balançait une enveloppe dans les airs.

— Tu peux me dire pourquoi tu as des billets pour le Costa Rica datés à demain ? Et surtout, pourquoi il y en a un avec le nom d'une autre femme ?

— Calme-toi bellissima, c'est pas c'que tu crois !

— C'est qui Maria, bordel ? Et pourquoi tu pars en première classe avec elle ? dit-elle en croisant ses bras. Je croyais qu'on voguait ensemble !

— Mon assistante a mal compris ton nom, répondit-il en souriant.

— Bien essayé ! Comment tu passes de Gia à Maria ?

— Le clavier du téléphone, je suppose. J'avais une mauvaise connexion.

Raphaël jouait avec ses doigts en évitant le regard de sa fiancée. Quelque chose, ou quelqu'un, avait déclenché cette réaction en Gia. Pour la première fois, il y avait du doute dans sa voix. Il allait devoir agir vite.

— Comment est-ce que tu as pu manquer ça ? Ces billets sont pour demain, et pourtant tu sais qu'on voyage ici. Il y a quelque chose qui cloche.

— Les plans changent mon cœur. Mes contacts ont repoussé quelques réunions, donc j'ai plus de temps. On va y aller en bateau finalement, répondit Raphaël en lui touchant les cheveux.

— Tu t'adaptes à leurs plans, mais pas aux miens ! Pourquoi est-ce que je devrais fermer mon salon et laisser toute ma vie derrière moi en deux jours ? dit Gia en le repoussant.

— Ça s'est fait vite, je ne peux pas passer à côté de telles opportunités.

— Et les miennes ? répondit Gia en examinant le billet. Ce billet a été réservé il y a un mois. On ne s'était pas rencontrés ! Arrête de me mentir, Raphaël. Tu avais prévu d'emmener une autre femme, c'est ça ?

— Bien sûr que non.

— Alors, explique-moi pourquoi tu comptais voyager avec une femme nommée Maria ! Tu n'arrêtes pas de changer ton histoire. Je n'aime pas que l'on me mente, donc ne me tiens pas responsable de ce qui se passera si tu continues.

Brother XII avait tout compris, se disait Raphaël en regardant Gia. Cet homme avait convaincu des milliers de personnes de le suivre sur cette stupide île, de lui donner tout ce qu'ils avaient et il s'en était tiré comme ça ! Le Frère pourrait lui donner une leçon ou deux sur l'art de l'escroquerie.

Malheureusement, il était trop tard pour ça.

Brother XII avait tout plaqué et pris la poudre d'escampette dès que les gens avaient commencé à poser trop de questions. Mais Raphaël ne pouvait pas détruire des bâtiments et s'en sortir indemne. Les personnes auxquelles ils voulaient échapper étaient à bord de son vaisseau.

Ce soudain manque de confiance chez Gia émanait de quelque chose, ou de quelqu'un.

Kat !

Raphaël avait invité les amis de Gia comme investisseurs potentiels, mais c'était tombé à l'eau quand Kat avait commencé à poser trop de questions. Si Gia se posait des questions, ils se les posaient tous. Ils devaient se débarrasser d'eux, et vite. La situation était hors de contrôle. S'il n'agissait pas rapidement, il risquait de tout perdre.

Son pouls s'accéléra. Est-ce que son passeport se trouvait dans l'enveloppe ? Une erreur pareille pouvait tout lui coûter. Il ne s'en souvenait plus.

— Bellissima, je…

Sa voix se serra.

— Ne joue pas avec moi ! Qui est-elle ? demanda Gia en tapotant sur l'enveloppe.

— Maria est une ancienne employée, la directrice des ventes en Amérique du Sud. Elle a démissionné la semaine dernière. J'ai simplement oublié de changer les billets. Allez, donne-moi ça que j'arrange les choses.

Gia hésita un instant et dit :

— Tu n'as pas intérêt à me mentir !

— Mais non, bellissima. Prépare tes affaires pour la randonnée.

Gia le repoussa et alla préparer ses affaires comme une petite fille sage.

Si seulement elle n'avait pas trouvé les billets… il détestait les fins brouillonnes.

CHAPITRE 25

Kat était assise sur le pont, à l'extérieur du bar avec Jace et l'oncle Harry. Gia et Raphaël étaient encore en retard. Harry était nerveux et impatient d'aller explorer l'île. Il faisait tourner la télécommande dans ses doigts et laissait défiler les chaînes de la télévision accrochée au-dessus du bar.

Ils attendaient le jeune couple en espérant que leurs plans n'avaient pas changé. Kat attendait la randonnée dans le tunnel de Valdes avec impatience, et c'était d'ailleurs la seule chose. Pendant quelques heures, elle allait pouvoir surveiller Raphaël et l'empêcher d'arnaquer d'autres de ses amis. Reporter le mariage était synonyme de vie ruinée pour Gia.

Elle écoutait à moitié le présentateur télé en rangeant son sac. Cette fois, elle avait tout prévu, y compris une lampe et un kit de premiers secours. Son genou et sa cheville lui faisaient moins mal après une bonne nuit de repos. Ils avaient même un peu désenflé.

Elle nouait ses lacets pendant que le présentateur annonçait les nouvelles du matin. Elle tendit l'oreille en entendant un nom familier, Bukowski. Il était question d'une avancée dans l'en-quête. Kat fut surprise, croyant qu'il s'agissait d'une histoire ancienne.

Elle balança la tête en direction de l'écran. La caméra était en train de filmer l'eau de la marina, où les restes d'un bateau brûlé étaient remorqués.

Les images montraient des photos anciennes afin d'exposer les découvertes. Le nouveau présentateur se tenait sur le même pont. Cette fois, il n'y avait pas de bateau derrière lui. Il pointait vers les eaux lorsque la nouvelle éclata :

Le corps à moitié décomposé d'Emily Bukowski a été retrouvé aujourd'hui au large des côtes de l'île de Vancouver. Le corps de la petite fille de quatre ans a été découvert par un bateau de pêche. La fillette avait disparu depuis presque deux mois, tout comme ses parents, Melinda et Frank Bukowski. Aucune trace du couple n'a été découverte. Les garde-côtes continuent de fouiller le secteur autour de l'épave du bateau.

La GRC considère ces morts comme suspectes. Selon les collègues de Melinda, elle avait soudainement quitté son emploi pour suivre son mari, Frank Bukowski, qui avait accepté un poste de professeur dans une école à Victoria. La police a vérifié, aucune école n'a engagé M. Bukowski.

Kat frissonna à l'idée du corps de la petite fille dans les filets de pêche. Les images défilaient lorsque Kat ouvrit la bouche en grand.

— Jace, viens ici ! cria Kat.

— Une seconde, je suis occupé, répondit-il.

— Mais c'est lui ! Il est à la télé ! dit Kat en sautant de son siège.

— Mais quoi ?

Jace changea d'expression en levant les yeux :

— C'est quoi ce b… ?

L'oncle Harry l'avait aussi reconnu.

— Ouah ! ce type est le portrait craché de Raphaël, dit l'oncle en secouant la tête.

— Non, oncle Harry, c'est lui ! Frank Bukowski et Raphaël sont les mêmes personnes.

— C'est pas possible, dit-il en secouant la tête.

— Je préférerais que ce ne le soit pas ! Quoi qu'il arrive, ne lui dis pas que tu sais, d'accord ?

Kat était certaine que Raphaël était un voleur, mais de penser que c'était aussi un meurtrier lui fit froid dans le dos. L'oncle Harry acquiesça, peu convaincu.

— Ça doit être une erreur, le type à la télé doit être son jumeau, ou quelqu'un qui lui ressemble beaucoup… comment on dit… son sosie !

— J'en doute.

Son oncle n'était pas au courant pour le portefeuille, mais ce n'était pas le moment de le lui dire. Ce qui était arrivé à la petite Emily semblait encore plus sinistre lorsqu'elle songea au portefeuille de Melinda Anne.

Les empreintes de Kat devaient être partout sur le porte-monnaie, elle devait le mettre dans un endroit plus sûr et appeler la police.

— Je me demande ce que ça fait de tomber sur quelqu'un qui te ressemble autant. C'est comme avoir un jumeau, se dit Harry.

— Je ne pense pas que se soit le cas.

— Il doit y avoir une explication, on pourrait demander à Raphaël directement.

Jace était bloqué devant la télé alors qu'il réalisait lui aussi. Il allait parler quand Raphaël entra derrière lui.

— Me demander quoi ?

Raphaël était seul, le sourire aux lèvres et le regard froid. Le cœur de Kat faillit lâcher.

— Euh… tu es sûr de vouloir te marier ? dit Harry en souriant. Tu peux encore changer d'avis !

Raphaël se mit à rire.

— Bien sûr que je suis prêt ! D'ailleurs, on a encore changé d'avis, on veut faire ça ce matin. Tu es d'accord Harry ?

— Je… je sais pas, répondit-il en regardant Kat avec une goutte de sueur sur le front.

— Mais oui, il peut ! répondit-elle.

Ils ne pouvaient plus empêcher le mariage sans éveiller les soupçons du fiancé.

— Parfait, tu pourras nous marier dès que Gia sera prête. On ira sur l'île après et on célèbrera.

— Je vais l'aider à se préparer, dit Kat.

— Non, elle n'en a que pour quelques minutes, lui dit-il en regardant la télévision. Éteignez-moi ça.

Kat eut des sueurs froides, Raphaël avait entendu un bout de leur conversation. Avait-il aussi vu les informations ? S'il se doutait de quelque chose, ils étaient tous en danger.

Mais il resta impassible.

Harry éteignit la télé et ils passèrent un court moment dans un silence gênant. Gia arriva sur le pont peu de temps après, elle portait un short et un t-shirt d'homme trop large.

— Allons-y.

Soit Gia voulait un mariage grunge, soit elle n'était pas au courant. Kat pariait sur la deuxième option. Jace remarqua aussi sa tenue.

— Tu te maries comme ça ?

— On n'a pas de temps à perdre. Harry, tu es prêt ? demanda Gia. Kat les interrompit.

— Attends ! J'ai oublié quelque chose en bas. Harry, tu veux bien venir avec moi ?

— Si tu veux, dit-il en levant les épaules et en la suivant dans les escaliers. On va jamais y arriver à ce rythme.

— Calme-toi ! Il faut qu'on parle.

Kat regarda en direction de la caméra de surveillance. Elle devait s'assurer qu'ils étaient seuls.

Cinq minutes plus tard, elle avait tout raconté à Harry, le yacht volé et le portefeuille de Melinda. Elle avait assez de preuves pour convaincre quiconque de la culpabilité de Raphaël. Et surtout pour que l'oncle Harry se fît du souci pour Gia. Mais, elle ne pouvait pas le dire à son amie, ce serait trop dangereux si Raphaël venait à le découvrir.

— Tu penses qu'il a tué sa femme et sa fille ?

— Je ne sais plus quoi penser, oncle Harry. Mais voyons les faits. Il prétend que le yacht est à lui et qu'il est milliardaire. Soit c'est un sosie de Frank, soit c'est Frank. Étant donné qu'il avait le portefeuille de Melinda, je dirais que c'est le vrai Frank. Et avec sa fille morte… On est en danger, on est sur un bateau avec un meurtrier.

La gravité de la situation la frappa, l'argent ne leur serait d'aucune aide si leur vie était en jeu. Harry dit les mots que Kat avait du mal à prononcer :

— Tu penses vraiment que c'est un tueur, Kat ? Cette pauvre petite, qui pourrait faire ça ?

— Je ne sais pas quoi penser, à part qu'on est en danger. Il faut s'attendre au pire et espérer le meilleur.

— J'ai donc donné mon argent à un criminel ? demande Harry en s'essuyant le front.

— J'en ai bien peur.

— Quelles sont mes chances de le récupérer ?

— C'est mal parti, mais ce n'est pas fini. Nous avons de plus gros problèmes, on ne peut pas laisser Raphaël penser qu'on est au courant. Il faut attendre que l'on soit descendu du bateau, sinon il pourrait faire quelque chose de désespéré. *Ou de mortel,* se dit-elle.

Pete était-il un témoin innocent ou était-il son complice ? Et qu'en était-il du reste de l'équipage ? Il était trop risqué de leur faire confiance.

— Il faut quand même qu'on prouve que c'est la même personne, comment on va faire ? demanda l'oncle de Kat en se grattant la tête.

— Il te faut une pièce d'identité pour les marier, non ? Demande-lui, il n'en a sûrement pas ou c'est une fausse.

Elle ne savait pas quoi faire d'autre.

Gia allait épouser un meurtrier et Kat était pieds et poings liés.

CHAPITRE 26

La cérémonie était lugubre, du moins pour Kat. Si la situation n'avait pas été si désespérée, ça aurait pu être comique. Gia était habillée comme pour faire son sport, et Raphaël était loin de porter des habits de designers italiens.

— Fran… je veux dire… Raphaël.

L'oncle Harry bafouilla et ses joues se rougirent. Raphaël ouvrit grand la bouche, mais se ressaisit de suite.

Kat s'était confié à Harry en espérant qu'il ne célébrerait pas ce mariage. Mais ce n'était pas un bon menteur, et il était visiblement torturé. Pas étonnant quand on sait qu'il allait unir Gia à l'homme qui l'avait ruinée.

— Raphaël et Gia, nous sommes réunis ici pour… Harry se racla la gorge. Pardon.

Il fallait qu'il le fasse, sinon Raphaël allait devenir suspicieux. Kat et Jace devaient être les témoins, ils n'avaient pas le choix. Ils étaient tous prisonniers à bord, et même si Kat pouvait partir, elle ne voulait pas quitter des yeux l'homme qui les avait volés. Ou qui avait tué deux innocentes.

— Je croyais que c'était ton métier ? dit Raphaël en le fixant du regard.

— Oui, oui, mais j'en fais tellement en ce moment que je me mélange les pinceaux, répondit-il en rougissant. Recommençons !

— Qu'on en finisse.

Raphaël était le marié le plus aigri et le moins bien habillé que Kat avait vu.

Gia regardait Harry bizarrement.

— Tu ne t'es pas mélangé dans les papiers au moins ? demanda la jeune mariée.

— Mais non ! Raphaël m'a montré le certificat de mariage. Vos deux noms sont imprimés dessus. D'ailleurs, est-ce que je peux voir vos cartes d'identité ?

— Mais tu me connais depuis que j'ai huit ans ! répondit Gia.

— C'est la procédure, lui dit Harry. Je dois appliquer la loi, montrez-moi vos cartes tous les deux.

— C'est la cérémonie la plus tordue du monde, répliqua Raphaël. Pourquoi tu ne nous les as pas demandées avant ?

Harry ne répondit pas.

Gia fouilla dans son sac et jeta la carte sur la table. Raphaël lui tendit un passeport et un permis de conduire italien.

— Pourquoi tu en as besoin ? Tu as déjà le certificat.

— Je mets les barres sur les t et les points sur les i. Je peux revoir le certificat, s'il te plait ? dit-il en se léchant un doigt afin de chercher dans son livre de commissaire aux mariages.

— Tu as emporté ce truc avec toi ? dit Kat.

Elle n'en revenait pas qu'Harry eût pris son livre. D'ailleurs, elle était surprise qu'il eût pensé à prendre quoi que ce fût étant donné que ce voyage n'était pas prévu.

— Je fais mon travail !

Raphaël soupira et sortit une enveloppe de sa poche de derrière. Il la donna à Harry et dit :

— On peut commencer maintenant.

C'était une chance. L'oncle Harry n'était pas vraiment méti-culeux, mais il prenait son rôle très à cœur. Chaque minute perdue leur faisait gagner du temps.

L'oncle de Kat étudiait le passeport de Raphaël et notait les informations dans son petit livre bleu. Après une éternité, Harry recommença avec le permis de conduire.

— On n'a pas toute la journée ! s'exclama Raphaël.

— C'est pas grave, répondit Gia en lui touchant le bras, il est pas encore dix heures, on a tout le temps.

Gia et Raphaël avaient déjà prévu ce mariage avant de partir, à en juger par le certificat. Il était valable trois mois. Bien sûr, cela ne voulait pas dire qu'ils avaient prévu de faire la cérémonie sur le bateau.

Kat était déçue, Gia qui lui disait tout avait oublié de mentionner ses plans avant. Gia ne lui cachait jamais rien, et encore moins des choses si importantes. Cependant, elle n'avait pas eu une minute seule avec son amie depuis leur arrivée sur le yacht. Raphaël s'en était assuré.

— Tu es prêt, Harry ? demanda Gia en rangeant son permis.

Harry jeta un regard nerveux à Kat.

Kat haussa les épaules. Ils avaient déjà un certificat, par conséquent, la seule personne pouvant arrêter ce mariage était Gia. Et ce n'était pas prêt d'arriver.

— D'accord, prenez place.

Harry fit signe au couple de se tourner vers lui face au bar. Kat et Jace étaient assis sur les tabourets et regardaient Raphaël prendre la main de Gia.

— Allons-y.

Raphaël tira Gia prêt de lui.

La cérémonie fut floue pour Kat. Elle ne comprenait pas pourquoi Raphaël épousait Gia, il avait déjà son argent. En tant qu'enquêtrice des fraudes, Kat avait rencontré beaucoup d'escrocs, et en général, ils disparaissent rapidement après avoir soutiré l'argent. Gia était la cible, mais Jace et Harry étaient ses bonus.

Le jeune homme était, dans le meilleur des cas, un escroc ; et dans le pire, un assassin. Le portefeuille n'était pas une preuve suffisante, mais le reportage télévisé avait fini de convaincre Kat. Elle n'avait plus qu'à contacter la police.

— Kat ?

— Hein ?

Harry lui fit signe de s'approcher du dossier posé sur le bar.

— Signe ici, sur la ligne des témoins, dit Harry en tapant sur le papier. Maintenant, c'est officiel.

Elle chercha dans ses yeux un moyen d'arrêter cette mascarade. Rien. Alors elle signa à côté de Jace.

— On est mariés légalement alors ? demanda Raphaël en lui tapant légèrement sur l'épaule.

— Ouaip. Je classerai les papiers en rentrant à la maison. Félicitations !

Jace sortit deux bouteilles de champagne de derrière le bar, et remplit les verres.

— Fêtons ça !

— Un toast aux jeunes mariés, qu'ils soient heureux pour toujours, dit Harry d'une voix anormalement monotone.

C'était plutôt heureux à jamais. Le couple était maintenant marié, et sans contrat prénuptial, tout était divisé. Ce qui appartenait à Gia appartenait à Raphaël. Tout ce qu'il n'avait pas réussi à lui prendre était maintenant légalement à lui.

— Bellissima, ma femme, dit-il en touchant les cheveux de Gia et en lui murmurant une parole à l'oreille.

Gia venait de sceller son destin en embrassant son époux sur la joue. Elle se tourna vers lui et dit :

— Il me tarde d'entamer le nouveau chapitre de ma vie !

Kat espérait qu'il ne s'agissait pas du dernier chapitre de sa vie. Elle savait que lundi était le jour J. Raphaël allait disparaître pour toujours avec l'argent de sa femme.

Kat avait moins de vingt-quatre heures pour monter un dossier contre Raphaël, récupérer l'argent, et briser le cœur de sa meilleure amie en chemin.

CHAPITRE 27

Les meilleurs plans tournaient souvent mal, et ce fut le cas de la randonnée sur l'île De Courcy. Immédiatement après le mariage, Raphaël annonça qu'ils n'iraient pas sur l'île. Au lieu de ça, ils vogueraient vers l'île Valdes où ils chercheraient l'entrée de la grotte.

La grotte de l'île n'était pas un secret bien gardé. Son entrée était juste sur la plage, à la vue de tous les passants. Elle faisait au moins trois mètres de large, et même à plus de dix mètres, Kat pouvait voir qu'elle était pleine de graffitis. Si on en croyait les cadavres de bouteilles sur la plage, c'était un lieu populaire parmi les fêtards.

Le groupe coupa à travers les rochers pour rejoindre l'entrée de la grotte. Pete et Jace étaient devant, suivis de près par Harry et Gia. Kat restait en retrait afin de surveiller Raphaël. Elle avait été surprise et inquiète que Raphaël eût invité Pete. Ce dernier affirmait qu'il n'était qu'un simple employé, mais il pouvait faire partie du plan diabolique de Raphaël. Kat ne faisait confiance à personne ; elle ne pouvait pas se le permettre, surtout si Raphaël était bien un meurtrier.

— Tu es sûr que c'est ici ? demanda Jace en marchant autour de l'entrée. On ne dirait pas une grotte secrète.

Des bûches entouraient les restes d'un feu de camp qui avait éloigné le sable de quelques mètres.

— L'entrée est très connue ici, répondit Pete, les locaux y font la fête, mais ils ne s'aventurent pas plus loin que la première chambre. Les chambres plus profondes sont bloquées, mais il y a un passage secret.

Kat n'allait pas pouvoir supporter un passage secret de plus, particulièrement avec Raphaël autour. Elle fit signe à Jace et Raphaël et dit :

— Vous deux, allez-y, on vous suit.

Jace acquiesça pendant que l'oncle Harry laçait ses chaussures.

— Si tu veux ! dit Pete en entrant dans la grotte. On vous attend à l'entrée d'la deuxième chambre.

— Qu'est-ce qu'on attend ? demanda Gia, mains sur les hanches. Pourquoi on peut pas y aller tous ensemble ?

Kat n'avait pas de réponse.

— Pour des raisons de sécurité, rétorqua Jace en guidant les deux hommes. Deux groupes valent mieux qu'un.

Kat enleva une algue séchée d'une bûche et s'assit. Harry, Jace et Gia en firent de même.

— C'est quoi le problème ? Je croyais que la grotte était sûre, dit Gia en se tournant vers Jace. Pourquoi Raphaël y va et pas toi ? Après tout, c'est toi l'expert en sauvetage.

— Sauf que ce n'est pas un sauvetage, c'est du bon sens. Personne ne sait qu'on explore la grotte. Tout ce que l'équipage sait, c'est qu'on est sur l'île. Si on se perd et que personne n'est au courant, on est dans la merde.

— On les laisse y aller en premier, ajouta Kat. Il n'y a aucun intérêt à y aller tous comme des fous.

Jace avait eu une idée de génie en parlant de sauvetage. L'empressement de Raphaël lui donnait la chair de poule, surtout depuis leur mauvaise rencontre sur le pont. Il était hors de question qu'elle s'aventure dans la grotte avec lui.

— O.K., dit Gia en soupirant et en s'asseyant sur un gros rocher. Je ne voulais pas venir de toute façon. C'est la dernière chose que j'avais envie de faire pour mon mariage.

— Au moins, tu vas avoir une belle lune de miel, dit Harry.

— Super, dit-elle en soupirant de nouveau.

— Voguer le long de la côte pour rejoindre le Costa Rica, c'est toujours mieux que le sort réservé aux épouses de Brother XII, répondit l'oncle Harry. Ce type a détruit beaucoup de vies. Et beaucoup de femmes.

— Ça, tu peux le dire, dit Jace. Il utilisa l'argent de Mary Connally pour acheter un terrain de cent soixante mètres carrés, ici sur l'île Valdes. Il acheta aussi trois îles comme celle de De Courcy. Et, pour l'humilier un peu plus, il utilisa son argent pour acheter le moteur du bateau sur lequel il s'est enfui ! Même s'il les a tous abandonnés, elle a un jour dit qu'elle recommencerait s'il fallait.

« Puis il y eut Myrtle. Elle ne réussit pas à remplir son rôle de déesse de la fertilité, elle ne put lui donner d'enfant. Il s'est avéré par la suite que Myrtle n'était pas fertile du tout.

Si Jace réalisait l'ironie de la situation, il ne le montrait pas. Deux femmes avaient été dupées par un homme, sur cette même île. Et, un siècle plus tard, la même chose arrivait à Gia et Raphaël. L'amour est aveugle.

Ils restèrent assis en silence pendant quelques minutes. Même si personne n'osait le dire, ils avaient perdu tout intérêt pour l'histoire de Brother XII en pensant à leurs problèmes.

Pete et Raphaël n'étaient pas revenus, et Jace et Harry avaient eux aussi refusé de les suivre. Raphaël avait détecté un changement et sa réaction durant la cérémonie inquiétait Kat.

— Brother XII a détruit beaucoup de vies, dit Harry. Il détruisait tous ceux qui croisaient son chemin.

— Ce n'était pas le seul, répondit Jace. Sa troisième femme n'était pas une victime, comme les autres. Mabel Scottowe était aussi connue sous le nom de Madame Zee. C'était une sadique, et Brother XII était heureux de la laisser diriger. C'était une dirigeante cruelle qui frappait les gens avec son fouet à la moindre provocation. Les disciples étaient devenus des esclaves. Ils n'étaient pas nourris et les femmes étaient forcées de porter des filets de patates de plus de quarante-cinq kilos. Ils travaillaient de deux heures du matin à dix heures le soir, tous les jours.

— Ils auraient dû refuser, dit Harry.

— Impossible, il menaçait d'envoyer les femmes et les maris sur deux îles différentes. Que pouvaient-ils faire ?

— Je ne me laisserais pas avoir, répondit Gia. Je suis désolée de dire ça, mais c'est bien fait pour eux. Ils n'avaient qu'à pas être si naïfs. Il faut être bête pour se laisser avoir, non ?

— Tu serais surprise ! Même les intellectuels se sont fait avoir. Brother XII était très charismatique. Ils arrivaient toujours à trouver des disciples et de l'argent, même après qu'il eût été découvert par la police.

— Pas très intelligent, rétorque Gia.

— Non, mais certains filous sont très convaincants, répondit Kat. Je n'imagine pas laisser quelqu'un me traiter de la sorte.

Jace lui lança un regard d'avertissement en voyant Raphaël et Pete sortir de la grotte ; ils n'avaient pas l'air contents.

— Pourquoi est-ce qu'ils ne se sont pas tous liés contre lui ? demanda Gia en secouant la tête. Je ne comprends pas qu'ils soient restés esclaves pendant des années.

— N'oublie pas le côté mystique de la situation. D'abord, ils n'avaient aucun moyen de s'échapper de l'île, ensuite, ils croyaient vraiment que leur âme serait détruite. Et puis, où iraient-ils ? Ils n'avaient plus que leurs habits sur le dos.

Kat observait les deux hommes devant la grotte. Raphaël faisait des grands gestes nerveux devant Pete qui secouait la tête. Ils étaient toujours hors de portée de voix.

— C'est fou le nombre de personnes qui peuvent être contrôlées par un seul homme. On leur avait lavé le cerveau. Mais quelqu'un avait dû se rendre compte de quelque chose ? demanda Harry en touchant le bois calciné avec un bâton.

— Pas avant qu'il ne fût trop tard. Ils ne voulaient pas croire qu'ils avaient été dupés. Les disciples étaient tous des gens d'une grande intelligence venant du monde des affaires ; c'était difficile d'admettre qu'ils avaient été victimes d'un escroc. Ils avaient honte, raconta Jace.

« Ils ne s'étaient pas rendu compte de l'étendue de sa supercherie lorsqu'il prit tous leurs biens. Ils ne réalisèrent qu'une fois les bâtiments en feu et Brother XII parti sur un bateau.

— Ils ne pouvaient pas l'attraper et le livrer à la justice ? demanda Gia.

Jace secoua la tête.

— Il n'acceptait que du liquide, tu te souviens ? Pas de traces papier. Il n'existait aucune photo de lui non plus. Les appareils photo n'étaient pas populaires, mais il était très connu. Pourtant, il piquait une colère noire si quelqu'un tentait de le prendre en photo. Dommage ! J'aurais aimé en avoir une pour mon article.

« Il y a des dessins de lui par contre. Il avait un bouc diabolique, pas vraiment tendance à l'époque. Il avait l'air un peu ridicule, comme un magicien machiavélique. C'était surement pour se donner un look mystique.

— Ces pauvres gens, répondit Gia. Si seulement ils avaient eu une boule de cristal pour voir le futur. Ils ne se seraient pas fourrés dans un tel pétrin.

— Qu'est-ce que vous faites là ? demanda Raphaël, le visage rougi. On vous attendait à l'intérieur !

— Je ne compte pas m'aventurer dans une grotte sombre,

Raphaël, lui dit Gia au bord des larmes. C'est pas mon idée d'une fête.

— On fera la fête plus tard.

Sa voix était dure et semblait dicter un ordre à Gia.

— Je suis fatigué, je veux rentrer au bateau, dit Harry en se levant.

Raphaël regarda derrière lui, mais Pete évita son regard.

La conversation entre les deux hommes n'avait pas dû être amicale. À en juger par le langage corporel de Pete, il n'était pas en accord avec son patron. Raphaël paraissait agacé que les autres ne fussent pas venus dans la grotte. Même si Pete n'était pas de leur côté, au moins, Kat et ses amis n'étaient pas en sous-nombre.

Kat sursauta lorsque Raphaël s'assit à la droite de Gia. Pete était sur une bûche à quelques mètres.

— Brother XII s'en est tiré avec tout cet or, dit Harry pour détendre l'atmosphère. Ce pourri a gagné.

— Malin ce type, répondit Raphaël en embrassant Gia sur le front.

— Je n'en suis pas sûr, dit Jace. Un homme intelligent ne se serait pas mis autant de gens à dos. Il avait un bon système jusqu'à ce que l'avidité ne s'empare de lui. Certains disent qu'il a laissé l'or derrière lui.

— Je suppose que les gens ont fait des recherches ? demanda l'oncle Harry.

— Oui, sur toute l'île, y compris sur le site de son ancienne maison. Personne n'a jamais rien trouvé, sauf une note cachée sous le plancher, expliqua Jace.

— Elle disait quoi ? demanda Gia.

— « Pour les idiots et les traîtres, rien. »

Raphaël n'était pas le seul à être doué pour la manipulation.

CHAPITRE 28

Le groupe retourna vers le canot. Kat était impatiente de remonter sur le yacht, étrangement, c'était le seul endroit où elle se sentait en sécurité. Elle réalisa l'absurdité de la chose, mais les caméras la rassuraient. C'était ridicule, car si les caméras fonctionnaient, le bateau aurait été retrouvé.

— Vous loupez vraiment quelqu'chose ! dit Pete. Vous v'nez sur la plage mais vous prenez pas la peine d'explorer la grotte. Presque personne n'a vu l'intérieur. Qui sais, pt'être que l'trésor est d'dans.

Jace s'arrêta en chemin.

— Je croyais que l'entrée était bloquée ?

— Oui, mais je sais comment rentrer. On est assez pour déplacer le rocher, mais il faudra tout le monde.

— D'accord, je viens, répondit Jace en secouant les épaules.

— Moi aussi, dit Harry.

— Pas moi ! dit Gia en regardant Kat.

Kat acquiesça. Elle n'en voulait pas à Gia. Il était déjà tard, et explorer une grotte ne faisait pas partie des activités préférées d'une jeune mariée. Gia s'était-elle enfin aperçue de la vraie nature de Raphaël ?

— On attend une heure, pas plus, dit-elle en tapant sur sa montre. Après ça, on retourne au bateau.

Kat sentit une vague d'espoir s'emparer d'elle en voyant l'ancienne Gia refaire surface. Ce moment lui donnerait le temps de parler avec elle, mais elle hésitait encore à tout lui révéler. La loyauté de Gia n'avait pas été testée et on ne pouvait jamais savoir quand l'amour faisait partie de l'équation.

— On attendra sur la plage.

Les hommes partirent en direction de la grotte. Pete et Jace faisaient la même taille, même si Pete était un peu plus maigre. Raphaël faisait presque quinze centimètres de moins qu'eux, mais il était plus jeune et plus fort que l'oncle Harry.

Gia donnait des coups de pieds dans le sable.

— Comment est-ce qu'il peut croire que je vais tout abandonner ?

Une question piège à laquelle Kat n'avait pas l'intention de répondre.

— Je l'aime, continua-t-elle, mais il y a beaucoup de choses chez lui qui m'énervent. Par exemple, il prend toutes les décisions pour nous. Au début, j'aimais l'idée de quelqu'un qui prend les choses en main, mais il ne se soucie même pas de moi.

— Tu devrais t'opposer plus souvent.

— J'ai peur. Marié ou pas, il peut me remplacer en un claquement de doigts, dit-elle en claquant des doigts. Il a le monde à ses pieds. Il peut avoir tout ce qu'il veut.

— Tu n'es pas impuissante, Gia. Il faut que tu arrêtes ce genre de commentaires. Tu penses vraiment qu'il te remplacerait ?

— Bah oui. Au début, tout tournait autour de moi, et maintenant il m'ignore presque. On est marié que depuis quelques heures, qu'est-ce que ce sera dans quelques années ?

La lèvre supérieure de Gia tremblait.

Raphaël ne serait plus là dans quelques années. Ce serait sa planche de salut, même si elle l'ignorait encore.

— Tu n'y avais pas pensé avant de te marier ?

— Tout s'est passé si vite. J'étais dans un rêve et je ne voulais pas me réveiller. Il disait qu'on franchiserait mon salon, et maintenant je dois le fermer ! Nos plans changent d'une minute à l'autre. Qu'est-ce que tu ferais si tu étais à ma place ? lui demanda Gia.

— Je n'irais pas ! Je n'abandonnerais pas mes rêves si facilement. De toute façon, la bonne personne ne te le demanderait pas, Kat prit une grande bouffée d'air. Il faut que je te dise quelque chose, Gia. Il se passe des choses bizarres sur ce bateau.

— Je sais que tu ne l'aimes pas, restons-en la.

— Il ne s'agit pas de ça. Promets-moi de tout garder pour toi et je te le dis. Tu pourrais tous nous mettre en danger sinon.

— Ne sois pas si dramatique, on est en sécurité, dit Gia en rigolant.

— Je suis sérieuse. Est-ce que j'ai ta parole ?

— Oui.

— Le yacht de Raphaël ne s'appelle pas *Le Financier*, son vrai nom c'est *Le Catalyst*. Il a été volé à la marina récemment. C'est un bateau américain et pas italien, expliqua-t-elle en décrivant les peintures et la plaque d'immatriculation. Je pourrais te le montrer dès qu'on remonte à bord du yacht. L'intérieur et l'extérieur sont identiques, jusqu'aux tableaux de maîtres.

— Il doit y avoir une erreur. Raphaël vient d'Italie avec *Le Financier*.

— Ce n'est pas parce qu'il le dit que c'est vrai. J'en ai la preuve, Gia.

Kat ne voulut pas parler du portefeuille de Melinda sinon Gia aurait tout dit à Raphaël. Le yacht était une preuve suffisante.

— Des preuves ? Tu es sûre ? dit-elle en soupirant.

— Soit il l'a volé, soit il sait que c'est un bateau volé. Il n'y a aucune autre explication.

— Il m'a menti ! répondit Gia en sautant en direction de la grotte. Je vais le tuer ce salaud !

Kat lui courut après et l'attrapa par le bras.

— Gia, il nous faut un plan. On ne peut rien dire pour le moment. Agis comme si de rien n'était et on trouvera une solution.

— Est-ce que Jace et Harry sont au courant ?

— Oui. Je ne sais pas ce que tout ça veut dire, mais il faut qu'on soit prudents. Il nous ment peut-être sur d'autres choses. Allons les chercher, et retournons sur le yacht.

Les deux amies marchèrent vers la grotte, la confiance de Gia était la clé de leur sécurité. Kat voyait enfin une lueur d'espoir au milieu de tout ce chaos.

algré les bonnes intentions de Kat, elle se retrouvait de nouveau dans une grotte sans lampe. Leurs plans avaient tellement changé qu'elle l'avait oubliée.

— Jace ?

Sa voix résonna contre les murs de la grotte, mais elle n'entendit aucune réponse.

— Ils sont peut-être déjà trop loin, dit Gia.

C'était ce que Kat craignait. Jace et Harry n'était plus d'aucune utilité pour Raphaël maintenant qu'il avait volé leur argent. Ils devenaient des victimes potentielles. Un accident était si vite arrivé dans une grotte, et sans témoins, personne ne les retrouverait dans une chambre inconnue.

— Jace ? cria Kat.

Si l'exploration de la grotte était une ruse pour séparer Harry et Jace, ils ne devaient pas être allés bien loin. Elle accéléra à mesure que ses yeux s'habituaient à l'obscurité.

— C'est plutôt sympa ici, dit Gia en allumant la lampe torche de son téléphone. Je crois que j'entends la voix de Raphaël.

Elles avancèrent le long du corridor en direction de la voix. Les deux amies suivirent le mur et une minute plus tard, elles tombèrent sur Raphaël. Il tenait une pierre dans ses mains.

Kat fit semblant de ne pas la remarquer, mais son cœur bondit dans sa poitrine. Ils étaient deux contre un. Ou deux contre deux, Pete venait d'apparaître derrière. La pierre était-elle un souvenir ou une arme ? Si c'était la dernière option, il pouvait les avoir blessés gravement. Les avait-il séparés dans l'intention de les abandonner ?

— Pourquoi tu n'as pas répondu à Kat quand elle a appelé ? demanda Gia à Raphaël.

Il l'ignora. Il faisait tourner la pierre dans sa main, plongé dans ses pensées.

— Où sont Jace et Harry ? demanda Kat en regardant autour d'elle.

Raphaël se tenait au milieu du chemin, leur bloquant le passage.

— Ils sont partis d'vant, intervint Pete, on les a pas vus d'puis quinze minutes.

Quinze minutes, c'était long. Malgré la froideur de la caverne, une goutte de sueur se forma sur le front de Kat. Ni Jace ni l'oncle Harry n'auraient voulu se séparer des deux autres volontairement. Le petit ami de Kat ne se serait jamais aventuré seul dans un endroit inconnu et dangereux. Il serait aussi rentré à l'heure convenue. Quelque chose clochait, Kat en était certaine.

— Raphaël, c'est quoi cette pierre dans ta main ? demanda Gia en lui attrapant le bras.

— Laisse ça ! dit-il en serrant sa main plus fort. Je collectionne les pierres.

— Un obsédé de la pierre, je ne le savais pas.

— Il y a beaucoup de choses que tu ne sais pas sur moi, rétorqua-t-il. Sortons d'ici.

Les yeux de Gia s'écarquillèrent, mais elle ne dit rien.

— Attends un peu, on ne peut pas laisser Harry et Jace, s'exclama Kat.

Elle se souvint alors de son expérience. Ils avaient pu prendre un mauvais détour. Leur absence voulait sûrement dire qu'ils s'étaient perdus, blessés ou incapables de revenir sur leurs pas.

— Il n'y a qu'une sortie, c'est pas bien dur, répondit Raphaël.

— Mais c'est un tunnel sous la mer, répliqua la jeune femme, il y a au moins deux passages différents. Et s'il y a d'autres chambres ? Ils peuvent être n'importe où !

— J'vais partir les chercher, dit Pete en allumant sa lampe et en retraçant ses pas. Attendez ici. J'reviens dans deux minutes.

Kat poussa un soupir de soulagement. Pete avait l'air de vouloir coopérer. Même s'il s'était rangé du côté de Raphaël, le danger n'était pas imminent. Elle se posa contre les parois de la grotte et essaya d'avoir l'air naturelle.

Elle étudia le comportement de Raphaël. Les veines de son bras ressortaient lorsqu'il faisait rouler la pierre. Kat se pencha un peu et fut alarmée par une tache rouge, pas seulement sur la pierre, mais aussi à l'intérieur de la main de Raphaël. Elle attira l'attention de Gia sur sa découverte.

Raphaël n'avait pas semblé dérouté par la décision de Pete, mais ça ne voulait rien dire.

Pour la deuxième fois en vingt-quatre heures, Kat se retrouvait dans une grotte avec un meurtrier. D'une façon ou d'une autre, c'était la dernière.

CHAPITRE 30

La pierre n'était en fait qu'un souvenir, une découverte archéologique.

— Tu devrais remettre cette pierre en place, dit Kat.

Les tâches cramoisies n'étaient pas du sang, mais probablement la même peinture primitive que Kat avait trouvé sur l'île De Courcy. Elle devait avoir des centaines d'années.

— Qu'est-ce que ça peut faire ? Personne ne visite cette stupide grotte, donc ça ne va pas leur manquer. En plus, je n'aime pas que les gens me commandent, je fais ce que je veux.

— Ce n'est pas ça le problème. C'est un site archéologique et tu ne peux pas prendre ce qui s'y trouve, répondit Kat.

Les œuvres des Salish côtiers étaient restées cachées durant des années. Raphaël n'allait sûrement pas garder la pierre, mais ça ne le dérangeait pas de détruire un site important.

— Je peux, et c'est ce que je vais faire. Je vais même peut-être en prendre plus.

Il sortit son couteau de poche et creusa dans le mur de la grotte. Il gratta et des fragments tombèrent sur le sol. Il sortit la roche avec ses mains et trouva une autre petite pierre. C'était une peinture de plus de ruinée.

Kat resta silencieuse, consciente que ses commentaires ne faisaient qu'aggraver la situation. Mais elle tira une certaine satisfaction à voir Raphaël perdre son sang-froid. Elle fut tout de même soulagée en voyant Pete revenir avec Jace et Harry.

— Comment est-ce que tu connaissais ce passage d'abord ? demanda Jace. Tu as grandi dans le coin ?

Pete hocha la tête et dit :

— Mon grand-père était Edward Arthur Wilson, également connu sous l'nom de Brother XII.

C'était possible étant donné que Pete avait la cinquantaine. Ça explique aussi sa connaissance des environs.

— Je ne savais pas, pourquoi tu ne nous l'as pas dit ? dit Jace poussant un sifflement.

— J'voulais pas donner une image négative, répondit Pete en levant les épaules.

Harry tapa sur l'épaule de Pete et demanda :

— Ça devait être un sacré type ! Je veux dire, il a réussi à convaincre tous ces gens quand même. Il y a toujours deux versions à une histoire, non ?

— J'sais pas, j'l'ai jamais rencontré. Il a quitté la colonie quand ma mère avait cinq ans. Elle le connaissait à peine. Mais ma grand-mère nous a raconté beaucoup d'histoires sur lui.

— Qui était ta grand-mère ? Mabel Scottowe ? demanda Jace.

Pete secoua la tête.

— Elle s'appelait Sarah. C'était une femme parmi tant d'autres à qui il avait menti. Brother XII et ma grand-mère n'se sont jamais mariés et ça f'sait scandale à l'époque. Il l'a laissée fauchée et misérable, comme tous les autres. C'tait pas un type bien, mais c'tait mon grand-père.

— Je comprends, dit Jace, mon article est plus centré sur

l'Aquarian Foundation et le trésor caché. Les gens adorent lire ce genre d'histoires. J'adorerais entendre tout ce que tu sais sur lui.

— J'en sais pas plus que c'qui s'trouve dans les journaux. Il était persuadé d'être la réincarnation du dieu égyptien Osiris. Il d'vait trouver son Isis afin d'créer l'Nouveau Monde et d'guider la fondation vers le New Age. Ma grand-mère a cru à cette histoire ridicule elle aussi.

— C'est une histoire fascinante, dit Jace.

— J'sais s'il y croyait, mais c'est c'qu'il racontait à tout l'monde.

— On peut en parler un peu plus sur le bateau, répondit Jace en souriant. Ça devait être un personnage.

— Je sais que c'que ma mère m'a dit, sûrement pas c'que tu veux entendre, dit Pete en levant les épaules.

— Je suis sûr que ce sont de sacrées histoires qu'elle t'a racontées. Je donnerais tout pour voir ça ! dit Harry.

Kat le regarda en fronçant les sourcils.

— C'est mieux de n'pas y être, j'crois, répondit-il en secouant la tête. Ma mère est née sur l'île De Courcy et y est restée pendant quinze ans. Elle est partie maint'nant, mais elle m'a raconté des histoires sur ce lieu. Elle ne se souv'nait pas d'grand-chose sur le culte, mais quand tu grandis dans une secte, tu n'connais que ça. Ma grand-mère travaillait douze heures par jour, elle n'avait pas l'temps d's'occuper d'ma mère. C'était épuisant. Ma mère pensait qu'c'était normal quand elle était gamine. Mais elle était quand même terrifiée par Madame Zee.

— Ouah ! s'exclama Kat. Pourquoi est-ce que tu ne nous as jamais parlé de ça ?

Raphaël devait être au courant du passé de Pete étant donné qu'il lui avait parlé de ses plans. Pourtant, hier, Pete n'avait rien dit à Kat sur le chemin.

— Je ne veux pas voir l'histoire d'ma famille sur l'journal.

Brother XII était un homme mauvais, mais c'tait mon grand-père. Ça s'est passé y a longtemps, et il n'reste plus qu'moi aujourd'hui. Mais j'veux quand même pas voir mon nom trainé dans la boue.

— Je ne ferais jamais ça, dit Jace, je te la ferais lire d'abord. Beaucoup de gens seraient fascinés par le passé de ta famille. Les locaux doivent reconnaître ton nom, non ?

— Non, Brother XII a changé d'nom plusieurs fois, mais tous les gens qui le connaissaient sous un autre nom sont morts d'puis longtemps. Il n'a jamais épousé ma grand-mère, donc elle n'avait pas son nom. Et puis, les membres d'la secte n'étaient pas du coin. Ils v'naient de partout dans l'monde, et sont tous partis. Les plus chanceux ont pu grappiller de l'argent pour rentrer chez eux.

« Tout l'monde, sauf ma mère bien sûr. Elle pouvait à peine réunir deux centimes, donc elle a pas eu l'choix. Elle travailla comme femme de ménage jusqu'à sa mort. Elle avait un cancer.

— Quelle tragédie, dit Gia. Comment est-ce qu'il s'en est tiré en prenant l'argent de tout le monde ?

— Il ne s'en est pas tiré indemne, ajouta Jace. Certains membres de l'Aquarian Foundation l'ont poursuivi en justice. Il avait acheté des biens avec l'argent des membres, et pourtant tous les actes étaient à son nom. Ils réussirent à transférer tous les actes, mais c'était trop tard ! Il s'était volatilisé depuis longtemps. Mary Connally récupéra les actes de l'île Valdes car elle avait été achetée avec son argent. L'île a été vendue depuis.

— C'est toujours ça, répondit Gia, mais ça ne compense pas pour le mal qu'il a fait.

— Rien ne peut compenser pour ça, ajouta Pete. Un jour, j'dirais tout c'que j'sais, mais c'est pas demain la veille.

Kat sentit un frisson lui parcourir le dos en réalisant que Raphaël n'était plus là. Il avait dû revenir au bateau.

— Il se fait tard, rentrons pour faire la fête.

Le mariage était la dernière chose que le groupe avait envie de célébrer, mais ça permettait à Kat d'avoir un œil sur Raphaël. Elle ne pouvait pas le lâcher des yeux, leur vie en dépendait.

CHAPITRE 31

Il était déjà tard lorsque le groupe retourna au *Financier*. Le canot fendait la surface limpide alors que des ombres dansaient dans le sillage du bateau. Tout était serein, mais la tension régnait à bord.

La crique était sublime, bercée par un silence uniquement perturbé par le cri des aigles chassant leurs proies. Ils devaient prendre le yacht de Raphaël pour un bateau de pêche et attendaient leurs récompenses. *Un bateau de pêche d'une autre sorte*, se dit Kat. Aucun filet, seulement un beau parleur pour appâter les victimes.

— Regardez ça, dit Raphaël.

Il jeta sa pierre, elle ricocha une fois avant d'aller se perdre dans les profondeurs abyssales de l'océan.

— J'aurais dû en prendre plus, reprit-il.

Un trésor archéologique, que personne ne connaîtrait, perdu à tout jamais. Un morceau d'histoire de plus caché et oublié.

Kat resta silencieuse, elle ne pouvait pas risquer de contrarier Raphaël. Elle devait se taire si elle voulait être témoin de son arrestation.

Ils approchèrent du yacht. Kat donna un léger coup de coude à Jace pour qu'il regardât les lettres du *Financier*. Avec la lumière aveuglante du soleil, il était impossible de voir d'autres lettres, mais le *e* abîmé était aussi clair que le jour.

Jace resta impassible en étudiant le nom du yacht. Le lettrage contrastait vivement avec le côté fini de l'extérieur et l'intérieur minutieusement assemblé du navire. Une lettre tordue ne voulait rien dire, mais c'était suspect. C'était souvent les petits détails qui permettaient de résoudre un crime ; et celui-là leur tendait les bras.

Gia suivit le regard de Jace et fronça les sourcils. Elle ne tarderait pas à se laisser submerger par ses émotions. Kat devait la prendre à part avant qu'il ne fût trop tard.

— Ce soir, on se met sur notre trente-et-un ! Ce n'est pas parce que tu as eu un mariage simple que tu ne peux pas faire une fête grandiose !

Elle se leva et signala à son amie de la suivre.

— Chouette ! répondit Gia d'une voix anormalement plate.

Même Raphaël l'avait remarqué.

— On fera ce que tu veux bellissima, dit-il.

Son regard sinistre avait laissé place à des rires, mais ses yeux restaient braqués sur Kat. Il n'essayait même pas de cacher sa satisfaction.

Dix minutes plus tard, ils étaient tous assis au bar avec des boissons fraîches et de quoi grignoter en attendant le dîner. Kat et Gia planifièrent leur soirée, mais Kat avait du mal à se concentrer et à surveiller Raphaël en même temps. Ce dernier se leva et se dirigea vers l'intérieur sans dire un mot.

Kat le regarda partir, s'inquiétant de ce qu'il allait faire. Ses changements d'humeur brutaux l'inquiétaient. Il ne parlait plus de son entreprise, et ne s'intéressait plus à Brother XII. C'était un homme qui préparait un coup. Elle jeta un coup d'œil vers Jace qui avait l'air tout aussi inquiet.

L'oncle Harry prit la télécommande et mit les informations. Une caméra balayait un paysage familier. Kat reconnut Active Pass grâce à ses nombreux voyages en ferry de Vancouver à Victoria. Le reporter se tenait sur une plage rocheuse et montrait l'eau derrière lui.

Le corps de Melinda Bukowski vient d'être découvert par des passants tôt ce matin. Une autopsie va être effectuée, mais la police ne fait pas d'autres commentaires.

Kat eut des frissons dans le dos. Les résultats de l'autopsie de la petite fille n'avaient pas encore été révélés. Mais elle était sûre que le résultat serait le même : homicide. Et, sans parler des résultats, Raphaël devait expliquer la présence du portefeuille dans la cabine. L'avait-il trouvé sur la plage, comme la pierre ? Elle en doutait.

Quelles étaient les chances qu'il eût le porte-monnaie, mais ne fût pas impliqué dans l'accident ? Aucune. En fait, hormis sa ressemblance frappante avec Frank Bukowski, les probabilités étaient nulles.

Kat détecta un mouvement du coin de l'œil. Comme s'il avait pu lire dans ses pensées, Raphaël apparut dans un coin et resta figé devant la télévision. Elle évita rapidement son regard afin de ne pas éveiller les soupçons. Elle rougit en pensant qu'elle déte-nait le portefeuille d'une femme morte. Kat aurait aimé ne jamais le trouver ; mais elle n'aurait pas découvert le secret macabre de Raphaël.

Seul Jace était au courant pour le portefeuille, mais Raphaël avait déjà dû remarquer son absence. Il devait certainement s'être mis à sa recherche. Il était vicieux s'il supposait que c'était Kat qui l'avait. Mais, après tout, il l'avait vue dans sa cabine. De toute façon, une famille avait disparu dans des circonstances étranges, et Raphaël avait un objet appartenant à une des victimes. Une coïncidence plus que bizarre.

— D'abord la fille et maintenant la mère, quelle tristesse ! dit Jace.

— Tragique, répondit Raphaël le regard vide. Rentrons, il fait froid ici.

Sans attendre de réponse, il éteignit la télévision et rentra.

Kat regarda Gia, la priant de rester.

Kat frissonna de nouveau, il ne pouvait rien leur arriver s'ils restaient ensemble. Mais Raphaël était désespéré, et ils étaient à bord d'un navire avec un meurtrier et un voleur, ils devraient redoubler de vigilance. Le pire ne pouvait pas se produire tant que Raphaël ne se doutait de rien.

Dans le meilleur des cas, il s'enfuirait sans rien dire. Il avait déjà tout leur argent. Si les résultats de l'autopsie étaient positifs, il avait toutes les raisons de partir sans se soucier de Kat et des autres.

Personne ne suivit Raphaël à l'intérieur.

L'oncle Harry appuya sur la télécommande, ralluma la télé et monta le son.

Kat était figée devant l'écran. Un journaliste montrait la plage remplie de policiers, garde-côtes et autre personnel de sécurité s'affairant sur le sable. Deux hommes en uniforme arrivèrent avec une civière. Le reporter expliquait comment le corps s'était retrouvé sur la rive. Il était très endommagé par l'eau, mais compte tenu de l'avancée de la décomposition, on assuma qu'il s'agissait de Melinda.

Raphaël devait payer pour ce qu'il avait fait. À n'importe quel prix.

Kat se tourna vers Jace.

— Il nous faut un plan.

— Ce type est une bombe à retardement, dit-il en acquiesçant.

— De quoi est-ce que vous parlez ? demanda Gia en fronçant des sourcils devant la télévision. Dites-moi ce qu'il se passe !

Kat ne voulait rien dire à Gia. Sa réaction les trahirait et Raphaël — et leur argent — disparaîtrait pour toujours. Mais, d'un autre côté, l'idée que son amie dormît avec un meurtrier lui était insupportable. Raphaël avait toutes les raisons de les faire taire.

Gia rougit de colère et dit :

— Soit vous me dites ce qu'il se passe, soit je vais voir Raphaël ! J'ai le droit de savoir.

Kat tira la chaise de Gia prêt d'elle. Jace et Harry étaient déjà au courant, ce n'était pas juste de la laisser dans le noir. Kat prenait un énorme risque, mais il le fallait.

— Tu te souviens de ce que je t'ai dit sur le yacht volé ? Eh bien, il y a plus…

Kat raconta tout à Gia.

La nuit allait être longue.

CHAPITRE 32

Gia se leva brusquement et marcha sur le pied de Kat

— Il m'a menti ! Je vais le tuer !

— NON ! Attends, dit Kat en attrapant son amie par le bras. Tu ne dois rien dire. On est déjà en danger.

Elle fit signe à Gia de s'asseoir.

— T'es pas sérieuse ? C'est pas le Raphaël que je connais.

— C'est bien ça le problème, Gia. Le Raphaël dont tu es amoureuse n'existe pas. C'est un tissu de mensonges.

Kat répéta les preuves qu'elle avait contre lui, du yacht au porte-monnaie. Mais son amie n'avait pas besoin de l'entendre une seconde fois.

— Il faut qu'on fasse quelque chose, reprit-elle. Le porte-monnaie que j'ai trouvé à bord appartient à la femme des informations.

— Il doit y avoir une explication, dit Gia en secouant la tête. On ne peut pas lui demander directement ? Même si c'est un voleur, ce n'est pas un meurtrier.

— Non. On ne sait pas jusqu'où il est impliqué ni comment l'objet en question a atterri dans sa cabine. Tout ce que l'on pourra dire se retournera contre nous. Dans le meilleur des cas, on ne le reverra plus, tout comme notre argent ; dans le pire des cas, on ne le reverra plus parce qu'on sera tous morts.

Gia se balançait d'avant en arrière sur sa chaise, clairement traumatisée.

— Vous pensez que mon mari est un assassin…

— On ne sait pas encore à cent pour cent. Mais il est impliqué, sinon pourquoi aurait-il le porte-monnaie ?

— Il l'a peut-être trouvé sur la plage, répondit Gia en levant les épaules.

— Peut-être, peut-être pas, ajouta Jace. Le bateau des Bukowski a pris feu, et pourtant le portefeuille n'a ni traces de feu ni traces d'eau. C'est bizarre, non ?

— Attendons-nous au pire, et espérons le meilleur, dit Harry. Du moins à propos du portefeuille. Pour le reste, on est à bord d'un bateau volé, donc supposons que Raphaël soit au courant.

— On ne peut pas juste supposer.

— Gia, son histoire d'Italie est un mensonge, dit Kat. Le yacht a été volé dans l'état de Washington il y a un mois. J'ai déjà prouvé qu'il mentait pour ça, qu'est-ce qu'il nous cache d'autre ?

Une larme coula le long de la joue de Gia.

— J'arrive pas à croire que j'ai épousé un menteur et un voleur, comment j'ai pu être aussi stupide ?

Elle enfouit sa tête dans ses mains et sanglota.

— Mais surtout, pourquoi est-ce que tu m'en as pas empêchée ? reprit-elle en regardant Kat.

Elle n'aurait rien pu faire, mais Gia ne comprenait pas, alors elle leva les épaules.

— Je suis désolée, Gia, j'aurais dû faire plus.

— Qu'est-ce qu'on fait maintenant Kat ? demanda Harry. On est de mèche avec un criminel sur un bateau volé. Et si on se fait arrêter nous aussi ?

— Ce ne sera pas le cas, on est aussi ses victimes.

L'oncle Harry avait l'air désespéré.

— Ah, c'est vrai qu'il a mon argent. Peut-être qu'on peut abandonner le navire !

— On ne peut pas le laisser s'en tirer comme ça, dit Kat. Non seulement il a ton argent, mais il a aussi le portefeuille d'une femme morte et aucune explication logique.

— Il n'y a rien à ajouter, dit Jace.

Kat se pencha et baissa d'un ton.

— Il faut que l'on sorte le bateau d'ici et que l'on appelle les autorités. Il nous faut une excuse pour rentrer à la maison plus tôt.

— Comme un problème mécanique ? demanda Harry.

— Quelque chose comme ça, oui. Par contre, je ne vois pas comment on peut simuler une panne.

Kat ne savait toujours pas si Pete était du côté de Raphaël ou non.

— Un de nous peut faire semblant d'être malade, reprit-elle, mais ça doit être assez virulent pour justifier notre retour.

— Je peux le faire, dit Gia. Je suis déjà malade pour mon argent de toute façon ; est-ce que j'en reverrais la couleur un jour ?

— Si on rentre assez tôt, peut-être, répondit Kat, pas totalement sûre d'elle. Les escrocs bougent l'argent assez rapidement, mais il y a toujours de l'espoir.

— C'est bien l'espoir, dit Harry.

Un maigre espoir, mais c'était toujours mieux que rien. Mais Kat avait peur qu'il ne fût déjà trop tard.

— Voilà ce qu'on va faire…

CHAPITRE 33

— On ne rentrera pas plus tôt !

Raphaël n'avait pas l'intention de rentrer tout court. C'était trop risqué, sa photo faisait la une de tous les journaux, et il était certain d'avoir été identifié. Il toucha la poche de sa veste. Tout ce dont il avait besoin était dedans : son passeport, l'argent et les codes de banque. Il était prêt pour son nouveau départ.

Gia sortit ses affaires et les jeta dans un sac sur le lit.

— On doit rentrer, dit-elle. Tu m'as imposé le Costa Rica si vite que je n'ai pas eu le temps de prendre assez de médicaments. Je ne peux pas partir sans.

— Tu pourras tout acheter là-bas bellissima.

Il ne l'avait jamais vu prendre des médicaments, et pour tout dire, il s'en fichait.

— Non Raphaël, je n'ai plus qu'un jour de réserve. J'en ai besoin pour tout le voyage. On doit rentrer, dit-elle en mettant son bras autour de lui, ça ne prendra pas longtemps.

N'importe quel détour était trop long pour lui.

— Je ferais envoyer tes médicaments par la poste, problème résolu !

— Non ! En plus, je dois m'occuper des affaires du salon avant de partir. Ça ne prendra que deux jours. On doit rentrer pour déposer Kat, Jace et Harry de toute façon, dit-elle en pressant sa joue contre sa poitrine. Qu'est-ce que tu as dans ta poche ?

— Rien, laisse ça tranquille !

— Ça veut dire quoi ça ? demanda Gia en reculant pour le regarder dans les yeux. Tu me caches des choses !

— Mais non.

Mais la main de Gia était déjà dans sa poche et réussit à en extraire une enveloppe.

Le cœur de Raphaël se mit à battre la chamade. Dans l'enveloppe, il y avait trois passeports, des billets d'avion et assez de liquide pour le faire vivre pendant des mois.

Elle attrapa les billets et les regarda.

— C'est quoi tout ça ? Mais c'est qui Frank Buk… ?

— Donne-moi ça !

Il lui prit l'enveloppe des mains et la remit dans sa poche.

— Je veux voir ! cria Gia en reprenant les papiers.

Elle courut jusqu'au lit et jeta le contenu sur la couverture damassée. Raphaël sombra dans la peur lorsqu'elle ouvrit le passeport.

— Pourquoi est-ce que tu as ça ?

— Rends-le-moi Gia.

Son faux passeport était dans l'enveloppe à côté de son vrai. Il avait été obligé de garder ses vrais papiers car ses comptes au Costa Rica étaient à son vrai nom. Il n'avait pas encore transféré l'argent sous son faux nom.

Elle l'ignora.

Raphaël aurait dû quitter le pays plus tôt, mais il ne s'attendait pas à tomber sur de gros poissons avec Gia et ses amis. Il avait maintenant assez d'argent pour vivre confortablement au Costa Rica. Il n'aurait pas à travailler un jour de plus. Une fois là-bas, il serait en sécurité et intouchable.

— C'est qui Frank Bukowski, bordel ?!

Si elle ne le savait pas déjà, elle l'apprendrait bientôt. À cause de la découverte du corps de Melinda, son nom défilait sur toutes les chaînes de télévision. Il devait partir tant qu'il le pouvait encore.

— Raphaël, réponds-moi !

Il avait deux autres passeports. Un sous le nom de Raphaël, et un autre sous un nom espagnol. Il aurait dû balancer le vrai, mais il avait eu peur d'en avoir besoin. Il prévoyait d'entrer au Costa Rica par un petit port de pêche, car ses papiers ne seraient pas contrôlés électroniquement, seulement visuellement. Il tromperait les regards facilement, à moins que quelqu'un le reconnût. Il ne devrait pas éveiller les soupçons.

— Je le garde, dit Gia en levant le bras. Au moins jusqu'à ce que je sache qui est Frank Bukowski et ce que tu fais avec ces billets.

— C'est une longue histoire, répondit Raphaël en expirant.

Raphaël essaya d'inventer une histoire. Au moins, Gia n'avait pas ouvert le passeport pour voir la photo. Apparemment, elle n'avait pas vu les nouvelles non plus. Ça lui permettrait de gagner un peu de temps. Il fallait qu'il restât calme.

— Non, Raphaël. On est partenaires en affaire et dans la vie, tu ne peux pas me cacher des choses comme ça.

— Ce n'est pas ce que tu crois mon cœur, dit-il en essayant d'attraper son bras.

— Arrête de me mentir ! cria-t-elle alors que des larmes coulaient le long de ses jours. Deux billets pour le Brésil ? Ça veut dire quoi ?

— Je ne vois pas de quoi tu parles, je ne t'ai jamais menti. Pourquoi est-ce que je mentirais à ma femme ?

— Tu n'as pas répondu à ma question ! C'est comme pour Maria, je ne sais pas combien il y en a d'autres, mais je sais que tu me trompes.

Raphaël se mit à rire, soulagé que Gia n'eût rien deviné.

— Tu sais que je ne ferais jamais ça, bellissima !

— Non je ne sais pas, tu es déjà en train de me mentir ! dit-elle en jetant son alliance sur lit. Tu ne veux même pas me dire la vérité !

— C'est juste parce que je ne veux pas gâcher ta surprise.

Il se creusa l'esprit afin de trouver une excuse. Il avait laissé l'avidité s'emparer de lui, et pourtant ce voyage avait été très rentable pour lui. Il avait réussi à faire investir plusieurs personnes à bord. Mais sa chance allait bientôt tourner, il devait partir tant que c'était encore possible.

Gia s'arrêta net et essuya ses larmes.

— Quelle surprise ?

— Les billets sont pour mon cousin Frank et sa femme. Je voulais qu'ils te rencontrent. Voilà, j'ai ruiné ta surprise.

— Mais je ne comprends pas, ils vivent en Italie, pas au Canada, dit-elle en fronçant les sourcils. Pourquoi est-ce que tu as leurs billets ?

— Ce ne sont que des copies parce que c'est moi qui ai payé. Mon cousin a déjà ses billets.

C'était tiré par les cheveux, mais Gia croyait tout ce qu'il disait.

— Mais il est écrit Vancouver-Rio de Janeiro, et nous on va au Costa Rica. Comment tu veux que je te croie si tu racontes des histoires différentes ?

— Je les ai réservés avant de devoir aller au Costa Rica.

Gia avait fouillé dans ses poches donc elle devait se douter de quelque chose.

— J'avais complètement oublié, il faut que je les change, reprit-il.

Gia le regarda d'un air ahuri.

— Je veux que tu les rencontres, mais on ne sera pas en Italie avant longtemps donc j'ai pensé à ça. Ils sont impatients de te voir, continua-t-il en souriant.

— Ah oui ? répondit Gia en essuyant ses joues.

— Je n'arrête pas de parler de toi, j'ai éveillé leur curiosité, répondit-il en écartant les bras. Viens là maintenant.

Gia se précipita dans ses bras.

— Raphaël, je suis désolée ! Comment est-ce que j'ai pu ne pas te faire confiance ? Je me sens très mal.

— Non, c'est moi qui suis désolé. Je me rends compte maintenant que c'était bizarre. Je ferai attention la prochaine fois. Mais ce n'est qu'une partie de la surprise.

Il était devenu si fort à ces conneries qu'il s'impressionnait lui-même.

— Il y a plus ? dit-elle avec un petit sourire. Je n'ai jamais vraiment douté de toi, mais je ne savais pas qui étaient ces gens. J'ai tiré des conclusions hâtives.

Gia était si naïve qu'elle goba tout. Raphaël venait de gagner du temps, mais il fallait qu'il s'échappe maintenant. Brother XII avait tout compris. Mais son argent facile n'était plus si facile à présent.

— Juste une chose, bellissima. On n'aura pas le temps de repasser par Vancouver.

— Et les autres alors ? On doit les ramener.

— On les posera à Friday Harbor et ils prendront l'avion.

Raphaël n'avait pas l'intention de retourner dans le port où il avait volé le yacht, mais Gia n'avait pas besoin de le savoir.

— Mais Raphaël, mes cachets ? J'en ai besoin. Cela ne nous prendra que quelques heures de revenir à Vancouver. On peut toujours partir plus tôt.

Il secoua la tête.

— Mon docteur s'occupera de tout. Tes médicaments nous

attendront au port, dit-il en caressant son fessier rebondi. Marque ce dont tu as besoin.

La graisse de Gia la ferait surement mieux flotter que Melinda. Il aurait juste à la lester davantage.

— Mais Vancouver n'est pas loin, je ne comprends pas…

— Détends-toi, je m'occupe de tout, dit-il.

D'ici quelques heures, ses problèmes se seraient envolés.

CHAPITRE 34

Gia fouillait l'armoire de Raphaël pendant que Kat gardait la porte.

Kat observa son amie.

— Tu as fait du bon boulot avec ses passeports. Tu es sûre qu'il ne se doute de rien ?

— Je ne pense pas vraiment qu'il ait fait ça, Kat. Même si tu as raison et que c'est bien Frank Bukowski, il ne peut pas être un meurtrier.

Gia s'arrêta, sa main dans une poche alors qu'elle inspectait ses habits.

— Les preuves ne mentent pas Gia. Les gens normaux n'ont pas plusieurs identités. J'ai toujours pensé que son nom était faux, maintenant on a des preuves.

Raphaël Amore, ça ressemblait plutôt au nom d'un héros torse-nu de romans érotiques.

— Qu'est-ce qu'il a de si bizarre son nom ? C'est si romantique. Gia Amore, ça sonne tellement mieux que Camiletti. Et puis, je ne veux plus continuer, protesta-t-elle. Chaque nouvelle découverte me déprime plus que l'autre.

— On sait ce qu'on perd, on ne sait pas ce qu'on trouve, répondit Kat.

Un coup de foudre, un mariage et une trahison en quelques semaines, elle ne pouvait pas blâmer Gia. Ça ressemblait à un mauvais film.

— Une fois que tu as fini avec les habits, vérifie ses chaussures, surtout sous la semelle intérieure.

— Ses semelles ? Mais tu crois qu'il cache quoi ?!

Kat renvoya Gia vers le placard.

— Je finis avec le reste des tiroirs et tu regardes sous le tapis.

— Tu as déjà fait ça ? Depuis quand les enquêteurs des fraudes fouillent dans les placards des gens ?

— Tout ça dans une journée de travail !

Elles n'avaient pas de temps à perdre, Raphaël pouvait surgir à tout moment.

— Moi qui t'imaginais sur ta calculatrice, dit Gia. Si ma vie n'était pas sur le point de s'effondrer, je trouverais ça presque drôle.

Kat aurait préféré fouiller la chambre seule afin de ne pas blesser Gia, mais le temps leur manquait. Son amie n'était pas une personne très minutieuse, mais elle s'appliquait à la tâche confiée.

La seule inquiétude de Kat concernait les sentiments de Gia. Raphaël avait encore de l'influence sur elle et jouait avec ses émotions. Elle voulait tellement croire sa version des faits qu'elle fermait les yeux sur ses mensonges flagrants. Pourtant, elle était coopérative lorsqu'il n'était pas là, quoique réticente.

La fouille de la cabine ne servait pas seulement à incriminer Raphaël, mais aussi à chercher d'éventuelles armes. Kat espérait secrètement trouver d'autres preuves contre lui afin de convaincre Gia une bonne fois pour toutes. Elle espérait aussi retrouver les documents de banque pour récupérer leur argent.

Dans le pire des cas, quand bien même l'argent aurait disparu, les papiers prouveraient le crime.

La fouille ne révéla rien pour l'instant.

— Tu te voiles la face Gia. Il a déjà ton argent, mais qu'en est-il de ta vie ? On est tous en danger tant que l'on ne sort pas de ce bateau.

— On n'a qu'à prendre le canot pneumatique, problème résolu !

— Il ne s'agit pas seulement de ça. Si on fuit, il ne sera jamais jugé.

— C'est pas notre problème, dit Gia en reniflant.

— C'est le problème de qui, alors ? Pense à cette petite fille. Il a tué sa propre fille ! Et sa femme ! Tu crois vraiment que ce sera différent pour toi ? On ne peut pas le laisser s'en tirer.

Tant que Gia restait avec Raphaël, elle était en danger de mort.

— Il ne fera pas ça. Je ne crois pas que ce soit un tueur. Il doit y avoir une explication logique à tout ça. Il n'est peut-être pas Raphaël, mais je l'aime quand même. Je sais que c'est stupide. Mais je ne peux pas m'en empêcher, même avec ça, dit Gia en tendant un passeport à Kat.

Kat resta interloquée.

— Tu as dit qu'il te l'avait repris.

— Oui, mais j'ai réussi à le lui reprendre sans qu'il ne s'en rende compte. Il était tellement concentré à se faire pardonner qu'il n'a pas remarqué ma main dans sa poche.

— Gia, tu es un génie ! Où as-tu appris à devenir un pickpocket ?

— On va dire que je suis une femme bourrée de talent, dit-elle en soupirant, mais j'aurais préféré ne pas le voir. Au fond de moi, je sais que tu as raison, mais je ne veux pas voir mes rêves s'effondrer. Il y a sûrement plus d'une personne avec le nom Frank Bukowski.

— Il vaut mieux que tu le saches tout de suite. Tu pourras te protéger, dit Kat en ouvrant le passeport à la page de la photo. Tu ne peux plus douter maintenant Gia.

La tête de Raphaël apparaissait sur le passeport de Frank. Elle secoua la tête.

— Je sais que c'est un escroc. Mais j'espère que le faux Raphaël m'aime quand même. C'est peut-être son jumeau. Il a dit qu'il avait un cousin…

— Gia, rien n'est vrai sur ce type. Tu es tombée amoureuse d'une personne qui n'existe pas, répondit Kat en pointant vers la photo de Frank. Tu vois cette mèche ? C'est la même que la sienne. Et la tâche de naissance ? Identique.

— Je suppose, dit Gia en baissant les épaules. Je ne le connais pas du tout en fait. Comment est-ce que je peux être aussi stupide ?

— Tu n'es pas stupide. Tu as réussi à piquer son passeport et, en plus, tu as piqué le bon. C'était un coup de maître. Maintenant que l'on sait que c'est un escroc, on sait quoi faire. Il ne va pas s'en sortir comme ça.

— Il peut, je n'ai pris qu'un passeport. Mais si j'avais pris les autres, il s'en serait rendu compte.

— Il y a peut-être un passeport pour Raphaël Amore.

La plupart des fraudeurs n'allaient pas jusqu'à se procurer un faux passeport. Mais après tout, ils n'étaient pas tous des meurtriers sanguinaires.

Les lèvres de Gia tremblaient alors qu'elle s'asseyait sur le lit.

— Comment est-ce que j'ai pu m'attacher à lui ? Je suis une ratée. J'ai hypothéqué mon salon et donné toutes mes économies à ce salaud ! Comment est-ce que je vais m'en sortir ? dit-elle en tapant du poing sur le lit.

— On trouvera un moyen, répondit Kat.

Chaque nouvelle information la faisait douter. Raphaël, ou

Frank, était un meurtrier avec un plan bien huilé. Un plan dont ils faisaient tous partie.

Gia se leva et fit les cent pas.

— Je ne vais pas le laisser s'en tirer comme ça !

Cette soif de vengeance aurait pu leur être utile plus tôt, mais maintenant, ça pouvait les mettre en danger. En y pensant, ils avaient eu de la chance de ne pas connaître la vraie identité de Raphaël jusque-là.

— Si tu t'opposes à lui, il nous tuera tous, dit Kat.

— Je veux au moins récupérer mon argent. Tu crois que je pourrais ?

— Peut-être, combien est-ce que tu as donné ?

Kat en doutait sérieusement.

— Assez pour que j'aie à travailler jusqu'à mes quatre-vingts ans pour tout récupérer.

— Je vais chercher une solution, dit Kat en soupirant.

Elles venaient de passer vingt minutes dans la cabine à fouiller. Jace distrayait Raphaël, mais ça ne durerait pas.

— Il faut qu'on remonte sur le pont, sinon Raphaël va se poser des questions, reprit-elle.

— Il pense qu'on regarde des vêtements.

— C'est ce qu'on fait, répondit Kat.

— Mes habits, pas les siens, soupira-t-elle. Tu ne peux pas pirater ses comptes ?

— On n'a pas assez de temps pour ça. Et même si on pouvait, je doute que l'argent soit sur un compte à son vrai nom, dit Kat en faisant une pause. On laissera la police se charger de ça. D'abord, on doit faire disparaître tout moyen de fuite.

Une fois qu'elles seraient sûres qu'il ne possédait pas d'armes, elles l'enfermeraient à bord.

Gia grimaça.

— Je n'arrive pas à croire que j'ai épousé ce con ! Comment est-ce que j'ai pu le croire ?

— Tu n'es plus seule, Gia. Ça peut arriver à tout le monde, dit Kat en vérifiant sa montre. Finissons-en.

Elle se tourna vers les tiroirs du bureau. Elle en était au troisième lorsqu'elle sentit quelque chose coincer. Elle trouva alors une boîte en carton, de la taille d'un paquet de cigarettes, cachée derrière le tiroir. Elle l'ouvrit et n'en crut pas ses yeux !

— Gia, regarde !

Gia tomba presque à la renverse.

La boîte contenait six bagues en diamant, toutes identiques. Gia compara la sienne à celles exposées devant ses yeux.

— Ce sont les mêmes que ma bague de mariage ! Pourquoi est-ce qu'il a tout ça ?

Kat leva les sourcils et dit :

— Je suis sûre que tu as une idée.

Les bagues en diamant et platine étaient époustouflantes. Chacune était ornée d'un solitaire de deux carats. Un papier était coincé au fond de la boîte, elle le sortit et l'ouvrit. Il s'agissait de la facture d'une compagnie hongkongaise, pour une commande de sept anneaux en zircone couleur argent. Elle le reposa. Gia avait déjà le cœur brisé, ça ne servait à rien d'en rajouter.

La bague de Gia était une preuve suffisante. Raphaël était comme toutes les ordures qu'elle pouvait croiser à son cabinet. Elle les voyait venir de loin avec leur voiture de luxe, les habits de designer et leurs cadeaux extravagants, toujours achetés avec l'argent de quelqu'un d'autre.

— Tu veux dire qu'il m'avait repérée dès le début ? demanda Gia. Tout ce jeu de séduction, c'était des conneries ?

Kat acquiesça.

— Je ne sais pas comment il t'a trouvée, mais je sais pourquoi. Pour ton argent et ta réussite.

— Il m'a suivie ce bâtard ! dit Gia en élevant la voix. Je n'étais rien pour lui.

— Gia, baisse d'un ton, on ne veut pas qu'il nous entende.

Gia était enfin convaincue. Enfin une bonne chose, car une Gia trompée et décidée à se venger était une arme redoutable.

Elle essuya ses larmes avec sa manche, et eut une expression de joie.

— Au moins, on va pouvoir récupérer de l'argent sur ces bagues ! dit-elle pleine d'espoir.

Silence.

— Même les bagues sont fausses, n'est-ce pas ? reprit-elle.

Kat hocha la tête.

— Il ne m'aime pas ? Il ne m'apprécie sûrement même pas, dit-elle en laissant couler une larme sur sa joue. Je ne suis qu'une parmi tant d'autres, hein ?

— J'en ai bien peur, répondit Kat. Il faut qu'on l'arrête.

L'argent était le cadet de ses soucis. Raphaël, ou Frank, avait déjà commis le pire des crimes en tuant sa femme et sa fille ; il ne faisait aucun doute que sa nouvelle femme était la prochaine sur la liste.

— Comment est-ce que je peux garder ça pour moi ? demanda Gia en se levant. J'ai envie de le tuer !

Kat finit de fouiller les tiroirs et se dirigea vers le tapis à moitié retourné. Elle le remit doucement en se demandant si Raphaël l'avait utilisé pour cacher ses papiers ou l'argent.

— Il faut que tu te contiennes Gia, même si tu dois compter les heures. Dis quelque chose maintenant et il s'évaporera dans la nature avec ses crimes.

Et il en commettra sûrement d'autres.

— Qui s'évaporera ?

Raphaël venait d'apparaître dans l'encadrement de la porte. Il fixait Kat du regard.

— Tu... tu es déjà de retour ? dit Gia en bafouillant et en se tournant vers son mari. Je pensais que tu étais en haut. On parlait...

— Des personnes ordonnées et de celles qui le sont moins, dit

Kat en finissant la phrase. Par exemple, Jace et moi. Lui est très soigné et moi je suis bordélique ! Il range toujours derrière moi.

— Et pourquoi tu soulèves le tapis ? Tu as perdu quelque chose ? l'interrompit-il.

— Kat m'aidait à chercher ma boucle d'oreille.

Le cœur de Kat sortit de sa poitrine, son t-shirt en était presque soulevé. Elle remerciait Gia d'avoir trouvé une excuse si rapidement. Une de ses mains était encore sous le tapis. Elle restait immobile afin que Raphaël ne soupçonnât rien.

Il s'approcha de Gia et inspecta ses oreilles.

— Tu as tes deux boucles.

Elles venaient de se faire prendre. Une goutte de sueur glissait sur le front de Kat. Gia lui donna une tape sur le torse et répondit :

— Pas celle-là idiot ! Les autres.

— Lesquelles ?

— Mes boucles pression en diamant et en émeraude. J'étais en train de les lui montrer quand j'en ai échappé une. Je dois la retrouver.

Gia sortit une boîte de son sac et en poussa une subrepticement avec son ongle. Elle tomba au fond.

— Je déteste perdre mes affaires, dit Raphaël en lui caressant le menton. Je remonte sur le pont, mais ne tarde pas, j'ai une surprise pour toi en haut !

Kat frissonna involontairement.

— On remonte dans deux minutes, dit Gia en l'embrassant sur la joue. Retournons à nos recherches.

— Comme tu veux, dit-il en se dirigeant vers la porte.

Kat attendit d'entendre les pas de Raphaël dans les escaliers pour dire :

— Très convaincant.

— Merci ! Mais je dois vraiment retrouver la boucle au fond de mon sac maintenant.

— O.K.

Gia vida le contenu de son sac sur le lit et passa en revue les objets.

— Trouvée ! dit-elle en montrant la boucle à Kat. Et maintenant ?

Kat fit signe à Gia de faire doucement.

— Fouille dans ses affaires de salle de bain et dis-moi ce que tu trouves.

— Comme quoi ? Un passeport ?

— On ne sait jamais. Peut-être du liquide, ou des chèques. Souviens-toi qu'il te cachait des choses alors que vous étiez dans la même chambre. La salle de bain est un endroit parfait. Regarde dans les coins les plus improbables.

— Alors ça ne doit pas être caché dans la même pièce que moi ?

— Si, parce qu'il a besoin d'y avoir accès rapidement. Il ne peut tout laisser dans une pièce commune, comme la cuisine…

— Cambuse, pas cuisine ! Ça va me manquer le yacht. Pourquoi est-ce que ça ne peut pas marcher entre nous ?

— C'est un voleur je te rappelle ! Tu préfères aller en prison avec lui, Gia ?

— Je veux récupérer mon argent, dit-elle en secouant la tête. J'aurais dû t'écouter dès le début. Mais c'était drôle quand même.

— Ce n'est qu'une illusion, Gia. Je parie que ce yacht coûte une fortune en essence. Où est-ce qu'il trouve cet argent ?

— Tu crois qu'il dépense mon argent ? demanda Gia, médusée.

— Je ne crois pas, je sais. Plus vite on l'arrêtera, plus vite on pourra récupérer ce qu'il reste.

— Tu as raison, dit Gia qui se dirigeait vers la salle de bain, les épaules croulant sous le poids de la déception.

Les hommes cachaient souvent des choses dans le garage ou dans la cave, mais il n'y en avait pas sur le navire. Sa cachette devait être facile d'accès et à portée de main afin de récupérer ses affaires au plus vite. Les parties communes étaient accessibles par tout l'équipage, sa cabine était donc un choix évident.

Gia sortit de la salle de bain. Un regard suffit à Kat pour comprendre qu'elle était de nouveau en colère.

— Qu'est-ce qu'il y a ?

— Je n'y toucherais pas ! Viens voir.

Kat lui emboîta le pas et vit le couvercle de la chasse des toilettes levé contre le mur. Elle regarda à l'intérieur et jura dans sa barbe. Là, devant elles, se trouvait un sac en plastique contenant une corde et plusieurs paires de gants en latex.

Le kit du meurtrier.

L'avait-il utilisé sur sa famille ou était-il pour d'autres personnes ?

Gia battit en retraite vers la porte.

— C'est quoi tous ces trucs ?!

— J'ai ma petite idée, répondit Kat, tu l'as touché ?

Gia secoua la tête.

— Bien. Laisse-le à sa place et referme le couvercle.

Gia exécuta les ordres.

— Je ne peux pas rester ici, Kat ! Et s'il essaie de me tuer ?

— Je vais trouver une solution.

D'une façon ou d'une autre, cette nuit serait leur dernière nuit sur ce bateau.

CHAPITRE 35

Kat se tenait à l'avant du bateau et regardait l'horizon. La météo annonçait un orage, ce qui était plutôt inhabituel en cette saison. La mer était d'huile, comme attendant la tempête. Le bas soleil d'après-midi se cachait derrière les cumulus, qui avaient encerclé le ciel quelques heures auparavant. Ils avaient apporté une obscurité et un silence oppressants. Les mouettes en avaient même arrêté de voler.

Kat regarda derrière elle, Gia et l'oncle Harry étaient regroupés autour de la table. L'humeur n'était pas festive, elle était même extrêmement tendue. Si Raphaël n'avait encore rien remarqué, ça n'allait pas tarder. Un changement se préparait.

— Qu'est-ce qu'on va faire Kat ? demanda Harry en tournant la tête vers elle.

Elle jeta un œil vers le bar où Raphaël préparait les boissons.

— Jouez le jeu pour l'instant. Je vais me rendre au pont infé-rieur, attends dix minutes et dis à tout le monde que tu es malade. Ensuite, retrouve-moi dans ma cabine.

Jace arriva au bar et discuta avec Raphaël. Kat ne put pas lui faire part du plan, mais elle était sûre qu'il comprendrait une fois Harry parti.

Le fiancé de Gia lui apporta un martini, et des bières pour les autres. Kat trouva ça bizarre étant donné qu'il ne leur avait pas demandé ce qu'ils voulaient. Et puis, il avait mis beaucoup de temps à préparer un seul martini.

Gia, dépitée, leva son verre.

— Santé.

Un meurtrier capable de simuler sa propre mort n'avait aucune raison de traîner dans les parages. Il n'avait non plus aucune raison de les laisser en vie. Même s'ils n'avaient pas été témoins de son crime, ils en avaient trouvé des preuves.

La fouille de Kat et Gia n'avait rien révélé de plus. Son équipement sordide avait effrayé Kat, mais au moins il n'avait pas d'autres armes cachées. Ça la réconfortait de n'avoir rien trouvé, certaines parties du bateau étaient sûres, quoiqu'il restât de nombreuses autres cachettes. Les choses dégénèreraient vite une fois Raphaël démasqué, et son changement de comportement n'annonçait rien de bon.

Kat aurait aimé en savoir plus sur sa relation avec Pete. Était-il un complice ou un simple employé ?

Comme par hasard, Raphaël apparut.

— Je dois y aller, l'équipage dit qu'il y a un problème, dit-il en embrassant Gia sur le front.

Il se dirigea vers le pont inférieur du yacht.

Kat n'avait vu aucun des membres de l'équipage récemment, et Raphaël ne répondait plus à son téléphone. À coup sûr, c'était une ruse. Elle frissonna.

— Rentrons.

— Je vais dans ma cabine, je ne sens pas bien d'un coup, dit Gia.

~

UNE HEURE PLUS TARD, Kat, Jace et Harry étaient assis dans le salon, bloqués devant la télé. Le tonnerre grondait à l'extérieur et les éclairs déchiraient le ciel. Ils étaient au cœur de la tempête.

Le présentateur du six heures était assis devant la carcasse calcinée du bateau des Bukowski et exposait de nouveau les faits.

Quelques secondes plus tard, à l'écran apparut la conférence de presse de la police. Une porte-parole se tenait derrière un podium, entourée de plusieurs hommes en uniforme.

— *Le médecin légiste a confirmé que la mort d'Emily et Melinda était un homicide. Frank Bukowski est toujours recherché. La police veut parler avec toutes les personnes ayant été en contact avec la famille avant leur disparition.*

— *Est-ce que le mari est un suspect ?* demanda une femme hors caméra. *80 % du temps, c'est le mari, n'est-ce pas ?*

— *Est-ce que le feu est la cause officielle du décès ? Comment sont-elles mortes ?* demanda une voix grave.

La porte-parole fit un signe de main.

— *Pas d'autres questions aujourd'hui. On vous donnera des nouvelles demain après-midi.*

Elle débrancha son micro et descendit du podium sous les cris et questions des journalistes.

La caméra se dirigea alors sur un homme chauve d'une cinquantaine d'années, qui avait derrière lui la scène du bateau brûlé, il y avait deux mois. La coque calcinée était tout ce qu'il restait.

La police ne veut pas faire de commentaire sur la cause du décès, mais la situation est louche. Frank Bukowski est toujours porté disparu, mais la police ne l'a pas encore nommé suspect officiel.

Étant donné les circonstances, il est important de préciser ce que la police n'a pas dit. Les experts en incendies volontaires ont précisé qu'un accélérant, de type essence, avait été utilisé et que l'incendiaire se trouvait à bord du bateau.

Jace et Harry échangèrent un regard nerveux.

Kat sortit son téléphone et fut atterrée de constater qu'elle n'avait pas de réseau. Ils allaient devoir attendre pour s'occuper de Raphaël et appeler de l'aide.

Le présentateur réapparut.

La police refuse de dire si Frank Bukowski est un suspect, ou s'il est la victime d'un acte criminel. Mais dans ces situations-là, le mari est souvent le responsable. Personne ne sait s'il est vivant, mais cela en dit long sur ce que la police ne veut pas dire.

Kat s'empara de la télécommande et changea de chaîne.

— On ne peut pas laisser Raphaël voir ça. S'il se doute qu'on l'a démasqué, il sera forcé d'agir.

Elle l'appelait toujours Raphaël, même si elle savait que c'était Frank.

— J'espère que Gia va bien, reprit-elle, je devrais aller la voir.

— Elle a besoin de se reposer, dit Jace. Laisse-lui du temps.

— On a besoin d'un plan pour les prochaines heures, dit kat, et de le convaincre de retourner à Vancouver.

Jace secoua la tête.

— Il ne reviendra jamais. Il est recherché et sûr d'être reconnu.

— Alors, notre seule option est de le mettre hors de nuire. Et l'équipage ? Je ne pense pas que Pete et les autres soient de son côté. Mais si j'ai tort…

— On sera en sous-nombre, répondit Harry. Ils sont cinq avec Pete, six avec Raphaël. Et nous on est trois, quatre avec Gia !

La porte de dehors s'ouvrit avec fracas, laissant entrer une rafale d'air froid dans la pièce, suivie de Raphaël. Il se tint prêt de la porte.

— Vite ! Qui peut m'aider ? Il y a une fuite !

Kat fronça les sourcils. Le yacht n'avait pas bougé, et il était peu probable qu'un navire dernier cri eût besoin de réparations.

— C'est pas l'équipage qui s'occupe de ça normalement ? demanda Harry.

— Ils sont déjà débordés, dit Raphaël en se reculant. Allez, que quelqu'un vienne, sinon on va couler.

Kat croisa le regard de Jace. Si c'était vrai, il fallait agir. Ils n'avaient pas le choix, ils devaient le suivre. Mais si c'était une ruse, ils devraient agir beaucoup plus vite.

— Allons-y, dit Jace.

Kat marchait derrière eux lorsqu'ils arrivèrent au milieu du navire. Elle passa devant une boîte de rangement ouverte, et y jeta un œil.

Elle contenait des gilets de sauvetage et d'autres outils de survie. Elle s'arrêta, s'ils étaient en danger, ils feraient mieux d'en prendre quelques-uns. Elle l'ouvrit et se pétrifia en voyant briller un objet en métal.

Elle poussa le premier gilet de sauvetage et se retrouva face à un pistolet. Il était posé sur la pile de gilets. Elle n'y connaissait rien en arme, à part qu'ils servaient à tuer. Elle arrangea le tout afin de le regarder de plus près, mais elle ne le toucha pas.

Était-ce l'arme de Raphaël, ou celle d'un membre de l'équipage ? C'était un endroit bizarre pour la cacher. La plupart des gens gardaient leurs armes sur eux, ou dans un placard fermé à clé. Kat ne savait même pas si les marins en avaient, mais ils devaient souvent en emporter avec eux dans les endroits les plus reculés. Mais seul un idiot laisserait un pistolet dans une boîte à la vue de tous.

Un idiot ou quelqu'un prêt à s'en servir.

Kat se pencha. Elle ne savait pas s'il était chargé, ni même comment vérifier. Jace et Harry ne devaient pas en savoir plus qu'elle. Elle étudia ses options. Elle pouvait l'enlever, pour leur sécurité, mais ça pourrait alerter Raphaël. Mais, si elle la laissait, il pourrait s'en servir contre eux.

Évidemment, le faux capitaine pouvait ne pas être au courant du contenu de la boîte, car il ne s'agissait même pas de son propre navire. Mais la caisse était ouverte et il avait pu placer l'arme dedans.

Elle regarda en direction des hommes, qui étaient déjà à dix mètres d'elle. Elle examina encore la boîte et poussa les gilets de chaque côté. Une corde enroulée était posée au fond. Elle ne fut pas alarmée jusqu'à ce qu'elle vît les autres objets.

Un cri se coinça dans sa gorge lorsqu'elle découvrit une hachette, une tronçonneuse et une boîte de gants en latex !

— Kat ? cria Jace en lui faisant signe d'avancer. Viens !

Kat agitait les bras pour lui faire comprendre de continuer. Il fallait qu'elle enlève le pistolet et la hachette, mais elle ne savait pas où les cacher. Le meilleur endroit aurait été sa cabine, mais ils devaient rester groupés. Partir maintenant pouvait les mettre en danger.

— Kat, dépêche-toi !

Elle se saisit de la petite hache et la fourra sous le coussin d'une chaise longue. Elle reviendrait plus tard. Elle mit le pistolet dans son jean, comme elle l'avait vu dans les films ! Elle priait pour qu'il ne fût pas chargé. Elle marcha avec difficulté en direction de Jace, pétrifiée à l'idée de se tirer dessus.

— On doit rester ensemble ! dit Jace d'un air sérieux.

Kat lui fit signe de regarder sa taille. Quand il la regarda enfin, elle souleva son t-shirt.

— Qu'est-ce que tu fous, Kat ?! Tu veux nous faire tuer ?!

Quelques messes basses pour expliquer qu'elle s'était transformée en pirate étaient lamentablement inappropriées. Alors elle ne dit rien, et se concentra sur sa mission : arrêter un homme désespéré et prendre le contrôle d'un yacht qui n'était pas le sien.

Au moins, Jace était au courant. Ce qu'il ne savait pas, c'était que l'arme n'était peut-être pas chargée. Raphaël, lui, le savait, c'était donc risqué de l'utiliser comme menace. Elle suivit Jace qui entra dans le corridor menant à la salle des machines. Raphaël et Harry étaient déjà dedans.

— On doit se diviser pour mieux régner. Le bateau a une fuite et la pompe de cale est cassée. Vous deux, dit-il en regardant Kat et Harry, vérifiez la salle des machines et empêchez l'eau de rentrer. Jace et moi allons essayer de boucher la coque.

Kat hésita, mais elle ne pouvait pas refuser si le bateau était vraiment en train de couler.

— Le yacht était ancré au même endroit tout le temps, comment est-ce qu'il a pu avoir une fuite ?

La plupart de ces vaisseaux avaient une double coque, pour éviter exactement ce genre d'incident. Même elle le savait. Les risques qu'une pompe de cale fût défaillante étaient minces.

— On verra ça plus tard, répondit Raphaël, on perd du temps précieux à discuter. Commencez à écoper !

Elle suivit son oncle et entra dans la salle des machines. C'était plus propre que dans son imagination, mais sans fenêtres. Des lumières brillantes reflétaient sur le sol glissant.

Kat ne savait pas comment elle était arrivée jusqu'ici, mais elle devait coopérer. Si elle n'aidait pas à écoper, ça éveillerait les soupçons de Raphaël. Elle décida ne pas sortir le pistolet, étant donné qu'elle ne savait pas s'en servir, ça tournerait à la catastrophe.

— Je n'arrive pas à dire d'où vient l'eau, dit Kat. On devrait vider la pompe de cale et pas la salle des machines.

Elle regarda autour d'elle pour trouver un seau, mais ne vit rien, en plus il n'y avait aucun endroit où vider l'eau. De toute façon, un seau aurait été incommode car il n'y avait qu'un millimètre d'eau sur le sol.

Raphaël les avait séparés pour se débarrasser de Jace en premier, et il reviendrait pour eux ensuite. Son cœur s'accéléra lorsqu'elle réalisa qu'elle n'avait pas vu Gia depuis plus d'une heure. Si la situation était si désespérée, pourquoi l'avoir laissée dormir dans sa cabine ?

Sans Raphaël dans les environs, elle pouvait au moins montrer le pistolet à son oncle. Il saurait peut-être s'en servir.

— T'as trouvé ça où ? dit-il en vérifiant la sécurité puis en ouvrant le barillet. Il est chargé.

Elle lui raconta son aventure parmi les gilets.

— Tu es sûr de pouvoir l'utiliser s'il le faut ?

— Ça fait un bail, mais c'est comme le vélo, ça s'oublie pas !

Harry le tourna dans ses mains et le rendit à Kat qui refusa.

— Non, garde-le. Tu vas certainement en avoir besoin, et tu pourras le cacher plus facilement que moi.

— Tu insinues que je suis gros ?! dit-il en se touchant le ventre. Je dois manger, comme tout le monde !

— Mais non ! C'est juste que ta veste a beaucoup de poches, Raphaël n'y fera pas attention.

— C'est vrai. Je n'ai pas appuyé sur une gâchette depuis des années.

Harry ouvrit sa fermeture et glissa le pistolet à l'intérieur.

Le niveau de l'eau monta de quelques millimètres, c'était inquiétant, mais pas catastrophique.

— Ça m'étonnerait qu'il y ait une fuite ici, le niveau est trop bas. On a peut-être renversé quelque chose.

Quoi qu'il en fût, c'était bizarre qu'un yacht si cher n'eût pas le système de rechange. Un bouton avait peut-être été éteint par accident.

L'oncle regarda autour de lui pour chercher un récipient afin d'enlever l'eau.

— Je ne vois pas le problème non plus, le bateau peut supporter un peu d'eau, dit-il.

Ils ne pouvaient pas entendre les voix des autres, seulement le bruit de l'eau qui tombait.

— C'est pas l'urgence à laquelle je m'attendais, dit Kat.

— Il nous a envoyés à la chasse au dahu ! répondit Harry. Partons chercher Jace.

Kat saisit le bras de son oncle.

— Attends ! Il nous faut un plan d'abord.

Un bruit de métal sur métal crissa au-dessus d'eux, suivi d'un lourd fracas. Harry se couvrit les oreilles avec ses mains.

— C'était quoi ça ?! demanda-t-il.

Le bruit des gouttes d'eau s'était transformé en bruit sourd, comme si quelqu'un avait ouvert un robinet. Elle s'infiltrait par la cale au-dessus d'eux.

— Il est en train d'inonder la salle des machines, partons !

Elle courut vers la porte et attrapa la poignée, mais celle-ci ne bougea pas.

Le niveau de l'eau montait de façon alarmante, elle lui arrivait au tibia. La salle était sûrement étanche, et si c'était le cas, ils se noieraient en quelques minutes. Ils devaient trouver et arrêter la fuite.

Un énorme bruit la fit sursauter. Les lumières et le moteur venaient de s'éteindre. Le courant venait d'être coupé.

Un tueur entamait sa course folle, et personne ne pouvait l'en empêcher.

CHAPITRE 36

L'eau venait d'atteindre la taille de Kat et continuait à monter. Elle passa sa main sur la cale afin de trouver son chemin. Elle avait fouillé toute la pièce deux fois en quinze minutes, mais leur seule échappatoire était la porte verrouillée.

— Il faut qu'on l'ouvre, dit Kat.

— J'essaie, dit Harry, la voix enrouée par tous ces cris, je ne trouve rien qui puisse la forcer.

Les fracas et les cris restèrent sans réponse. Elle s'inquiétait beaucoup que Jace ne fût pas venu à leur rescousse. Il savait qu'ils étaient prisonniers et les aurait déjà aidés s'il avait pu. Qu'est-ce que Raphaël lui avait fait ?

— Tu as le pistolet, tu ne peux pas tirer sur la porte ?

— C'est une porte en métal, tu regardes beaucoup trop de films ! C'est la vraie vie là !

— Essaie quand même. On n'a pas d'autre option.

— Ça vaut le coup d'essayer, répondit Harry en sortant l'arme de sa poche. C'est parti !

Il enleva la sécurité, visa et tira. La balle s'éclata par la porte en un bruit sourd et ricocha sur le mur, ou sur la trappe, avant de venir se perdre dans l'eau. La porte ne bougea pas.

— Combien on a de coups ?

— Chais pas. Ça dépend du pistolet, et de s'il était chargé à fond. Je ne suis pas un expert. Je n'ai pas eu le temps de vérifier, et là, il fait trop noir.

L'eau lui arrivait maintenant au-dessus de la taille et l'air froid et humide rendait la respiration difficile.

— On ne va pas tenir longtemps, il faut qu'on sorte ! dit Kat qui se laisser gagner par la claustrophobie.

— Je vais m'approcher de la porte, ça peut marcher.

— Fais attention oncle Harry.

— Tu sais ce qui est bizarre ? s'exclama-t-il.

— À part notre situation ?

— Le bateau penche pas, dit Harry. S'il prenait vraiment l'eau, on pencherait. Mais c'est pas le cas, et l'eau continue de monter.

L'eau montait dangereusement, il ne leur restait que cinq minutes tout au plus.

— Essaie de tirer sur le plafond.

— On sortira pas comme ça !

— Non, mais quelqu'un peut nous entendre.

Un trou dans le plafond leur ferait gagner du temps. S'ils étaient chanceux, il serait en bois.

Oncle Harry changea de position et visa le plafond.

— Attention…

Un coup retentit avant qu'elle n'eût le temps de répondre. La balle ne ricocha pas cette fois. Elle avait dû se loger dans le plafond, et Kat eut un faible espoir, il était peut-être en bois.

Le pistolet fit un bruit.

— C'était la dernière balle, dit Harry d'un air abattu en patau-geant vers Kat. Il y en avait finalement que deux.

De la bile remonta dans la gorge de Kat. Ils allaient mourir s'ils n'évacuaient pas l'eau rapidement. Il y avait sans doute un moyen, mais ni elle ni Harry ne s'y connaissaient en bateau. Elle s'imaginait une immense bonde. Si seulement c'était aussi simple.

Soudain, le loquet de la porte cliqua et elle s'ouvrit laissant entrer un faisceau de lumière.

Kat soupira enfin, Jace était venu à leur secours.

Une silhouette sombre était accroupie près de la porte.

— Venez par là.

Ce n'était pas Jace, mais Pete !

Kat pataugea jusqu'à lui le plus rapidement possible. Harry éclaboussait quelques mètres derrière elle.

— Dépêchez-vous avant qu'Raphaël arrive.

Le visage de Pete était rouge et il avait l'air en colère en aidant Kat et Harry à sortir de la pièce inondée.

Kat était soulagée de voir de la lumière. Elle réalisa que le courant n'avait été coupé que dans la salle des machines, et non sur tout le navire.

— Dieu merci ! Vous nous avez sauvé la vie.

Kat plissa les yeux en trébuchant sur la porte. Son cœur tressaillit lorsqu'elle aperçut Jace. Son visage était couvert de sang et son t-shirt était déchiré. Il se tenait derrière Pete.

Elle étouffa un cri, se précipita vers lui et le serra dans ses bras. Il la serra encore plus fort et l'embrassa.

— Il faut qu'on éteigne l'eau, dit-elle en frissonnant. Où est la valve ?

— C'est d'jà fait, dit Pete en leur faisant signe d'avancer. Sortons d'ici.

— Raphaël sait que son secret a été découvert, on n'a pas beaucoup de temps, dit Jace.

Il attrapa le bras de Kat pour la stabiliser. Son nez était plein de sang.

— Qu'est-ce qu'il s'est passé, Jace ? demanda Harry. C'est Raphaël qui t'a fait ça ?

— Il a essayé de me piéger dans la cale, mais je l'ai repoussé, raconta-t-il en secouant la tête. Je l'ai attrapé, mais il s'est enfui. Je pense qu'il va essayer de mettre le feu au yacht. Il faut qu'on l'arrête avant qu'il ne soit trop tard.

Pete leva la main pour protester.

— Comptez pas sur l'équipage et moi. On s'casse. Vous d'vriez aussi.

— Vous ne pouvez pas le laisser s'en tirer comme ça ! dit Kat. Il faut qu'on le neutralise.

— Faites c'que vous voulez, mais nous on part.

Pete monta les escaliers.

— Faites une bonne action et aidez-nous, Pete. Il faut juste qu'on le retienne le temps que la police arrive.

— Euh, non ! Les gars, on veut pas avoir affaire aux flics.

Kat réalisa soudainement que Pete et les autres avaient déjà dû avoir des problèmes avec la justice. Qui d'autre aurait envie de naviguer à bord d'un bateau volé ?

— D'accord ! On n'appellera pas la police tant que vous êtes là, mais aidez-nous au moins à l'attacher.

Pete s'arrêta.

— Il a déjà tué deux personnes. Si un de nous meurt…

Elle n'eut pas le temps de finir sa phrase.

— O.K., mais vite alors.

Jace pointa vers la poupe.

— Il a un bidon d'essence. Je crois qu'il se dirigeait vers la cambuse.

Ils arrivèrent sur le pont et foncèrent dans cette direction. Ils passèrent devant quatre membres de l'équipage qui les ignorèrent en jetant leurs affaires dans le canot.

Pete fit une pause et se retrouva derrière Harry. Kat les suivait.

Ils arrivèrent dans le magasin du navire où ils trouvèrent

Raphaël. Deux gros bidons d'essence étaient posés sur le comptoir. Il en tenait un troisième qu'il versait sur le sol.

— Pose-le, Raphaël ! dit Jace en s'avançant vers lui.

Pete restait immobile devant l'entrée de la porte. Kat eut un mauvais pressentiment, Pete n'allait certainement pas les aider.

Raphaël se redressa et lui rit au nez.

— Essaie de m'en empêcher !

Il leva le bidon et le jeta sur Jace, aspergeant son t-shirt et son visage.

— Mes yeux ! cria Jace en se couvrant avec les mains.

Kat attrapa Jace et l'emmena vers l'évier. Elle ouvrit les robinets en grand et en mit sur les yeux de son petit ami.

— Te fatigue pas ! Il va flamber avec toi, dit Raphaël en allumant une allumette. Sympa de vous avoir connus !

CHAPITRE 37

*H*arry pointa le pistolet vers Raphaël.

— Pose ça !

— Si tu tires, je tombe, et si je tombe, l'allumette tombe avec moi, répondit Raphaël en s'avançant vers Harry. Pose le flingue et laisse-moi passer.

Harry recula vers la porte.

— Doucement.

Kat retenait Jace qui essayait d'intervenir.

— Tu es couvert d'essence, murmura-t-elle, tu vas brûler avec lui.

Raphaël se tenait maintenant à quelques centimètres de l'oncle de Kat, allumette en main. Il attrapa une liasse de papiers à laquelle il mit feu et poussa Harry. Il attrapa la porte, se tourna et jeta la liasse sur le sol.

Kat était prête à faire face à l'explosion.

Puis rien. Les papiers avaient atterri quelques centimètres à côté de l'essence. Du coup, Raphaël s'effondra.

— Joli travail, dit Pete.

234

— Je n'aurais jamais pensé à le faire trébucher, dit Harry en se tournant vers Pete.

Raphaël était étalé tête contre sol dans l'embrasure de la porte.

— Je vais chercher de la corde pour l'attacher, dit Pete.

— Attends ! s'exclama-t-elle en réalisant que Raphaël avait sûrement toute une boîte sur lui. Il doit avoir d'autres allumettes, emmenez-le sur le pont.

Pete attrapa ses bras et Harry ses jambes pendant qu'il se débattait.

— Laisse-moi, Kat. Ils ont besoin de moi ! dit Jace.

— D'abord, tu enlèves l'essence que tu as sur toi. Je vais y aller.

Kat se précipita vers ses amis et s'empara d'une des jambes de Raphaël.

— Mettons-le dans le jacuzzi, reprit-elle.

C'était effectivement un bon moyen de ruiner les allumettes.

Jace ne l'écouta pas et ce fut une bonne chose, car Raphaël se battait bec et ongles.

Quinze minutes plus tard, le groupe s'effondra d'épuisement. Ils avaient emprisonné Raphaël, dos contre le rebord afin qu'il ne pût pas passer dessous. Ses jambes étaient attachées avec la corde trouvée dans le coffre, et ses bras avec des serre-câbles. Ils avaient dû s'y mettre à quatre pour Raphaël... enfin, Frank.

— Une étincelle et c'rafiot part en flammes. Allons au canot, dit Pete.

Kat observa le ciel menaçant, elle devait convaincre Pete de rester à bord. Elle jeta un regard en direction du canot et n'en crut pas ses yeux.

Il n'était plus là !

Elle scruta la mer, mais elle ne vit rien. L'équipage n'avait même pas attendu Pete. Ils avaient dû prendre la poudre d'escampette bien avant le début de l'altercation avec Raphaël. La décision de Pete s'était retournée contre lui.

Tout le monde le remarqua. C'était normal après tout, le canot pneumatique était leur unique moyen d'échapper à un bateau en feu. Est-ce que l'équipage alerterait les autorités ? Certainement pas.

Frank jurait et se tortillait dans le jacuzzi.

— Détachez-moi et je vous payerais ! Ça vaut le coup, je vous jure !

— Tu nous payeras avec notre propre argent ? s'exclama Harry. Je crois pas, non !

— Où est Gia ? demanda Kat, affolée. Quelqu'un est allé voir dans sa cabine ?

Elle était absente depuis une éternité, et avec Frank attaché, elle pouvait le laisser cinq minutes. Elle fit signe à son oncle.

— Allons la chercher ! Si elle est trop malade, on va devoir la porter.

Ils n'avaient aucun moyen de s'enfuir, mais au moins, ils seraient ensemble.

Jace et Pete surveillaient Raphaël.

CHAPITRE 38

La cabine de Gia était plongée dans le noir. Kat et Harry se dirigèrent vers le lit où ils la trouvèrent évanouie.

Kat appuya son oreille contre la poitrine de son amie. Si elle respirait, Kat n'entendait et ne voyait pas de signes qui le montraient. Elle la secoua. Rien. Raphaël avait dû mettre de la drogue dans son martini.

— Gia, réveille-toi !

Rien.

Kat s'apprêtait à lui faire un massage cardiaque lorsqu'elle sentit un léger souffle.

— Gia ? dit-elle en la secouant.

— Mmh !

Soudain, Gia s'étouffa.

Kat lança un regard inquiet à son oncle en aidant Gia à s'asseoir.

— Elle a mauvaise mine.

Gia ouvrit grand les yeux et dit :

— Je vais vomir… salle de bain !

Kat et Harry lui prirent chacun un bras et l'accompagnèrent jusqu'aux toilettes. Ils échangèrent des regards nerveux. Kat tenait les cheveux de Gia alors qu'elle se pencha sur la cuvette. Ils ne pouvaient pas perdre de temps, mais ils ne pouvaient pas non plus la déplacer dans cet état.

Une minute plus tard, ils l'aidèrent à s'asseoir sur une chaise. Elle se frotta les yeux.

— J'ai la tête qui va exploser ! Je me souviens de rien. C'est la dernière fois que je bois.

Malgré la gravité de la situation, Kat ne put s'empêcher de faire un peu d'humour.

— C'est ce que tu dis à chaque fois !

— Mais là c'est vrai ! Combien de verres est-ce que j'ai bus ?

— Un.

— Un seul ?!

— Tu as été droguée, répondit Kat en acquiesçant.

Gia écarquilla les yeux.

— Comment c'est possible ? Tu ne penses pas que Raphaël…

— Je ne pense pas, j'en suis sûre. Tu te souviens du lettrage ? Des passeports ?

— Ce salaud a mis quelque chose dans mon verre ?

— En tout cas, c'était pas nous ! répondit Harry.

— Mais pourquoi ?

— On t'expliquera plus tard, dit Kat, mais pour l'instant, il faut sortir d'ici. Il faut que tu évacues ce que tu as dans le sang.

— On peut attendre ? dit Gia en se posant sur le lit. Je suis vraiment fatiguée et j'ai des vertiges.

— Non Gia, répondit Harry en lui prenant le bras, il faut partir maintenant.

Heureusement, Gia était trop fatiguée pour protester.

— Passe devant.

Harry l'accompagna alors jusqu'à la porte, suivi par Kat.

— Où est Raphaël ? Je vais lui dire deux mots.

Ses mots étaient brouillons, mais elle regagnait des forces.

— C'est exactement là qu'on va, répondit Kat, et ne te retiens pas !

CHAPITRE 39

Frank claquait des dents. Il frottait les serre-câbles contre le rebord du jacuzzi afin de les couper. Kat appuya sur le bouton d'alimentation, et ils s'assirent tous en rond autour de lui. L'eau fraîche ralentissait ses efforts ; c'était comme regarder un animal en cage et savoir ce qui allait lui arriver. Kat eut un court instant de culpabilité qu'elle chassa en pensant aux horreurs que Frank leur avait fait subir.

Pete était parti sur le pont pour joindre la police par radio.

Gia était encore sonnée, mais elle écouta attentivement le récit des derniers évènements. Ses yeux s'écarquillèrent au fur et à mesure des révélations.

Jace réapparut sur le pont. Il avait enlevé tous ses vêtements imprégnés d'essence, et en avait apporté des secs pour Kat et l'oncle Harry. Kat ne voulait pas s'éloigner ne serait-ce qu'une minute pour se changer, elle ne voulait pas laisser Frank.

Les nuages étaient de plus en plus bas et il faisait presque nuit noire. Le tonnerre et les éclairs avaient viré de bord à plusieurs kilomètres au sud. Il avait commencé à pleuvoir.

Harry alluma le transistor et monta le son. Une chanson d'AC/DC retentissait, hachée par la mauvaise réception.

— Éteins-moi cette merde ! dit Frank.

— Quoi ? J'ai rien entendu, répondit Harry.

L'oncle de Kat tira le fil et porta le transistor jusqu'au jacuzzi et le mit au-dessus de Franck.

— Eh ! on capte mieux ici ! reprit-il.

Frank se mit à paniquer.

— Dégage ça, tu vas m'électrocuter !

Harry continuait de balancer la radio au-dessus de lui.

— Je n'entends toujours rien ! dit Harry.

Gia se leva, chancela légèrement et regarda Frank se débattre.

— Je crois que tu oublies quelque chose, Frank, lui dit-elle.

— Quoi ?

— Tu as déjà une femme, non ? Ou devrais-je dire avait.

Elle fit signe à Harry de rapprocher la radio, dans laquelle on entendait Alanis Morissette chanter à tue-tête *Jagged little pill.*

Frank se décomposa et dit :

— Je ne vois pas de quoi tu parles. Pose la radio, Harry !

Harry s'exécuta, mais Gia s'en empara de nouveau.

— Tu ne vois pas de quoi je parle ? Allez Frank, je sais qui tu es. Frank Bukowski n'est pas milliardaire, ce n'est pas un bon mari. Et Raphaël Amore n'existe pas. Je me laisserais plus avoir par tes conneries. Je veux mon argent !

— C'est trop tard, répondit Raphaël toujours fixé sur le transistor. Il n'y a plus d'argent, tu ne le reverras jamais !

— Et toi, peut-être que tu ne sortiras jamais de cette baignoire.

Kat échangea un regard avec Jace. Gia était devenue une femme méprisante. Une femme de caractère.

Les dernières notes de *Jagged little pill* retentirent alors que Gia approchait encore la radio de l'eau.

— Gia, non ! Je vais récupérer ton argent, je te le promets. Mais pose ça, je t'en prie.

Gia claqua des doigts.

— Un stylo, Harry ? J'ai besoin que tu marques deux trois choses. Kat, prends ton ordinateur, on va récupérer mon argent !

Un moment plus tard, Kat revint dans des habits secs et munie de son ordinateur. Elle s'assit prêt du bar et attendit qu'il s'allumât. Ses prières avaient été entendues, elle avait une faible connexion. Après une éternité, elle navigua sur le site d'une banque costaricaine et entra le mot de passe de Frank.

— Euh, Gia ? Il est invalide !

— Te fous pas de moi, Frank ! dit Gia.

Elle attacha deux serre-câbles après la radio. Elle fit des bracelets avec le reste des câbles et les enfila sur le balai. Maintenant, elle pouvait tenir la radio au plus près de l'eau et être protégée de la décharge électrique.

Le transistor se balançait au-dessus de Frank comme une canne à pêche. Le présentateur annonça *Turning tables* de Adele.

— Je n'arrive pas à réfléchir avec toi et ta radio. Pose-la !

— Non, non, dit Gia en secouant la tête. Je crois que la radio te motive et c'est hypnotisant en plus.

— Arrête ! répondit Frank en pleurant. Je vais tout vous dire, ne me tue pas !

— Tu me fais de la peine Frank, vraiment ! lui dit-elle d'une voix douce. Dommage que tu n'aies pas donné cette dernière chance à Melinda et Emily. Est-ce qu'elles t'ont supplié elles aussi ?

— Elles ont eu ce qu'elles méritaient.

— Une enfant de quatre ans ? Sérieusement Frank ! Comment est-ce que tu peux être aussi insensible ?

Gia glissa sur le pont et manqua de perdre l'équilibre.

— Attention ! cria Frank d'une voix aigüe. Tu vas me tuer si tu fais tomber ce truc.

— Melinda et Emily méritaient de mourir, mais toi tu mérites de vivre ? C'est quoi ta logique ? demanda-t-elle en baissant la radio de quelques centimètres.

— Arrête ! Qu'est-ce que tu veux de moi ?

— Les mots de passe dans un premier temps.

Frank énuméra une série de chiffres et de lettres que l'oncle Harry écrivit sur son calepin.

Kat entra le mot de passe.

— C'est bon ! dit-elle.

Elle regarda les transactions. Elles avaient toutes commencé deux semaines avant, ce qui voulait dire que Gia était la victime visée. Kat siffla en voyant les montants.

— Trois cent mille ? C'est ça que tu as donné ?!

Gia hocha la tête.

— Ça vient de l'hypothèque de mon salon. Tu peux le récupérer ?

— Je pense. Ce sont tes coordonnées bancaires ?

Elle entra alors une nouvelle transaction, en copiant les précédentes.

Kat retint sa respiration et cliqua sur entrée.

— Ça a marché ?

Kat acquiesça.

— Eh ! c'est mon argent, cria Frank, rends-le-moi !

CHAPITRE 40

Il était presque minuit lorsque les garde-côtes répondirent à leurs fusées de détresse. Ils les transférèrent sur leur bateau, et trainèrent Frank pour l'enfermer à bord. Il tremblait encore à cause du jacuzzi qui avait été une méthode plus qu'efficace pour le garder tranquille.

Le fugitif refusa de parler aux gardes, sauf pour demander un avocat.

Le bateau les ramena au port de Victoria, où la police les attendait ; les officiers firent descendre Frank avec des menottes et l'enfermèrent dans un van. Son sourire ravageur s'était transformé en une grimace convulsée, et un ensemble de survêtements tâché avait remplacé ses habits de couturier.

— Je ne peux pas dire qu'il va me manquer, dit Jace, mais je vais suivre son procès par contre ! Tu crois qu'il va être reconnu coupable ?

— J'en suis certaine ! Les caméras de surveillance ont enregistré sa confession. Ça devrait leur suffire, répondit Kat.

Elle espérait que les caméras avaient fonctionné, ce que la police lui avait confirmé peu après.

— Qui va ramener le yacht à Vancouver ? demanda Harry en regardant la mer. J'aimerais tellement en refaire.

— *Le Catalyst* doit retourner à Friday Harbor, pas Vancouver. C'est un bateau volé, ne l'oublie pas !

Le yacht allait avoir besoin de réparations après les ravages de Frank et la police devait contacter les propriétaires.

— Un jour, je serais peut-être assez riche pour l'acheter, dit Harry.

— N'y compte pas ! dit Jace en riant. De plus, l'argent ne fait pas tout.

— Ça, c'est sûr ! Au moins, j'aurais célébré un mariage, dommage que ça n'ait pas marché.

— C'est un mariage qu'on est pas prêt d'oublier ! dit Gia en lui caressant le bras. Tout va s'arranger, j'en suis sûre.

Le petit groupe passa quelques heures au commissariat afin de donner de plus amples détails sur leur calvaire. Raphaël s'était fermé comme une huître, mais les preuves récoltées par Kat et les autres étaient suffisantes à le condamner. En plus des accusations de fraudes et de vol, il risquait de tomber pour meurtre au premier degré dans la mort de Melinda Bukowski et Emily Bukowski.

— J'ai failli oublier, dit Kat en donnant une petite boîte aux officiers. Vous allez en avoir besoin.

La boîte contenait les faux passeports, le porte-monnaie de Melinda, les billets d'avion et les fausses alliances.

— « Pour les idiots et les traîtres, rien. » dit Jace en souriant.

— Brother XII a peut-être gardé son or, mais pas Frank ! répondit Kat.

— Quoi ? demanda Harry, dubitatif.

— L'histoire se répète oncle Harry. Seulement cette fois, elle a une fin heureuse. Le voleur ne s'en est pas tiré.

De nouveaux détails de l'affaire émergeraient les semaines suivantes, mais Kat en connaissait la plus grosse partie.

Après que Frank eût tué sa femme et sa fille, il s'enfuit sur un deuxième bateau qu'il avait caché plus loin. Il navigua dans les îles Gulf et traversa la frontière entre le Canada et les États-Unis. Il arriva à Friday Harbor, dans les îles San Juan, quelques heures après avoir jeté les cadavres par-dessus bord.

Il se cacha pendant des semaines, dormant à bord et cherchant un bateau sans surveillance. C'est là qu'il remarqua *Le Catalyst*. Le yacht n'était pas habité et ne manquerait à personne. Il engagea alors Pete et les autres, qui ne posèrent aucune question en échange du silence de leur capitaine.

Il repeignit le nom du navire et le remplaça par *Le Financier*, puis évita la police. Tant qu'il ne dirait rien, personne ne mettrait en doute sa présence à bord.

Son escroquerie, il la mit en place lorsqu'il rencontra Gia dans son salon. Elle était tout simplement la première femme à croire à ses mensonges.

On connaît la suite.

Bien que l'on ne fût que samedi soir, le week-end avait été très long. Kat n'attendait qu'une chose, c'était d'arriver à l'hôtel qu'ils avaient réservé. Ils rentreraient à Vancouver demain, et elle n'était pas prête de repartir !

— Tu as ton histoire, Jace ? demanda Harry en lui tapant sur l'épaule.

— Non, tu crois ?! répondit-il en riant. Un coffre au trésor d'histoires !

CHAPITRE 41

Déjà trois semaines s'étaient écoulées depuis l'arrestation de Raphaël, et les trois amis décidèrent de fêter la fin des mésaventures de Gia avec un barbecue. Le froid qui tombait avec le coucher du soleil força Kat à mettre son châle sur ses épaules. Elle aimait l'automne, qu'elle considérait comme la saison du renouveau et du changement. Personne n'en avait plus besoin que Gia.

Jace et Harry s'occupaient du barbecue pendant que Kat et Gia discutaient autour d'une margarita. Leur maison était insignifiante comparée au *Financier*, mais au moins, ils l'avaient achetée légalement !

— Un toast ! dit Kat en trinquant avec Gia. On est sain et sauf, comme notre argent.

— Dieu merci ! répondit Gia. Heureusement que tu étais là, je ne voulais pas te croire, mais tu avais raison. Raphaël, enfin Frank, n'en voulait qu'à mon argent.

— J'aurais aimé avoir tort. Tu devais être dans un conte de fées.

Gia regardait au loin.

— C'était un rêve. Comment j'ai fait pour me faire laver le cerveau comme ça ? Je sais… ma-gni-fi-que, intelligent et riche. Je me sentais spéciale, comme une star de cinéma. Ça laisse un goût amer, mais au fond de moi, je savais qu'il était trop bien pour moi.

— C'est là où tu te trompes, Gia. TU étais trop bien pour lui.

Le portail s'ouvrit et elles se retournèrent. Pete venait d'arriver et faisait signe en s'avançant vers Jace et Harry !

— En voilà un autre qui mérite un nouveau départ, dit Gia. Si tu ne t'étais pas perdue dans la grotte, tu n'aurais jamais rencontré Pete.

Kat opina.

— Parfois, les apparences sont trompeuses.

Pete en était la preuve, c'était une personne qui avait perdu espoir.

Il avait abandonné le navire, mais ne les avait pas oubliés. Sa peur de la police venait d'altercations qu'il avait subies quand il était sans-abri. Ensuite, il avait passé des années à faire des petits boulots. Aujourd'hui, l'oncle Harry lui avait trouvé un petit appartement dans un immeuble sans ascenseur, où il travaillait comme concierge et homme à tout faire en échange du loyer.

— La prochaine fois, je te demanderai avant de donner tout mon argent à un type que je connais à peine. J'arrive pas à croire que tu as tout récupéré ! dit Gia.

— J'ai juste tapé quelques codes. C'est toi qui as fait la différence avec la radio !

— J'y crois pas d'avoir fait ça ! Je devais être encore droguée, dit-elle en plaisantant.

— Tu avais l'air très concentrée, répondit Kat. Je suis heureuse que tout soit rentré dans l'ordre.

— Difficile à croire, hein ? dit-elle en sirotant son verre. Tout était faux chez lui, il se servait de l'argent d'autres personnes.

Quand je pense qu'il a tué sa famille, et que j'étais la prochaine…
dit-elle en se touchant le cou d'un air absent. Kat, tu penses vraiment qu'il m'aurait tuée ?

— Tôt ou tard, oui.

— C'est si désinvolte.

— Bien sûr qu'il l'aurait fait. Il a tué Melinda après quatre ans
de mariage. Tu n'étais rien pour lui.

— Sérieusement ? Tu devrais travailler sur ton franc-parler,
Kat !

— Ce genre de personne ne se soucie que d'elle-même. Frank
est un tueur insensible et sans pitié. Mes mots sont durs, mais ils
sont vrais.

Le portefeuille de Melinda était la clé de l'énigme, et pourtant
il l'avait gardé, ce détail avait beaucoup étonné Kat. Mais Frank
était sans cœur, il avait dû le garder comme trophée.

— Certaines femmes ont de la chance, dit Gia en tripotant ses
cheveux. Moi ? Pas vraiment !

— Je ne suis pas d'accord, répondit Kat qui était assise en face
d'elle. Tu as une vie parfaite ; regarde autour de toi !

— Quand je pense que j'ai failli tout perdre, répondit-elle en
souriant.

Les hommes les rejoignirent à la table avec un plat rempli de
viande et de pommes de terre. Harry se servit de salade de chou
et se tourna vers Pete.

— Pourquoi tu traînais à Friday Harbor si tu ne travailles pas
sur des bateaux ? demanda l'oncle de Kat.

— J'ai jamais dit que j'travaillais pas sur des bateaux, répondit
Pete, juste que j'navigue pas.

Harry fronça les sourcils.

— J'fais des travaux d'menuiserie, charpenterie, et d'autres
trucs comme ça. Je traîne à la marina et j'trouve des p'tits
boulots. J'suis pas cher !

— Je pense que je peux te trouver d'autres jobs, enfin si tu veux, dit Gia en se tournant vers Kat. Je suis contente que tu aies récupéré mon argent. J'ai d'autres investissements qui m'attendent.

— Ah non Gia ! s'exclama l'oncle Harry en se dirigeant vers le barbecue. Tous les deux, on a la poisse !

— Pas ce genre d'investissements, Harry. Je veux rénover mon salon, le meilleur investissement que je peux faire c'est sur moi-même.

— J'peux y jeter un œil demain, dit Pete, la bouche pleine.

— Super ! dit Kat qui se tourna vers Gia. Je suis ravie que tout aille bien.

— Presque tout, je suis encore mariée à ce trou du cul !

— Peut-être, peut-être pas, répondit Kat.

— Qu'est-ce que tu veux dire ?

— J'ai appelé un ami avocat. Ton cas est un peu compliqué, mais en gros, Raphaël ne pouvait pas t'épouser car il était déjà marié.

Gia poussa un cri de surprise.

— Mais ils n'étaient plus mariés vu qu'elle était morte.

— Pauvre Melinda. C'est vrai qu'elle était déjà décédée. Mais le certificat de décès n'avait pas encore été fait. Ça veut dire que, pour commencer, ton mariage n'était pas légal. Dans tous les cas, le certificat de mariage est au nom de Raphaël et pas Frank. Il n'est donc pas valide en raison du dol.

— Je ne suis pas mariée alors ? demanda Gia avec un grand sourire.

— Non ! Tu n'auras pas à divorcer.

— Je t'avais dit que j'étais chanceuse, dit-elle.

— Tu appelles ça de la chance ?! dit Kat en riant. Dommage que tu ne l'aies pas évité tout court.

— J'ai appris ma leçon. Je ne ferais pas confiance à tous les canons que je croise, et j'en épouserais aucun !

— Quoi ? Qui se marie ? demanda Harry. Je suis disponible plus tard dans le mois.

— Calme-toi Harry ! répondit Gia. Ce n'est pas au programme. Je viens de décider que je n'ai pas besoin d'un mec à tout prix. Ils deviennent vite chers !

— Tu te débrouilles très bien seule, dit Kat. C'est pour ça que Raphaël t'a prise pour cible.

— La prochaine fois, c'est moi le chef. Je veux un homme qui veuille de moi, pas de mon argent.

— Je suis contente de te l'entendre dire, s'exclama l'oncle Harry. Dès que je l'ai vu, j'ai su que ça sentait le roussi.

— Ah bon ? demanda Kat en levant les sourcils.

— Ouaip. Mais le mariage, c'est super et j'espère pouvoir convaincre un autre couple.

— Tu veux dire Kat et Jace ? Et pourquoi pas ? On peut faire la cérémonie ici et acheter une robe demain.

Harry se frotta les mains.

— Je mettrais mon costume pour la première fois en vingt ans. J'espère qu'il me va encore !

Jace sourit en regardant Kat.

— Alors, je te passe la bague au doigt ?

— Je peux te lisser les cheveux ? demanda Gia. J'ai un produit que je veux que tu essaies.

— Oh pauvre de moi ! répondit-elle en passant sa main dans ses cheveux. Je les aime comme ça.

— Je te promets, oncle Harry, que tu seras le premier au courant si on décide de le faire.

Jace et Kat ne voulaient pas garder leurs plans secrets, mais ils ne voulaient pas non plus en parler. Tout était question de timing. Et parfois, le meilleur des plans, c'était de ne pas en avoir.

Vous avez aimé Formule mortelle ?
Lisez le livre suivant de la série :
Mise au vert

Vous pouvez obtenir les autres livres de Colleen:
http://colleencross.com

CONCLUSION

Ceci est une fiction, mais on y retrouve des faits historiques fascinants. Les personnalités historiques de mon roman sont tout sauf oubliées aujourd'hui, et l'Histoire se répète ; cette histoire n'est pas différente.

Le meilleur dans l'écriture d'une fiction est l'invention. Viennent ensuite la recherche de faits et l'imagination d'une expérience personnelle. Donc, au final, qu'est-ce qui est *fait* et qu'est-ce qui est *fiction* ?

L'histoire de Raphaël et Gia est de la fiction pure, bien que des déceptions amoureuses et financières similaires arrivent tout le temps. J'aimerais que ce ne soit pas le cas, mais ça l'est. Pete est également un personnage fictif et n'est pas un descendant de Brother XII.

En revanche, Brother XII est une personne réelle. Son histoire est principalement un fait réel, avec quelques rebondissements fictifs ajoutés ici et là. Son vrai nom était Arthur Edward Wilson. Les marins de la côte ouest voyageant le long de la côte pacifique du Canada reconnaîtront le nom de Brother XII et connaîtront Pirates Cove, l'île De Courcy et l'île Valdes.

Brother XII (son orthographe, pas la mienne) a établi l'Aquarian Foundation à Cedar-by-the-Sea sur l'île de Vancouver, près de Nanaimo, en Colombie-Britannique, dans les années 1920. Brother XII et sa secte tristement célèbre étaient connus dans le monde entier pour leur prédiction d'un Armageddon dans les années 20 et 30. Ils sont pourtant en grande partie oubliés de nos jours.

Lorsque sa secte attira trop de curieux, lui et ses partisans partirent au large des côtes, sur les petites îles Valdes et De Courcy. J'ai focalisé mon histoire sur l'île De Courcy plutôt que sur les différents endroits pour des raisons de simplicité. J'ai également changé la géographie, la topographie et l'emplacement des grottes afin d'être en accord avec mon histoire des temps modernes.

Des personnes charismatiques telles que Brother XII apparaissent avec une régularité surprenante au fil de l'Histoire. En effet, il arrive qu'elles escroquent des gens naïfs par des systèmes de croyances, en associant culte de la personnalité, mysticisme et religion. Ces personnes tirent profit de notre désir de faire partie de quelque chose de plus grand que nous. Les résultats sont bien trop souvent tragiques.

L'or enterré dans les pots Mason est un fait réel, selon des récits corroborés des années 20. Savoir s'il est encore enterré est une autre histoire. Bien que la soi-disant demi-tonne de pièces d'or ait été trop lourde pour que Brother XII la prenne avec lui sur son chalutier, il est peu probable que la réserve d'or soit restée intacte et cachée pendant les décennies d'activité de la secte. Je doute également qu'il soit encore sur l'île, mais le mythe persiste. Le plus probable serait qu'il ait épuisé la réserve d'or au fur et à mesure des années, puis pris ce qu'il en restait lorsqu'il a quitté l'île De Courcy pour de bon en 1933.

Mais j'ai peut-être tort et un chanceux découvrira le trésor un de ces jours. À mille dollars l'once, l'or vaudrait plus de quinze millions de dollars aujourd'hui.

Le passage sous l'océan reliant les deux îles est également un fait réel. Dans mon histoire, il relie les îles De Courcy et Valdes. En réalité, le tunnel relie la grotte de l'île Valdes à l'île Thetis. Ce passage souterrain se trouve à soixante mètres au-dessous de l'entrée de la grotte. Il était bien connu des Premières Nations des Salish côtiers, qui l'ont utilisé pour des rites cérémoniaux d'initiation pendant au moins des centaines, voire des milliers, d'années jusqu'à ce qu'un tremblement de terre au XIXe siècle le rende impraticable. Il aurait également été bloqué à la période de Brother XII, mais si ce n'est pas vrai, je le suspecte d'y avoir caché son or.

Ensuite, vous savez déjà que Kat, Jace et Harry sont des personnages fictifs. Ils n'existent que dans mon imagination, même s'ils me semblent très réels !

J'espère que vous avez pris du plaisir à lire *Formule mortelle*, le troisième volume de la série de thrillers judiciaires de Katerina Carter et le sixième roman avec Katerina Carter. Pour plus d'informations, vous pouvez jeter un coup d'œil à la série *La couleur de l'argent* avec Katerina Carter. Du moment que des lecteurs comme vous aiment mes histoires, je continuerai à en écrire. Si vous avez aimé *Formule mortelle*, retrouvez mes autres livres ici.

Pour être au courant des dernières dates de sortie, inscrivez-vous à ma newsletter bisannuelle sur www.colleencross.com.

Colleen Cross, auteure de best-sellers, écrit des thrillers phycologiques et juridique captivants dont l'intrigue vous tiendra en halène dès les premières pages. Elle a trouvé sa propre « stratégie de sortie » du monde des affaires vers celui des livres il y a quelques années, afin de libérer l'auteure ambitieuse enfouie en elle.

Elle vit sur la côte ouest avec sa famille. Quand elle n'est pas en train d'écrire, Colleen aime la course et l'exploration avec son chien, Jaeger, qui lui rappelle tous les jours que la vie est trop courte pour être vécue avec des regrets.

Ses livres ont été traduits en plusieurs langues, et d'autres sont déjà en préparation !

Rendez-vous sur son site, www.colleencross.com, et inscrivez-vous pour recevoir sa newsletter bisannuelle et être les premiers à connaître les dates de sorties. Vous profiterez aussi d'offres exclusives.

Retrouvez Colleen sur les réseaux sociaux :

Facebook : www.facebook.com/colleenxcross

Twitter : @colleenxcross

Goodreads.com

Babelio.com

DU MÊME AUTEUR

Inscrivez-vous à son bulletin d'information pour être immédiatement informé de nouvelles parutions !

http://eepurl.com/c1hzCv

Fraudes : Thrillers judiciaires de Katerina Carter

Stratégie de sortie: Crimes et enquêtes

Theorie des jeux

Formule mortelle

Mise au vert

Rouge vif - Nouvelle

Lune Bleue - Roman court

La Couleur de l'argent : Enquêtes criminelles de Katerina Carter (Coffret 3 volumes)

Thrillers judiciaires de Katerina : Tomes 1 et 2

Thrillers judiciaires de Katerina Carter : Tomes 3 et 4

Les Petites Enquêtes Surnaturelles des Sorcières de Westwick

Charmée de Vous Rencontrer

De la Sorcière à la Richesse

Le sort vers la gloire

Enquêtes Surnaturelles des Sorcières de Westwick

Site Web :

http://www.colleencross.com

Inscrivez-vous à son bulletin d'information pour être immédiatement
informé de nouvelles parutions !

http://eepurl.com/c1hzCv